카
데
바

삶과 죽음 그리고 꿈에 관한
열 가지 기담

카
데
바

이
스
안

소
설
집

토이필북스

꿈은 실존하는 또 다른 세계를 엿보는 경험이다.

차 례

첫 번째 이야기

버릇

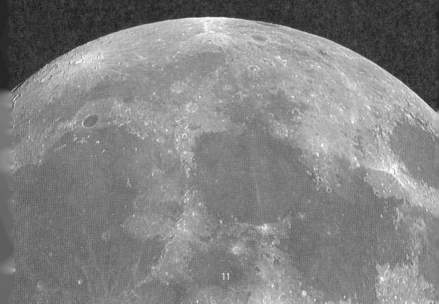

솔직히 말하자면, 나는 조금 더럽고 찜찜한 애다. 어릴 때부터 처치 곤란한 것들을 방구석에 처박아두는 요상한 버릇이 있었기 때문이다. 그 '곤란한 것들' 중 하나로는 초등학교 시절 학교에서 나눠주는 흰 우유가 있었다. 그게 그렇게 싫었다. 그 우유를 억지로 마시면 배가 꿀렁꿀렁 아파오고, 입에서 역한 냄새가 났기 때문이다. 아주 가끔은 딸기우유나 초코우유가 나오기도 했는데 그건 그 자리에서 다 마셨다. 달고 맛있었으니까. 이상하게도 그 우유들은 배가 아프지 않았다. 결국 흰 우유는 대부분 받자마자 내 책가방에 집어넣게 되었다. 그리고 집으로 돌아온 뒤로는 그 우유의 존재를 잊어버렸고, 다음 날 아침 책가방을 싸려고 보면 우유는 배가 빵빵하게 부풀어 있었다. 나는 그것을 가족 모르게 내 책상 서랍 구석에 숨기기 시작했다. 하교 후 집에 오자마자 냉장고에 넣었으면 되는 것을 왜 매번 까먹고 말았을까. 그것도 한두 번이 아니게 되니 아예 버릇이 되어버렸다. 서랍 구석을 열면 이미 배가 금방이라도 터질 것 같은 수많은 우유들이 가득 차 역겨운 악취를 풍기고 있었다.

우유뿐만이 아니었다. 나에게는 초등학교 3학년 때 부모님으로부터 생일선물로 받은 햄스터 한 마리가 있었다. 작은 케이지 안을 뽈뽈 돌아다니고, 쳇바퀴를 굴리고, 해바라기씨를 두 손으로 잡고 고개를 바들바들 흔들며 열심히 먹고, 톱밥안에서 새근새근 잠드는 그런 모습들이 처음에는 귀엽고 신기했지만 시간이 지날수록 햄스터를 키우는 일에 싫증을 느꼈다. 먹이를 제때 챙겨주지 못하고, 점점 눈길을 주는 일이 줄어드니 나중에는 햄스터가 살았는지 죽었는지도 모를 정도가 되어버렸다. 맞벌이를 하는 부모님은 나 대신 햄스터에 신경을 써 줄 겨를이 없었기에 돌보는 일은 오롯이 내 몫이었다. 나는 혹시나, 정말로 죽어있는 햄스터를 보게 될까봐 두려워서 먹이를 주며 생사를 확인하는 일조차 하지 않게 되었다. 그렇게 한 달 정도가 지났을 무렵, 방 안에서 불쾌한 냄새가 서서히 감돌기 시작했다. 햄스터의 배설물을 오랫동안 청소해주지 않으면 나는 냄새보다 더 역한 냄새였다. 어쩔 수 없이, 용기를 짜내어 케이지 안을 살펴보기로 했다. 내 불길한 예상대로 햄스터는 톱밥 속에서 엎드린 채 싸늘하게 식어 있었다. 나는 햄스터를 굶겨 죽였다는 사실을 부모님에게 들킬까 무서웠다. '그렇게 사달라고 징징대더니, 네가 결국 소중한 생명을 죽이고 말았구나' 하고 꾸중을 들을 게 뻔했다. 그래서 나는 죽은 햄스터를 숨기기로 했다. 부엌에서 엄마가 쓰던 지퍼백과 비닐장갑을 가져와 손에 끼운 뒤 고개를 다른 곳으로 돌리고 손으로 사체를 잡아들었다. 그때 내 손은 벌벌 떨리고 있었다. 죽은 존재를 만지는 일은 매우 큰 용기가 필요한, 꺼림칙한 일이었다. 얇은 비닐 너머로 느낀 사체는 온기가 없고 가벼웠으며, 사후경직이 왔는지 더 이상 말랑말랑하지 않았다. 사체를 지퍼백에 넣은 후 지퍼를 꾹 닫았다. 그리고 돌돌 만 다음 부엌에서 랩을 가져와 다시 여러 번 꽁꽁 싸맸다. 막이 점점 불투명해져 사체가 보이지 않을 때까지. 혹시나 냄새가 새어나올까 싶어 다시 지퍼백에 넣은 후 밀봉하고 검은 비닐봉투에 넣어 입구를 묶었다. 그리고 내 방의 붙박이로 되어 있는 장롱 속 서랍 안에 숨겨두었다.

그리고 얼마 후, 친구 집에서 놀다 저녁까지 먹고 집으로 돌아온 나는 소스라치게 놀랄 수밖에 없었다. 엄마가 내 방을 정리하고 있었기 때문이다. 창문은 활짝 열려있고, 책장도 책상 위도 정갈하게 정리되어 있었다. 책상 서랍까지도 활짝 열려 있었다. 내 방 앞에서 겁에 질린 채 서 있는 나에게 엄마는 썩은 우유팩을 얼굴에 들이밀며 호통쳤다.

"이러니 네 방에서 썩은 내가 나지! 햄스터는 어디 갔어?"

"몰라… 예전부터 안 보였어."

"으이그, 탈출했나 보네. 집 안 어디 구석에서 죽어있을까 무섭다."

다행히도 엄마는 장롱 속까지는 정리하지 않은 모양이었다. 정돈된 내 방이 영 어색하게 느껴진 나는 괴이스러울 정도로 정갈해진 그곳에 도저히 있을 수 없었다. 그래서 그날 밤은 거실 소파에서 잠을 잤다.

우유를 서랍에 숨기는 버릇은 좀처럼 고쳐지지 않았고, 용돈으로 학교 근처 마트에서 방향제를 사서 장롱 안에 두기도 했다. 그러자 향기와 악취가 섞여 더욱 요상한 냄새가 났다. 가끔은 그 냄새에 나도 구역질이 났다.

어느 주말 저녁이었다. 아빠가 의미심장한 미소를 지어보이며 말했다.

"나는 책상 서랍에 뭐가 있는지 알지."

그 말을 들은 순간 심장이 쿵 하고 떨어질 것 같았다. '방 서랍'이 '장롱 서랍'으로 들렸기 때문이다.

"아, 아빠! 어떻게 알았어…?"

"엄마한테 또 혼나기 전에 얼른 우유 썩은 거 다 치워! 냄새 난다."

아빠는 내가 엄마에게 혼나는 것을 미리 막아주려는 모양이었다. 서랍을 열어 보니 벌써 열 개가 넘는 우유가 들어 있었다. 주말에도 저녁까지 식당 일을 하고 돌아오는 엄마에게 들키기 전에 우유팩의 입구를 따서 변기에 모두 버리고 환풍기를 틀었다. 이미 치즈가 되어 덩어리지며 변기물에 떨어지는 것도 있었다.

그날 밤, 엄마와 아빠가 깊이 잠들어 있을 때였다. 좀처럼 잠에 들지 못한 나는 이대로는 안 되겠다 싶어 결국 햄스터의 사체를 처리하기로 했다. 더 이상 이런 불쾌한 불안감을 느끼고 싶지 않았기 때문이다. 우유를 숨기는 일도 오늘부로 더 이상 하지 않기로 마음먹었다. 다시 용기를 내어 장롱 서랍을 열었다. 순간 우유 썩은 냄새보다 더 심한 악취가 코를 뚫고 들어와 나도 모르게 헛구역질이 났다. 한동안 장롱을 열 일이 없었기 때문에 이토록 악취가 날 줄은 모르고 있었다. 검은 비닐봉투는 여전히 그 안에 자리잡고 있었다. 아무리 그 작은 것을 랩으로 여러 번 싸매 밀봉했는데도 어떻게 악취가 뚫고 나온 것일까. 침을 꼴깍 삼켰다. 그리고 조심스럽게 그 봉투를 집어들었다. 가볍고도 묵직한 무게감이 섬뜩하고 불쾌했다. 그것을 들고 몰래 아파트 지하 쓰레기장으로 내려가 입구가 벌어져 있는 일반쓰레기 봉투 안에 넣어두었다. 그러고 나서 집으로 돌아온 후에도 자꾸만 구역질이 날 것 같았다. 사체와 닿은 것도 아닌데 손을 몇 번이고 박박 문질러 씻었다. 장롱 서랍을 열었던 탓인지 방 안에는 햄스터의 사체 냄새가 여전히 희미하게 남아있는 것 같았다. 다용도실에 있던 뿌리는 방향제를 집어들고 장롱 안에 몇 번이고 뿌렸다. 이 불쾌하고 역겨운 냄새를 어떻게든 덮어내야 했다. 그래도 찜찜했던 무언가를 완전히 처리했다는 해방감이 느껴졌다. 하지만 그날도 나는 내 방에서 잠들 수 없었다.

그런데 어느 때인가부터 엄마와 아빠가 큰소리를 내며 다투기 시작했다.

"당신이 어떻게 나한테 그럴 수 있어?"

"그러긴 뭘 그래? 증거 있어? 있냐구!"

원래 두 사람의 사이가 썩 좋은 편은 아니었지만, 서로 목소리를 높이는 날의 빈도수가 점점 늘어가는 것 같았다. 자세한 내막은 몰랐지만, 왠지 엄마가 잘못을 저질렀고 아빠가 그런 엄마한테 뭐라고 하는 것 같았다. 그럴 때마다 나는 이불에 얼굴을 파묻은 채 두 손으로 귀를 막고 끙끙대며 울었다. 두 사람 사이에서 태어난 내 존재를 부정당하는 것만 같은 나날들이 계속되고 있었다.

어느 날이었다. 학교에서 돌아와 보니 회사에 있어야 할 아빠가 식탁에서 소주를 마시며 흐느끼고 있었다. 밝은 햇살이 거실 바닥을 비추고 있는 배경과, 초록색의 소주병과 얼굴을 일그러뜨리며 우는 아빠의 모습은 도무지 어울리지 않았다.

"아빠, 왜 울어...? 엄마는?"

"...네 엄마 집 나갔다. 그 여자, 결국 나를 배신했어. 식당 사장이랑 눈 맞아서. 어떻게 그럴 수가 있냐. 어린 너를 두고…."

아빠는 초등학생이 몰라도 될 법한 말들을 나에게 막힘 없이 쏟아냈다. 그 말을 들은 나도 바닥에 주저앉고 엉엉 울었다. 엄마가 나까지 버리고 나갔다는 사실에, 우는 것 말고는 할 수 있는 게 없었다.

그 후부터 엄마의 빈자리는 한동안 친할머니가 채워 주셨다. 할머니는 한 달 정도 우리 집에서 생활하며 집안 청소를 하시거나 내 밥을 차려 주시더니, 아무래도 무릎이 아파서 안 되겠다며 결국 집으로 돌아가셨다. 그리고 할머니는 2주에 한두 번 정도 오시게 되었다.

"이제 애 엄마 없어도 돼. 그 여편네, 어디 지 새끼랑 남편 버리고 그놈이랑 잘 사는지 내가 두고 볼 거야."

할머니가 집에 오신 어느 날, 잠결에 건너방에서 들려온 아빠의 목소리였다. 할머니와 얘기를 나누고 있는 모양이었다. 그런데 왠지 아빠의 그 말이 나도 들을 수 있으면 들으라는 것처럼 느껴졌다.

그리고 다시 잠든 나는 꿈을 꾸었다. 길을 걷고 있는데, 저 앞으로 걸어가는 남녀의 뒷모습이 보였다. 여자의 뒷모습이 유독 익숙했다. 입고 있는 옷, 체형, 걸음걸이를 보니 엄마라는 것을 금방 알아차렸다. 황급히 엄마의 뒤를 쫓았다. 엄마는 어떤 남자와 팔짱을 끼고 있었다. 나는 그 뒷모습에 대고 애걸하듯 말했다.

엄마, 그 아저씨랑 얼른 떨어져. 빨리 집으로 돌아와.

보고 싶어. 빨리 돌아와.

그러자 엄마는 걸음을 멈추더니, 몸을 돌려 나를 보았다. 역시 엄마가 맞았다. 엄마는 온화한 미소를 지으며 나를 향해 팔을 벌렸다.

우리 딸. 엄마 여기 있어.

그 순간, 꿈에서 깨고 말았다. 결국 엄마에게 안기지 못하고 엄마가 없는 현실로 돌아와버린 것을 깨달은 나는 어린아이처럼 집이 떠나가라 울었고, 그 소리에 아빠와 할머니가 잠에서 깨어 나에게 달려왔다. 할머니의 토닥임에도 불구하고 좀처럼 흐느낌이 멈추지 않았다. 너무나도 아쉬웠기 때문이다. 차라리 계속 그 꿈속에서 영영 나오지 않았으면 했다. 그러면 엄마에게 안길 수 있고, 엄마와 계속 함께 있었을 텐데.

엄마가 없는 일상이 계속되었다. 아빠는 회사에 다니느라 집에 머무르는 시간이 거의 없었고, 할머니는 여전히 나를 챙겨주러 가끔씩 집에 찾아오셨다. 그렇기에 나는 집에서 혼자 있는 시간이 많았다. 특히 방학이 되면 더욱 그랬다. 집에서 혼자 TV를 보거나 할머니가 만들어주신 밥과 반찬을 혼자 차려먹을 때면 엄마 생각이 날 수밖에 없었다. 할머니의 밥과 엄마의 밥은 확실히 맛이 달랐다. 여태 엄마가 해준 밥에 익숙해져있던 나는 엄마와 엄마의 밥이 그리웠다. 엄마는 내가 보고 싶지 않은 건지, 나를 잊어버린 건지, 어떻게 전화 한번 없는 건지, 나는 엄마가 낳은 딸이 맞나 싶었다. 아빠가 아닌, 얼굴도 모르는 다른 남자를 쫓아가느라 나를 버린 엄마가 원망스러웠다. 그런 생각을 하다 보면 목이 답답해지면서 먹고 있던 밥그릇 위로 눈물이 뚝뚝 떨어졌다. 눈물이 밥에 소금간을 해주는 날이 적지 않았다. 초등학교 졸업식에는 할머니만 오셨다.

중학교에 진학한 직후 생리를 시작했다. 그리고 무언가를 처박아두는 내 증세는 여전했다. 생리는 마법이라느니, 거룩하다느니, 축하할 일이라느니 사람들은 떠들어대지만 나에게는 생리가 당황스럽고 더럽게 느껴졌다. 첫 생리의 기억은 아무리 생각해도 찝찝하고 불쾌하다. 그날은 이상하게도 아랫배가 엄청 아팠는데, 다음 날 아침에 일어나 보니 침대보에 새빨간 피가 큰 타원형으로 묻어있었다. 깜짝 놀란 나는 이게 내 몸에서 흘러나온 피인가 싶어 잠옷바지를 내리고 속옷을 확인해보았다. 역시나 속옷도, 잠옷바지도 온통 빨갛게 물들어 있었다. 다행히도 아빠는 이미 회사에 출근한 뒤였다. 나는 왠지 큰 잘못을 저지른 것 같아 침대보와 속옷과 잠옷바지를 모두 검은 비닐봉투에 모아 넣고 꽁꽁 싸맨 다음, 옷을 갈아입고 지갑을 챙겨 밖으로 나갔다. 비닐봉투는 쓰레기장에 버리고, 근처 편의점에서 생리대를 골랐다. 뭘 사면 좋을지 몰라 그냥 중형으로 집었다. 그리고 집으로 다시 돌아와 속옷에 난생처음 생리대를 붙여보았다.

그리고 죽은피를 잔뜩 머금은 생리대를 도무지 어디에 처리해야 좋을지 몰라 우유를 처박아두었던 서랍 속에 넣어두기 시작했다. 도저히 너무 많이 쌓여서 더 이상 버릴 데가 없으면 햄스터의 사체를 버리던 날처럼 그것들을 가득 담은 비닐봉투를 새벽에 몰래 가지고 나와 쓰레기장에 버렸다. 그렇게 나는 달마다 일주일씩 추잡하고 더러운 소녀가 되어버렸다.

내 아랫배 안쪽을 쥐어짜며 아프게 하고, 죽은피를 만들어 질 질 흐르게 하는 자궁 따위 흔적도 없이 들어내고 싶었다. 여자의 몸은 왜 꼭 이런 식으로 매달 피를 흘려야 하는 건지 이해할 수 없었다. 여자란 참 가엾고 추한 존재라는 생각이 들었다. 나에게 생리란 참 당혹스럽고, 추잡하고, 찝찝하고, 끔찍한 것이었다. 생리. 그 두 단어조차 역겹게 느껴졌다.

반에서 나를 좋아하는 남자애가 있다는 말이 들려오기 시작했다. 전혀 눈치채지 못하고 있었지만, "걔가 너 좋아한대" 하는 친구들의 말을 듣고 그 사실을 알게 되었다. 평소에 교실 안에서 유독 눈이 자주 마주치는 한 아이가 있었는데 그렇다고 그 아이와 친하거나, 곧잘 말을 나누는 사이도 아니었다. 그래서 나를 왜 좋아하는지는 이유를 알 수 없었다. 그 아이의 친구를 통해, 그 친구의 친구를 통해, 그리고 내 친구를 통해 그 아이의 마음이 나에게까지 전달된 모양이었다. 그 아이는 이렇다 할 특별한 점이 없는, 안경을 쓰고 과묵한 느낌이었다. 특별히 눈길이 가거나 굳이 끌릴만한 점은 없었다.

그로부터 얼마 지나지 않아 나에게 쪽지 하나가 전해졌다. 하교 시간이 되어 가방을 정리하고 있을 때 친구가 다가와 내 책상 위에 쪽지를 올려놓으며 말했다.

"걔가 너한테 전해달래."

친구는 다시 자신의 자리로 돌아갔고, 나는 반 접힌 종이를 열어보았다.

안녕.

너랑 친해지고 싶어

나는 ○○초 나왔구 ㅁㅁ아파트 살아

너는?

그 아이가 살고 있는 아파트는 이 동네에서 가장 비싸다고 소문난 신축 주상복합 아파트였다. 그렇다고 딱히 부럽다는 생각은 들지 않았다. 그저, 나한테 직접 물어보면 될 텐데 이렇게 쪽지로 말을 건다는 것 자체가 조금 우스웠다. 그래도 무시하기엔 미안하니 답장은 내일 해주기로 했다. 둘 다 같은 교실 안에 있었지만 눈이 마주치면 어색할 것 같아서 일부러 땅만 보면서 교실을 나섰다. 그 아이가 나를 계속 주시하고 있을지는 모를 일이었다.

다음 날, 나 역시 친구를 통해 그 아이에게 쪽지를 전달했다.

안녕.

너가 쪽지를 보내서 조금 놀랐어.

나는 ◇◇초 나왔고 △△아파트에 살고 있어.

그렇게 나와 그 아이는 친구를 통해 몇 차례 쪽지를 주고받았다. 교실 안에서 어쩌다 서로의 눈이 마주치면 나는 먼저 황급히 피해버리곤 했다.

답장 고마워.

나온 초등학교도 다르고 아파트도 다르네.

그래도 왠지 친해지고 싶었는데

쑥스러워서 직접 말을 걸기가 힘들었어.

혹시 먹는 건 뭐 좋아해?

난 떡볶이도 좋아하고 돈까스도 좋아하고

이것저것 다 좋아해.

그랬구나.

나도 딱히 가리는 건 없어.

혹시 나도 너한테 질문을 해야 하니?

딱히 뭘 물어야 할지 모르겠네.

이번 답장도 고마워.

질문할게 없으면 굳이 안해줘도 괜찮아.

너는 무슨 과목 제일 좋아해?

그날도 친구는 내가 하교 직전에 가방을 챙기고 있을 때 쪽지를 건네주었다. 설레는 마음도 없었고 굳이 큰 관심이 가지 않는 그 아이와 대화를 계속해서 이어가고 싶은 생각은 없었지만, 이미 시작된 이 쪽지 교환을 언제 끊어낼지도 애매했다. 그런 생각을 하면서 학교 정문을 나서고 있는데, 앞에 그 아이의 뒷모습이 보였다. 정문 앞에 세워진 차들 중에서 누가 봐도 크고 고급스러워 보이는 차에서 어떤 여자가 운전석에서 내리더니 그 아이에게 "아들~" 하고 부르며 손을 흔들었다. 그 여자는 그 아이와 조금 닮아있었고, 생글생글 웃는 상에 푸근한 느낌의 아줌마였다. 그 아이가 올라탄 다음 차는 금방 출발하고 저 앞으로 나아갔다.

다음 날, 그 아이에게 답장을 보냈다.

좋아하는 과목은 딱히 없어.
그런데 나는 네가 좋아할 만큼
그렇게 예쁘지도 않고 깨끗하지도 않은 애야.
초딩때 햄스터도 죽인 적 있어.
아무튼 미안.

그 후로 그 아이에게서 쪽지는 오지 않았다. 더 이상 자신과 얘기를 이어나가고 싶지 않다는 것을 내 마지막 쪽지를 통해 명백히 알았을 것이다. 자신의 마음을 거절당한 그 아이도 나를 불편하게 느낄 것이고, 나 또한 그 아이의 존재가 불편했다. 그래서 교실 안에서 그 아이와 눈이 마주치지 않으려고 애썼다. 그 아이도 나처럼 애를 썼는지는 모르겠지만, 나는 그러려고 했다. 최대한 부딪히고 싶지 않았기에 그 아이의 위치와 존재가 더욱 신경이 쓰였다. 그렇게 불편한 1학년 생활이 지나가고 있었고, 그 아이에게서 받은 쪽지들을 내 방 안의 그 서랍에 넣었다. 그리고 성적이 썩 좋지 않은 중간고사, 기말고사 성적표도 그 서랍 속에 숨겨 두었다. 돌돌 말리거나 풀려버린 생리대, 그리고 구겨진 성적표와 함께 그 쪽지들은 서랍 안에서 부패해갔다.

어느 날, 학원을 마치고 평소보다 조금 늦은 시간에 집으로 돌아와 보니 내 방 안에서 아빠가 쓰레받기로 먼지를 모으며 마무리작업을 하고 있었다.

그리고 내가 무엇보다 숨기고 싶었던 것들이, 그 누구에게도, 내 자신에게도 보이고 싶지 않은 것들이 옹기종기 모여 내 방 앞에 떡하니 놓여 있었다. 여러 개의 생리대, 성적표, 쪽지… 나는 너무 당황스러워 아무 말도 할 수 없었다. 그 순간에 나는 그저 내 방 앞 문턱에 멍하니 넋을 놓고 서 있을 수

밖에 없었다. 흐르는 시간과 돌아가는 생각이 멈춘 것처럼.

"방에 썩은내가 실실 나길래 치웠는데, 어떻게 너는 중학생이 돼도 안 변하냐? 응?"

"……."

"아빠는 네 성적이 좋든 나쁘든 신경 안 쓰고, 그리고 그 있지 왜, 여자가 자연스럽게 하는 그거. 그건 숨길 게 아니야. 굳이 왜 이런 데 쌓아놔? 화장실에 쓰레기통 따로 만들어서 거기다 버리던가. 아무튼 쓰레기가 생기면 바로바로 버려. 이렇게 처박아 두지 말고. 냄새 난다."

나는 너무 당혹스럽고 창피해서 아무 말도 할 수 없었다. 입을 꾹 다물고 까만 비닐봉지를 가져와 그것들을 주섬주섬 담은 후 바로 쓰레기장으로 내려갔다. 봉투를 들고서 엘리베이터에 올라타고, 쓰레기를 버리고, 다시 엘리베이터를 올라오는 동안 너무 창피해서 눈물이 났다.

다시 집으로 돌아오자 아빠가 내 방에서 나오며 말했다.

"아빠가 얼추 다 치웠으니까 이제 나머지는 네가 알아서 치워라."

나는 아빠의 말을 따라 말없이 내 방을 마저 정리하고 있었다. 그런데 아빠가 다시 나에게 다가왔다.

"...혹시 햄스터를 죽였었니?"

"아, 아니야! 일부러 죽인 게 아니라 밥을 제때제때 잘 못 줘서 그랬던 거야…."

"그럼 혹시 지금 남자친구 사귀니?"

"아니야. 그런 거 절대 아니야!"

"숨길 거 아니야. 그냥 궁금해서 그래."

"진짜 아니야. 그거 다 옛날 거고, 걔만 나 좋아했어…."

"그런 거지? 괜히 우리 딸 공부 집중 못할까 봐."

"나는 걔한테 진짜, 전혀 관심 없었어."

"근데 왜 그런 걸 아직도 갖고 있었어?"

"거기다 내가 버린 거야. 암튼 다 끝난 일이라니까. 그리고 그런 걸 왜 다 읽고 그래? 진짜 짜증 나!"

"그래, 그래. 알았다. 아무튼 누굴 닮아서 방구석에 뭘 자꾸 처박아 두는지 참…"

"아, 몰라! 치우면 되잖아. 빨리 가."

물러가는 아빠의 뒷모습에 대고 한껏 짜증 섞인 말을 던졌다. 그리고 앞으로 다시는 서랍에 무언가를 쌓아두지 않기로, 이런 찝찝하고 더러운 버릇을 얼른 고쳐버리기로 마음먹었다.

중학교 2학년이 되었다. 이제는 우리 가족은 나와 아빠, 이렇게 둘 뿐이라고 여기게 되었다. 그러다 가끔은 나, 아빠, 할머니 이렇게 세 가족. 엄마는 더 이상 우리 가족이 아니라고 느껴졌다. 엄마 없이 보내는 날들이 당연한 일상이 되었고,

엄마가 어느 날 갑자기 나타나면 오히려 그게 더 이상할 것 같았다. 심지어, 나타난 엄마를 마구 때리는 상상도 했다. 그런 상상을 하고 나면 분이 조금은 풀리는 것 같았지만 곧이어 그리움과 서러움이 몰려왔다. 그래도 이제 혼자 밥도 차려먹을 수 있게 되었다. 할머니에게서 밥 짓는 법과 미역국과 된장국, 김치찌개 등을 만드는 법을 배웠기 때문이다. 빨래도 알아서 돌리고, 교복도 너무 구겨져있으면 다리미로 직접 다렸다. 집안에 먼지나 머리카락이 많이 쌓였다 싶으면 청소기를 돌리고, 화장실 세면대나 욕조에 때가 끼면 직접 박박 닦기도 했다. 밥을 차리고, 빨래를 하고, 청소를 돌리는 일을 직접 하기 시작하면서 이 고된 일들을 엄마가 여태 다 했겠구나 싶어 짠한 마음이 들기도 했다.

하지만 내 버릇은 다짐만으로는 쉽게 고쳐지지 않았다. 숨기고 싶고 버리고 싶어도 나도 모르게 쌓아두게 되는 그것들은 여전히 내 서랍에 쌓여가고 있었다. 그러다 정말 서랍이 넘쳐서 터질 것 같을 때, 잠들어 있는 아빠 몰래 쓰레기장에 버렸다.

그날 새벽은 쓰레기를 내다버린 다음 놀이터의 그네에 잠시 앉아있었다.

과연 다른 사람들에게도 이런 버릇이 있을까, 아마 나만 이런 게 아닐까, 나는 대체 왜 이 찜찜한 버릇을 고치지 못하고 있는 것일까, 대체 왜… 그리고 왜 엄마는 평범했던 나를 엄마 없는 애로 만들어, 왜 내가 집안일을 다 하게 만들어, 왜 다른 애를 부럽게 만들고 질투하게 만들어, 왜 항상 나를 답답하고 슬프고 화나게 만들어, 어쩜 그렇게 책임감 따위 없는 건지, 그딴 식으로 굴 거면 아빠랑 결혼하지도 말고 나를 낳지도 말든가 왜 낳아서 나를 이렇게 외롭고 힘들게 만들어, 어떻게 연락 한번을 안 해, 나 따위 안중에도 없는 매정한 여자, 배신자, 배신자, 이 배신자야, 엄마라고 부를 가치도 없고 불릴 자격도 없어, 대체 왜, 대체 왜 다 이래, 왜, 왜, 왜!

그래도 혹시, 엄마가 다시 집으로 돌아온다면…

눈물이 왈칵 차오르고 결국 터져버렸다. 누가 볼까 싶어 그네에서 일어나 놀이터를 빠져나왔다. 그넷줄이 찰랑거리는 소리를 뒤로 하며 집으로 돌아왔다.

다음 날, 학교에서 돌아와 보니 거실 소파에 어떤 여자가 가만히 앉아 있었다.

"엄마…?"

익숙한 옆모습, 엄마가 집에서 자주 입던 노란 색감의 알록달록한 꽃무늬 원피스, 여태 원망하고 그리워했던 그 사람. 바로 엄마였다. 순식간에 목이 뜨거워지면서 여태 지니고 있었던 원망과 서러움이 눈물이 되어 마구 터져나왔다. 가방도

벗지 않고 달려가 엄마를 와락 안았다.

"엄마, 지금까지 어디 있었어? 왜 이제 왔어!"

어린아이처럼 엄마 가슴에 얼굴을 파묻고 울부짖었다. 엄마는 나를 꼭 안고 얼굴을 어루만져주었다.

"우리 딸… 교복 잘 어울리네…."

"엄마… 엄마아… 여태 어디 있었어… 왜 집 나갔어… 왜 나랑 아빠를 버렸어…"

나는 질문과 울음을 동시에 토해내고 있었다. 언제나 품고 있던 엄마에 대한 의문들이었다.

"미안해… 엄마가 미안해…"

"이제 계속 집에 있을 거지…?"

"…엄마는 항상 네 곁에 있었어."

"아니잖아. 그동안 엄마 없이 얼마나 외로웠는데! 엄마 보고 싶어서 내가 얼마나 많이 울었는데!"

내 목소리는 악에 받쳐 있었고, 엄마는 여전히 내 얼굴을 어루만지고 있었다.

"엄마는 다른 아저씨랑 같이 살고 있었잖아! 왜 그랬어?"

"…엄마가 좀 찾고 싶은 게 있어."

"갑자기 뭘 찾고 싶은데…?"

"베란다에서 그걸 좀 찾아줄래?"

"그걸…? 그게 뭔데…?"

"그거… 그거… 그거… 그거… 그거… 그거…"

온몸에 소름이 확 끼치며 눈이 떠졌다. 나는 거실 소파에 교복을 입은 채로 누워 있었고, 엄마의 모습은 온데간데없었다. 하지만 표정 없는 텅 빈 얼굴로 같은 말을 반복하는 엄마의 모습과 목소리는 여전히 귓속에 남아 웅웅거리고 있었다. 얼마 지나지 않아 오늘이 생리 첫날이라 배가 아파서 아까 학교에서 조퇴를 했다는 것을 기억해냈다. 아직 날이 밝은 시간인지, 햇살이 거실을 비추고 있었다. 내 얼굴을 만지는 엄마의 손길을 느끼고 엄마의 품에 파묻혀 울음을 토해내던 게 몇 초 전에 있었던 일처럼 생생했다.

그리고, 무언가를 찾아달라는 엄마의 부탁. 그것이 무엇인지 찾기 위해 나는 베란다로 향했다. 우리 집 베란다는 꽤 넓은 편이었다. 그 공간에는 차곡차곡 쌓인 박스들과 잡동사니, 당장 쓰지 않는 물건들로 빽빽하게 채워져 있었고 부피도 꽤 되어 베란다를 가득 메우고 있었다. 그동안 창문을 열고 닫고 할 때 말고는 베란다에 들어올 일은 거의 없었다. 이 수많은 물건들 중에서 엄마가 찾는 물건이 대체 무엇인지 정확히 알 수 없었기에 막막했다. 하지만 물건들을 하나씩 꺼내보고 들여다보면 어떻게든 찾아낼 수 있을 거라는 생각이 들었다.

고장난 라디오, 접이식 탁자, 안 보는 책들, 안 신는 신발들,

안 입는 옷들, 낡은 스케이트화, 이제는 타지 않는 어린이용 자전거, 녹슨 쇠붙이들, 아빠의 낚시용품… 나는 상자를 하나하나 열어보며 물건들을 꺼내기 시작했다. 과연 이 안에서 엄마가 찾는 건 무엇일까. 편지? 앨범? 옷? 하지만 지금까지 살펴본 것 중에서는 엄마가 찾을 만 한 건 없어 보였다.

'그거…' 대체 그게 무엇일까. 꿈속에서 엄마는 무엇을 원하던 걸까. 땀이 흐르기 시작하고 먼지가 날려 계속 재채기를 했다. 빠르게 도망가는 바퀴벌레도 몇 마리 보였다.

잡동사니들을 거의 다 빼고 나니 베란다 안쪽에 문이 보였다. 창고 공간이었다. 그 안쪽에도 짐이 가득 쌓여있을 것이 뻔해 한숨이 나왔다. 그렇지만 왠지 저 안에 엄마가 찾던 물건들이 있지 않을까 하는 예감이 들었다. 물건들이 널브러진 틈 사이사이를 밟으며 문 앞으로 다가갔다. 그 앞에 있는 박스들과 잡동사니를 다른 곳으로 밀고 옮긴 다음, 문의 동그란 손잡이를 돌렸다. 문은 뻑뻑해서 잘 열리지 않았다. 힘을 주고 손잡이를 당기니 문이 팍 하고 열렸다.

순간, 수백 마리의 날파리떼와 태어나서 처음 맡아보는 고약한 냄새가 기다렸다는 듯 터져나왔다. 그 냄새는 오래 방치한 음식물쓰레기 냄새보다, 햄스터 사체가 풍기는 냄새보다 몇십 배는 더욱 강력했다. 나는 얼른 다시 문을 닫았다. 날파리들은 붕붕 소리를 내며 내 주위를 정신없이 맴돌고 있었다.

구역질이 나고 몸이 떨려오기 시작했다. 손, 다리, 어깨, 이빨까지 온몸에 진동이 퍼졌다. 마치 맡아서는 안 되는 냄새를 맡은 것처럼.

문 앞에서 심호흡을 했다.

이제 내가 가진 고약한 버릇을 완전히 고쳐버리자. 이 안에 처치곤란한 게 쌓여있다면 얼른 처치해 버리자. 그리고 얼른 엄마가 찾는 물건을 찾아내자. 그러면 엄마는 다시 돌아올지도 모른다.

용기를 내어 다시 문을 열기로 마음먹었다. 한손으로 코를 막고 한손으로 손잡이를 잡고 돌려 그 문을 다시 열었다. 무슨 오기였을까.

그 비좁은 공간 안에도 잡다한 상자와 낡은 물건들이 차곡차곡 쌓여있었다. 나는 그것들을 하나씩 빼내기 시작했다. 여전히 한손으로는 코를 막고 있었고, 날파리들은 번갈아가며 내 얼굴을 때렸다.

그리고 얼마 지나지 않아 그 잡동사니 사이로 커다랗고 불투명한 비닐 자루가 바닥에 놓인 것이 보였다. 그것은 몇 겹이고 꽁꽁 싸매어진 채였다.

순간, 열어보면 안 될 것 같은 불길한 느낌과 반드시 열어봐야 할 것 같은 정반대의 예감이 머릿속에서 충돌했다. 하지만 발견한 이상 여기서 멈출 수 없었다.

나는 숨을 참고 두 손으로 그 자루의 매듭을 풀었다. 힘껏 묶인 매듭을 푸느라 손톱이 떨어져나갈 것 같았다. 심장은 반복적인 발악을 하고 있었다.

엄마, 그걸 내가 꼭 찾아줄게.

어렵게 매듭이 풀린 그 순간, 코가 시큰하고 정신이 아득해지는 악취가 뿜어져나왔다. 내 후각이 본능적으로 호흡을 멈추려 했기 때문에 당장 숨통이 끊어질 것만 같은 끔찍한 냄새였다.

그리고, 벌어진 틈 사이로 검은 털 뭉치가 보였다. 나는 바들바들 떨리는 손으로 그 틈을 더 벌렸다.

엄마.

나 드디어 찾은 것 같아.

엄마는 그 자루 안에서 쪼그린 채 나를 보며 다정한 미소를 짓고 있었다. 그 노란 원피스를 입고서.

"드디어 찾았구나, 우리 딸."

엄마의 얼굴도, 손발도, 팔다리도 모두 그을린 듯 검게 변해 있었다. 나를 바라보는 엄마의 눈은 혼탁한 색이었고 눈이라고 할 수 있는 형체도 녹은 것인지 부패한 것인지 거의 남아 있지 않았다. 나에게 말을 하는 엄마의 입술 역시 검었고, 생기도 수분도 없이 쪼글쪼글하게 말려 치아가 거의 다 드러나 있었다. 엄마가 입고 있는 원피스 또한 엄마를 따라 대부분 검게 물들어 있었고, 나쁜 벌레들이 감히 우리 엄마의 몸 여기저기를 기어다니고 있었다. 오랜만에 만난 엄마는 많이 변해 있었다.

날파리들은 여전히 내 귓가를 맴돌고 얼굴을 마구 때렸다. 이윽고 다리에 힘이 풀려 내 뒤에 쌓인 짐들 위로 풀썩 쓰러졌다.

그리고 그 순간 든 생각은, 내 버릇은 과연 누굴 닮았는가 하는 것이었다.

두 번째 이야기

죄악

"여보세요?"

"오빠."

"…누구세요?"

"나 지은이야. 이건 친구 번호고."

"어… 그래. 지은아. 웬일이냐? 오랜만이네."

"오빠. 소식… 들었어?"

"응? 무슨 소식?"

"민선이… 죽었어."

"…뭐?"

"민선이 죽었다고. 자살했다고."

"걔가… 죽었다고?"

"어. 맞아."

"너 이거 농담하는 거 아니지?"

"오빠, 나 지금 그럴 때 아니야."

"어, 언제 그랬대...?"

"어젯밤에 걔 자취방에서 민선이 부모님이 발견하셨어. 나는 지금 장례식장이고."

"발견했다는 건··· 이미 그땐 죽어있던 상태였다는 거지?"

"응. 목을 매달았나봐."

"그럼 유서는? 유서 남겼대?"

"...하, 유서를 남겼냐고? 뭐 찔리는 거라도 있나 보지? 걔가 유서를 남겼는지 어떤지는 나도 아직 잘 모르겠네요."

그 목소리는 냉철하고 비꼬는 말투였지만 울음이 묻어나는 것이 느껴졌다.

"아··· 어떻게 이런 일이···. 진짜 너무 당황스럽다."

"...있잖아, 나는 솔직히 오빠가 민선이 장례식에 안 왔으면 좋겠어. 나도 이렇게 오랜만에 전화해서 모진 말 안 하려고 했는데, 박성민 씨. 똑똑히 들으세요. 민선이가 죽은 건 당신 탓이에요. 그러니까, 알고는 계시라고요. 걔가 죽었다는 거."

"······."

"그럼 끊는다."

지은의 전화를 받고난 후, 지금 내가 꿈을 꾸는 건지 현실인지 분간이 잘 되지 않았다. 당혹스러움에 손가락 끝이 저려오는 것을 느끼며 책상 의자에 털썩 주저앉았다.

나 때문이라고? 걔가 죽은 이유가?

민선이 스스로 목숨을 끊은 이유는 아무리 다른 이유를 찾으려 해도 내 탓일 수밖에 없었다. 민선은 불과 두 달 전까지만 해도 내 애인이었고, 그녀에게 이별을 고한 건 나였으니까. 민선과는 대학 시절부터 4년 가까이 교제했고, 그런 민선을 소개해 준 사람이 대학교 동아리 후배인 지은이었다. 지은과 민선은 학교는 다르지만 같은 고등학교를 나온 절친한 친구 사이였다.

그러고 보니 어젯밤, 아니, 오늘 아침인가. 꿈에 민선이 나왔다. 오랜만에 꾸는 그녀의 꿈이었다. 민선은 우리가 자주 갔던 카페에 홀로 앉아 울고 있었다. 그 자리도 우리가 그 카페에 가면 항상 앉던 자리였다. 나는 길을 지나가다 밖에서 우연히 그 모습을 발견하고 유리창 너머로 보고 있었다. 그리고 이렇게 생각했던 것 같다.

쟤는 아직도 저렇게 질질 짜고 있냐. 여전하다.

그때, 민선이 잠시 울음을 멈추고 자리에서 일어났다. 그리고 그 순간 그녀도 창밖의 나를 향해 고개를 돌렸고, 서로의 눈이 마주쳤다. 민선의 눈과 코는 붉게 물들어 있었다. 나는 얼른 고개를 돌려 그 시선을 회피하고 다시 가던 길을 갔다. ...그랬던 것 같다.

그 꿈을 떠올리니 온 몸의 털이 곤두서는 것이 느껴졌다. 그 꿈을 꿨을 때가 민선이 목숨을 끊기 전인지 후인지 알 수는 없었지만, 분명히 서로의 눈이 마주쳤다. 꿈속에서 말이다.

민선의 장례식에 갈 수 없었다. 나는 가서는 안 되는 사람이었다.

지은과 나는 대학시절 동아리방 근처 흡연장소에서 종종 함께 담배를 피우며 대화를 주고받다가 자연스럽게 친한 오빠 동생 사이가 되었다. 내가 졸업하고 취직을 한 후에도 서로 가끔 안부를 물었고, 대학시절에 만나던 여자친구와 헤어진 지 몇 개월이 지나도 좀처럼 애인이 생기지 않던 참에 오랜만에 만난 지은에게 말했다.

"지은아, 나 요즘 외롭다. 주변에 괜찮은 애 없냐?"

"내 주변에? 글쎄… 한번 찾아볼게."

"얼른 카톡 프로필 뒤져 봐. 오늘 누구 하나 소개시켜주면 밥이고 커피고 술이고 내가 다 산다."

"이 아저씨 요즘 엄청나게 외로운가 보네. 내 주변에 요즘 솔로인 애가 누가 있더라… 아, 민선이 걔가 지금 남친 없구나. 걔 우리 학교 옆에 여대 다니는데 되게 성격 좋고 외모도 예쁘장하거든. 근데 이상하게 오랫동안 솔로야. 어, 잠깐만. 걔는 나랑 엄청 친해서 함부로 소개시켜주기 좀 그런데…."

"뭘 함부로 소개시켜 주기가 좀 그래? 이 오빠가 너랑 쌩판 남이냐?"

"혹시라도 둘이 헤어져 봐. 그땐 가운데 입장인 내가 뭐가 되겠어?"

"뭘 벌써부터 그런 얘길 하냐. 일단 사진부터 보여줘 봐. 보고 판단하게."

"괜히 말 꺼냈나 몰라. 그럼 우선 얼굴만 보여줄게."

해바라기 밭을 배경으로 하고, 흰 원피스를 입고, 검고 긴 머리에 갸름하고 선해 보이는 얼굴이 보였다. 지은이 사진으로 보여 준 민선의 외모는 충분히 내 취향이었고, 강력한 끌림을 느꼈다. 곧바로 지은의 손을 부여잡고 말했다.

"야, 지은아. 나 얘 좀 소개시켜 주라. 오늘 내가 다 살게."

"얘는 많이 친한 애라서 좀 그렇다니까. 사람 일 어떻게 될지 몰라. 난 불편해지는 일 피하고 싶어."

"그럼 넌 나랑은 안 친하냐, 어? 진짜 너무하네."

"아, 당연히 오빠랑도 친하다면 친하지."

"네가 아끼는 사람들끼리 잘 되게 좀 도와줘라."

"그럼 일단 얘한테 물어는 볼게. 김칫국이지만 혹시 오빠 얘랑 사귀게 되면 진짜 끝까지 잘 해줘야 된다? 나 불편한 일

만들지 마. 진짜로."

"나중에 가방 뭐 고를지 고민이나 해."

그렇게 나와 민선은 지은의 도움으로 첫 만남을 가졌고, 실물도 사진과 별반 다르지 않은 단아한 외모의 민선은 차분하면서도 적당히 장난기 있는 성격을 지니고 있었다. 그런 민선에게 나는 세 번째 만남에 고백을 했고, 내 마음을 받아준 민선과 연인이 되었다. 우리는 여느 커플들처럼 주기적으로 데이트를 하고 연락하며 잘 만나고 있었다.

그러나 민선은 오랜 취업준비 기간에도 불구하고 좀처럼 취업이 되지 않았다. 나와 만남을 시작할 때부터 졸업준비와 취업준비를 하고 있었지만, 조금은 소극적이고 답답한 구석이 있는 탓에 면접도 잘 보지 못해 매번 울상으로 돌아오기 일쑤였다. 결국 2년 동안의 취업준비를 접고 민선은 공무원 시험을 준비하기 시작했다. 그동안 나는 다니던 중소기업에서 대기업으로 이직에 성공했지만 민선은 좀처럼 좋은 결과를 내지 못했다. 처음 친 시험에서도 낙방한 민선은 내 앞에서 자주 눈물을 보이기 시작했고, 나에게 심적으로 의지하려고 하는 것이 느껴졌다. 같이 있으면 나한테까지 우울함이 옮는 기분이었다. 게다가 오랜 준비기간 동안 민선의 몸도 많이 불어났다. 나는 그런 그녀가 서서히 버거워지기 시작했다. 그렇지만 그녀는 여전히 나를 진심으로 사랑해주었다. 돈을 벌지 못

하는 고시생의 형편에도 곧잘 내 도시락을 싸서 회사 앞으로 가져다주거나 자주 나와 만나고 싶어 했다. 그녀와 만날 때에 돈을 벌고 있는 입장인 나만 대부분의 데이트비용을 지불하는 것도 점점 짜증이 났고, 그녀가 내 앞에서 뭔가를 먹는 모습도 꼴 보기 싫었고, 잠자리를 갖기도 싫어졌다. 뱃살이 접히고 허벅지에 우둘투둘하게 지방이 보이는 것도 보기 싫었다. 사랑하는 연인 사이라면 서로 의지하고 돕고 힘이 되어야 한다지만, 언젠가부터 나는 그럴 마음이 없어졌다. 충분한 월급을 받으며 남부럽지 않게 사니 주변에서 전문직 여성이나 새로운 사람을 소개해주겠다는 제안도 곧잘 들어왔다. 나는 이렇게 승승장구하고 있는데, 그에 비해 내 곁에 있는 민선의 존재는 초라해보였고, 짐처럼 느껴졌다.

결국 우리가 만난 지 4주년이 되기 한 달 전쯤, 나는 그녀에게 전화로 이별을 고했다.

"민선아. 어떻게 스물여덟이나 먹고 아직도 취업을 못 했냐? 너 맨날 나한테 징징대는 거, 우는 거 받아주기엔 이제 너무 지쳤다. 그리고 작작 좀 먹어라. 너 요즘 군살 엄청 늘었어. 나 이제 너한테 하나도 안 꼴려. 여자처럼 안 보인다고요. 그리고 또, 너 월 400 버는 남자 만나려면 너도 삼백은 넘게 벌어야 돼. 어쭙잖은 공무원 시험 준비해서 만약 붙는다쳐도 160은 벌긴 하겠냐? 앞으로 도시락 안 싸 줘도 되니까 시험에나 집중해. 잘 지내라."

평소에 민선에게 불만이었던 점을 쉬지도 않고 따발총처럼 연타했다. 대답도 듣지 않고 얼른 전화를 끊은 다음 민선의 번호를 스팸으로 설정했다. 그토록 모질게 말한 이유는 민선이 나를 빨리 떨쳐낼 수 있도록 일부러 그런 것이었다. 그리고 민선의 친구인 지은에게서 쓴 소리를 들을까 싶어 지은의 번호까지 차단했다. 두 명의 번호를 동시에 차단해서인지, 그 후로 두 사람에게서 나에게 연락이 오거나, 회사나 집 앞으로 찾아오는 일은 없었다. 생각보다 질척거리지 않아서 다행이라고 생각했다. 그렇게 4년간의 연애는 생각보다 간단히 끝을 낼 수 있었다. 민선이 이별의 고통으로 시험을 망칠지 어떨지는 이제 더 이상 내가 관여할 바가 아니었다. 일방적이기는 해도 이제는 완전히 남남이 되었으니까. 이제부터는 새로운 사람을 만나볼까도 싶었지만 당분간 연애는 잠시 쉬기로 했다. 그동안 나도 많이 지쳤던 것 같다. 나는 이별이 전혀 힘들지 않았다. 오히려 후련했다. 4년이나 만난 사람과 이렇게 갑자기 끝을 내도 아무렇지 않을 수 있구나 싶었다.

하지만 민선과의 이별 후 처음으로 그녀의 꿈을 꾸고 사망소식을 전해들은 그날 밤, 나는 도저히 혼자 집에 있을 수 없었다. 죄책감도 죄책감이지만, 솔직히 두려웠다. 자꾸만 꿈에서 보았던 민선의 얼굴이 아른거렸기 때문이다. 눈물이 고여 붉게 물든 눈으로 나를 바라보던 그 얼굴.

결국 나는 대학시절 친구 도현을 집에 불렀다.

"야. 그래도 4년을 만났는데 장례식장은 가야 되는 거 아니냐?"

"미쳤냐? 거길 어떻게 가. 내가 걔를 죽게 만든 장본인이라는데. 걔네 부모님이 날 보면 반 죽여 놓지 않을까? 아니, 진짜 죽이려고 할 수도 있어."

"걔네 부모님 뵌 적은 있어?"

"걔한테 헤어지자고 하기 서너 달 전인가, 걔가 나한테 자기 부모님 뵐 생각 있냐고 슬쩍 물어보더라고. 그런데 이미 그땐 걔랑 결혼 생각을 접은 때여서 그냥 천천히 뵙자고 둘러댔었지. 그리고 시험도 안 붙었는데 자기 부모님 보여주려고 하는 거 보고 혹시 나한테 취집하려는 거 아닌가 생각도 들었고."

"어휴. 박성민 너도 참 개새끼다."

"나도 어쩔 수 없었어. 마음이 식었는데 뭘 더 어떻게 해. 도현아, 나 이제 어떡하냐? 민선이 부모님이 칼 들고 집에 찾아오면 어떻게 해? 민선이 걔 하나뿐인 외동딸이란 말이야."

"어떡하긴 뭘 어떡해? 이미 끝난 사람인데 이제 너랑 상관없는 일이라고 생각해야지."

"유지은 걔가 민선이 죽은 게 나 때문이라잖아."

"그러게 왜 그렇게 매몰차게 굴었냐?"

"그래야 걔가 정신 차릴 줄 알았지⋯."

"아무리 끝이라도 예의는 갖추지 그랬어."

"하아⋯ 진짜 미쳐버리겠네⋯."

"어쨌든 이미 벌어진 일은 어쩔 수 없고, 최대한 너랑 상관없다고 생각하라니까."

"야, 오늘 우리 집에서 좀 자고 가라."

"자고 가긴 뭘 자고 가? 남자놈이 뭘 쫄고 그래. 나 빤쓰랑 칫솔 안 챙겨 왔어."

"빤쓰 하루 더 입는다고 어디 덧나냐? 1회용 칫솔도 집에 있구만."

"어, 나는 덧나. 그리고 남의 집에서 잘 못 자니까 나 가고 나서 혹시 무슨 일 생기면 바로 전화하든가."

"새끼, 매정하기는."

"아무튼, 걔가 설마 귀신 돼서 널 쫓아오기라도 하겠냐? 세상에 귀신은 없어. 최대한 냉정하게 생각해. 너도 걔 때문에 힘든 게 있었잖아. 맨날 너만 돈 쓰고, 걔 찡찡대는 거 받아주고. 어두운 사람이랑 있으면 똑같이 어두워져. 걔가 그렇게 된 건 정말 안 된 일이지만, 자살을 했다는 건 그만큼 우울증이 심각했단 얘기야. 우울증 있는 애인을 누가 계속 데리고 있으려고 하겠냐? 결말이 안 좋긴 하지만, 잘 헤어졌다 생각해라."

둘이서 소주 세 병과 맥주 네 캔을 함께 비운 후 도현은 매정하게도 집으로 돌아갔고, 그의 말에 나는 조금은 불안을 떨쳐낸 상태로 침대에 몸을 뉘였다.

그동안 나도 많이 힘들었다, 이미 끝난 사람이고, 이번 일은 나와는 상관없는 일이다…

잠에 들 때까지 계속 혼자서 중얼거렸다. 웃고, 울고, 나에게 말을 걸고, 나를 만지는 민선의 옛 얼굴들이 자꾸만 눈앞에 어른거렸지만 애써 다른 생각을 하려 노력했다.

잠결에 누군가 내 다리를 잡고 흔드는 것이 느껴졌다.

"…오빠."

익숙한 목소리에 퍼뜩 눈이 떠졌다. 방 안이 어두워 그 얼굴이 잘 보이지 않았지만, 누군가가 침대에 앉아 나를 바라보고 있었다. 비몽사몽한 상태로 이게 무슨 상황인가 싶어 그 얼굴을 유심히 살펴보려 애썼다. 이윽고 좀 더 뚜렷해진 그 얼굴을 확인하고 나는 심장이 쿵 하고 내려앉는 것을 느꼈다. 꽤 야위었지만, 그 사람은 바로 민선이었다. 죽었다던 민선은 나를 바라보며 희미하게 미소를 짓고 있었다!

"으아아아아악!"

나는 비명을 내지르며 침대에서 굴러떨어졌다.

"아우, 깜짝이야! 옆집 사람들 다 깨겠다. 뭘 그렇게 소리를 질러?"

"너, 너 어떻게 된 거야? 죽은 거 아니었어?!"

그 말에 민선이 손을 입으로 가리며 풋, 하고 웃었다.

"히히. 내가 죽긴 왜 죽어. 설마 진짜로 속은 거야? 지은이가 괜히 오빠 골려주려고 장난친 건데."

'히히' 하는 웃음소리도 민선이 맞았다. 그녀는 항상 그렇게 웃었다.

"이 새벽에… 여긴 어떻게 왔어?"

"나 오빠 집 비밀번호 아직도 기억해. 비번 아직도 안 바꿨더라. 나 그냥, 오랜만에 오빠 보고 싶어서 왔어. 아까 여기 근처에서 지은이랑 술 마셨거든. 걔가 오빠한테 전화 걸면서 메소드 연기를 하는데 옆에서 웃음 참느라 진짜 죽는 줄 알았어. 그래서 술집 밖으로 뛰쳐나가서 엄청 웃었잖아. 암튼 나 경찰에 신고하면 안 된다?"

"그 말 진짜야...? 둘이 날 속인 거였어?"

"그래. 오빠가 하도 모질게 날 차서 복수한 거야, 이 나쁜 놈아."

민선은 손바닥으로 내 어깨를 내치리며 말했다.

"...민선아, 그땐 내가 정말 잘못했다. 그렇게 모질게 말할 필요까진 없었는데 일부러 나한테 빨리 정 떼게 하려고 그랬던 거야. 진심으로 미안해. 용서해 주라."

나는 민선에게 두 손을 모으고 빌다시피 하며 말했다.

"솔직히 오빠한테 그 말 들었을 때 진짜 상처긴 했어. 근데 틀린 말 한 건 없더라? 히히. 그래도 술김에 찾아오긴 했는데 이렇게 오랜만에 봐서 좋다. 계속 바닥에 있지 말고 빨리 다시 침대로 올라와."

민선의 말대로 바닥에서 일어나 천천히 침대로 올라가 앉았다. 내 옆에 나란히 앉은 민선은 내 볼을 어루만지며 말했다.

"...오빤 여전하네."

민선의 손은 차가웠고, 그녀의 얼굴은 전보다 매우 야위어 있었다.

"너 왜 이렇게 살이 많이 빠졌어...? 나 때문에 맘고생 한 거야?"

"그래! 차였는데 누가 밥이 넘어가! 덕분에 살 많이 빠졌어. 한 10킬로? 12킬로? 이별보다 더 좋은 다이어트가 없던데? 히히."

"역시 맘고생 많이 했구나. 미안하다. 다 잊어 주라. 정말 내가 잘못했어."

"알겠어. 이제는 뭐… 괜찮아."

"요즘 어떻게 지냈어? 계속 공부는 하고 있고?"

"공부는 계속 해야지 뭐. 벌써 몇 달 안 남았어."

"여전히 고생하고 있었구나. 그나저나 정말 천만다행이야. 난 네가 진짜 죽은 줄 알았어. 지은이 걔가 장례식 오지 말래서 못 갔잖아."

"흐히히히, 장례식장까지 갔으면 완전 웃겼겠다!"

"이것들이 나를 놀리고 말이야… 진짜 얼마나 놀랐다고."

"아무튼 나 지금 술 취했으니까 하고 싶은 대로 다 하고 갈 래. 나 솔직히 오빠 많이 보고 싶었단 말이야."

민선은 내 어깨를 잡고 침대에 눕힌 다음, 내 옆에 풀썩 누 웠다. 나는 민선을 바라보며 물었다.

"...나 못 잊고 있었어?"

"응. 어떻게 그렇게 쉽게 잊겠어. 그동안 너무 힘들어서 술 도 많이 마시고 안 피우던 담배도 피워 보고 그랬어. 웃기지? 나 참 자존심도 없다. 나를 찬 놈 집까지 찾아와서 이런 거 다 얘기해버리고. 술이란 게 사람 참 우습게 만든다, 그지? 히히."

"지금도 많이 힘들어?"

"전보단 좀 나아진 것 같아. 그런데 내가 죽어도 오빠를 못 잊겠나 봐. 이렇게 술 먹고 다시 찾아온 걸 보면."

내 옆에 누워 나를 바라보고 있는 민선의 야윈 얼굴이 새삼 스레 아름다워 보였다. 사귀기 전, 내가 그녀에게 반할 수밖 에 없었던 그녀의 사랑스러운 모습이 떠올랐다.

"민선아. 괜히 나 때문에 많이 힘들었다면 미안하다. 내가 그땐 생각이 너무 짧았어."

그렇게 말하며 민선을 끌어안았다. 민선도 나를 안고 내 가슴에 얼굴을 파묻으며 말했다.

"오랜만이다. 이 살 냄새."

나에게 안긴 민선의 머리에 꽂힌 실삔 두 개가 얼굴에 닿았
다. 나는 실삔을 하나씩 빼주고 바닥에 가볍게 던졌다. 우리
는 그렇게 서로를 껴안고 있었다. 그녀가 항상 쓰던 향수 냄
새가 희미하게 코끝을 자극했다. 내 집에서 이렇게 함께 안고
잠들던 때가 떠올라 다시 민선과 연인사이로 돌아온 것 같았
다. 민선의 등을 토닥여주고 있는데 그녀의 몸이 떨리는 것이
느껴졌다. 그녀는 몸을 조금씩 들썩이며 흐느끼기 시작했다.

"오빠… 너무 보고 싶었어… 나 많이 힘들었단 말이야….."

"그래, 그래. 정말 미안해. 나도 보고 싶었어."

"오늘은 나 이대로 재워 줘…"

"그래. 재워 줄게."

민선은 계속해서 내 가슴에 얼굴을 묻고 있었다.

첫 만남에 한눈에 반한 여자, 내가 정말 사랑하던 여자, 내
아내처럼 가족처럼 느껴지던 여자, 나를 진심으로 사랑해주
던 여자. 서로 4년이라는 시간을 그 누구보다 가깝게 지내며
함께 안 간 곳이 없고 안 먹은 게 없고 안 한 것이 없었다. 그
랬던 우리인데, 대체 내가 왜 그랬을까. 내가 뭐가 그리 잘났
다고 민선이 버겁고 귀찮게 느껴졌던 것일까. 그렇게 매몰차
게 굴었는데도 나를 잊지 못하고 이렇게 다시 찾아온 민선이

안쓰럽기도 하고, 고맙기도 하고, 미안하기도 했다. 민선이 죽지 않았다는 사실이 참 다행이었다. 민선을 안은 채로 조심스럽게 말을 꺼냈다.

"…민선아."

"응?"

"우리… 다시 만날까?"

"다시?"

"응. 다시. 예전처럼."

"음… 그럴까?"

"그냥 우리 다시 만나자. 내가 지금까지 못했던 만큼 잘 해줄게."

"응, 좋아… 다시 만나자… 근데 나 너무 졸려…."

"그래, 일단 얼른 자자. 나도 내일 출근해야 하니까."

"으응…"

우리는 그렇게 서로를 끌어안고 잠에 들었다.

눈을 떴을 땐 하늘이 서서히 밝아지고 있었다. 옆을 보니 민선은 없었다. 꿈이었나 싶었지만 꿈이라기엔 너무나 생생했다. 얼른 민선이 베고 있던 베개에 코를 묻고 냄새를 맡아 보니 그녀의 향기는 희미하게 남아있었다. 실삔을 빼고 바닥에 던진 것이 생각나 바닥을 내려다보니 러그에 실삔 두 개가 떨어져 있었다. 역시 민선이 왔다 간 것은 꿈이 아니었던 모양이었다. 핸드폰 시계를 보니 일어날 때가 되었기에 몸을 일으켰다.

회사에 출근한 나는 민선에게 이따 점심시간이 되면 전화를 걸어보기로 했다. 아마 지금쯤 집으로 돌아가 숙취로 자고 있을 게 뻔했다. 그리고 민선이 정신을 차리고 나면, 그녀를 불러내서 다시 만나자고 제대로 말하기로 마음먹었다. 그녀의 곁에서 응원해주면서 그녀를 예전처럼 사랑해주고, 나의 잘못을 참회하며 다시 잘 만나보고 싶었다.

그리고 그 전에 먼저 지은에게 전화를 걸어 따지기로 했다. 아무리 생각해도 민선의 죽음을 가지고 연기를 하며 나를 놀린 것이 영 불쾌했다. 지은의 번호를 차단했던 것을 해제하고 전화를 걸었다. 긴 통화연결음 끝에 지은의 목소리가 들렸다.

"...여보세요."

"야! 유지은! 너 농담을 해도 그런 농담을 하면 되냐? 어?"

"뭐? 갑자기 그게 무슨 소리야?"

"너 민선이랑 짜고 나 속인 거라며? 뒤지고 싶냐?"

"뭘 짜고 속여? 대체 뭔 소리 하는 건데. 나 지금 장난 받아주고 싶은 기분 아니거든."

"너 계속 시치미 뗄래? 정도껏 해라. 어?"

"정도껏...? 뭘 정도껏 하라는 거야?"

지은의 말투는 너무나 냉랭했다. 장난기가 조금도 느껴지지 않아 순간 혼란스러워졌다.

"...뭐야? 무슨 상황이야, 이거?"

"□□병원 장례식장 201호. 내일 오전 열한 시 발인. 제 발로 올 수 있으면 와 보든지."

통화는 칼같이 끊겼다.

"끝까지 장난하나 이게…."

곧장 민선에게도 전화를 걸어보았다.

'전화를 받을 수 없어 삐 소리 후…'

둘이 여전히 장난을 치고 있는 게 분명했다. 하지만 도저히 업무가 손에 잡히지 않았고 심장은 불안함에 마구 요동쳤다. 나는 상사에게 몸이 좋지 않다고 말하고 반차를 내서 지은이 말한 병원의 장례식장으로 가보기로 했다. 누구 말이 진짜인지 어디 한번 확인을 해 보자 싶었다. 그리고 그들이 여전히 나를 속이고 있고, 뻔뻔하게 연기한 대가를 톡톡히 치러 주리라 마음먹었다.

장례식장에 도착한 나는 다급히 모니터 화면 앞으로 다가가 훑었다. 그리고, 정말로, 부고를 알리는 망자의 얼굴들 중에서 낯익은 얼굴과 이름이 띄워져 있었다.

故 정민선 28세

파란 배경에 정장을 입고 머리를 말끔히 들어올린 민선의 증명사진이었다. 나는 그 자리에 털썩 주저앉고 말았다.

무엇이 현실이고, 꿈이고, 진실이고, 거짓인지 쉽게 알 수 없어 혼란스러웠다.

"철판 깔고 용케도 찾아왔네."

탁자만 내려다보고 있던 나에게 지은이 말했다. 끝이 뾰족한 가시로 쿡쿡 찌르는 듯한 공격적인 말투였다. 위아래로 검은 옷을 입고, 화장기 없는 얼굴에 흐트러진 머리를 한 지은과 나는 병원 근처에 위치한 카페에서 마주보며 앉아있었다. 차마 지은의 얼굴을 쉽게 볼 수 없었지만 이 상황이 대체 어떻게 돌아가는 것인지 알아야 했다.

"...일단 담배라도 한 대 같이 피우고 들어올까?"

"됐어. 오빠랑 피울 생각 없어. 용건이나 빨리 말해."

지은의 표정과 목소리는 여전히 차가웠다. 잠시 정적이 흘렀고, 나는 한숨을 크게 내쉰 후 다시 말을 꺼냈다.

"오늘 새벽에 민선이가 나한테 왔었단 말이야. 난 지금 이 상황을 도무지 이해할 수가 없다⋯."

"그럼 걔 원혼이 오빠한테 찾아간 거겠지."

"분명히 술 먹고 나한테 왔었어. 어제 너랑 우리 집 근처에서 술 먹었다고 했다고."

"꿈이라도 꿨어? 나는 어제부터 계속 여기에 있었어. 씻지도 못하고, 집에도 안 가고. 당연히 술도 안 먹었고."

"분명히 왔었단 말이야. 베개에 걔 향수 냄새까지 그대로 남아 있고, 걔 머리에 꽂혀있던 실삔도 우리 집에 있어."

"나는 지금 오빠가 무슨 말을 하는 건지 이해가 잘 안 되는데. 술 먹고 다른 여자 부른 거 아니야?"

"야, 진짜 그런 건 아니야. 내 말 못 믿겠지만, 믿어줘. 난 분명히 오늘 새벽에 민선이랑 한 침대에서 같이 잠들었어."

"모르겠고, 민선이 차버리고 내 번호까지 차단 박았더라?"

"……."

"걔, 그렇게 된 날 이후로 매일매일 울면서 나한테 전화했어."

"……."

"유서는 없었대. 유서 쓸 겨를조차 없이 괴로움에 허덕이다 결국 그런 선택을 한 것 같아. 홧김일 수도 있고. 아무튼 민선이 부모님도 지금 제정신이 아니셔. 어머니는 지금 계속 누워 계시고."

"……."

"오빠가 그렇게 한 후로 걔, 밥도 안 먹고 아니 못 먹고, 사람이 완전 폐인 다 됐었어. 내가 아무리 백날 천날 위로해 줘도 소용없었고, 걔는 애가 너무 여려서 그런지 그 고통을 극복하지를 못하더라고. 너무 갑작스러웠대. 오빠가 자기한테 그렇게 모질게 말할 줄 몰랐고, 이렇게 될 줄 몰랐대. 그렇다고 자기 부모님 앞에서는 티 못 내고, 내 앞에서만 냈어. 나도 받아주느라 엄청 힘들긴 했지만, 민선이가 너무너무 불쌍했어. 그리고, 민선이가 결국 그런 선택을 한 것도 나는 내 탓이 크다고 생각해. 너 같은 새끼한테 내가 아끼는 친구를 소개해준 내 잘못이야. 그딴 식으로 다 쓴 휴지 버리다시피 사람 버리는 새끼한테 내가 왜 소개를 시켜 줬을까. 대체 내가 왜."

"……."

"무슨 말이라도 해 봐. 나는 대체 오빠가 걔한테 왜 그토록 모질게 굴었는지 모르겠어."

"…미안해. 내가 할 말이 없다."

"오빠."

"……."

"이제부터 시작된 거야."

"…뭐가?"

"오빠의 죄책감."

둘 다 한 모금도 마시지 않은 커피잔을 그대로 테이블에 둔 채, 풀린 다리로 집으로 돌아오던 길에도 독기 어린 눈으로 나를 바라보던 지은의 얼굴과 목소리가 자꾸만 머릿속을 맴

돌았다. 민선이 이 세상 사람이 아니라는 것을 눈으로 직접 확인하고 나니 이 모든 상황이 지금 내가 계속해서 꿈을 꾸고 있는 건 아닌지, 아니, 제발 꿈이었으면 하는 생각까지 들었다. 누군가 갑자기 나에게 들이닥쳐 '지금까지 몰래카메라였습니다!' 하고 외쳐주었으면 싶었다.

'오빠가 하도 모질게 날 차서 복수한 거야, 이 나쁜 놈아.'

'그딴 식으로 다 쓴 휴지 버리다시피 사람을 버리는 새끼한테 내가 왜 소개를 시켜 줬을까. 대체 내가 왜.'

'오빠… 너무 보고 싶었어… 나 많이 힘들었단 말이야….'

'이제부터 시작된 거야. 오빠의 죄책감.'

민선과 지은의 목소리가 번갈아가며 내 머릿속을 휘감고 돌았다.

쏟아지는 피로에 씻지도 않고 침대에 쓰러지다시피 누웠다. 그리고 여전히 머릿속이 복잡해 몸을 뒤척였다. 그러다 침대 옆 테이블에 주워서 올려둔 실뺀 두 개가 눈에 들어왔다. 이 실뺀은 아무리 생각해도 인과관계가 설명되지 않았다. 침대 밑에 남아있던 게 어쩌다 나온 것일까? 그렇다고 하기에는 새벽에 민선이 이 침대에 앉아 있었고, 같이 나란히 눕고, 서로를 껴안고 있던 일이 아직도 너무나 생생했다. 이어서 머리 바로 옆 민선이 뱄던 베개가 눈에 들어왔다. 혹시 민선의 향기가 아직도 남아있을까 싶어 베개에 코를 대고 냄새를 맡아보려는데, 거기에 긴 머리카락이 하나 붙어 있었다. 순간 내 눈을 의심했다. 소름이 확 끼쳐 베개를 얼른 바닥으로 떨어뜨려버렸다. 민선과 헤어진 후 집에 다른 여자를 들인 일은 없었다. 분명 지난달 베개 커버를 세탁해 갔으니 두 달 전 헤어진 민선의 머리카락이 여전히 붙어있을 리도 없다. 대체 뭐가 진짜일까. 새벽에 나를 찾아왔던 민선, 장례식장 모니터에 떠 있는 민선의 얼굴과 지은의 상복차림, 베개에 붙어있는 긴 머리카락. 현실과 비현실의 경계를 구분할 수 없어 혼란스러웠고, 외면하고 싶었다. 그보다 지금 내가 느끼는 가장 큰 감정은 바로, 공포였다.

"오빠.

오빠.

오빠아.

박성민!

일어나아. 왜 이렇게 오래 자?

오늘은 밖에서 데이트하기로 했잖아."

익숙한, 생기 있는 목소리가 들려 눈을 떴다. 그리고 방 한가운데에 뭔가 커다란 무언가가 있어 저절로 눈길이 갔다. 시선이 닿은 곳에는 검고 긴 머리칼의 여자의 축 처진 뒷모습이 공중에 떠있었다. 자세히 보니 공중에 떠있는 것이 아닌, 목에 감긴 줄이 천장에 달려 있던 것이었다.

"우리 어제부터 다시 만나기로 했잖아.

앞으로 잘 해주겠다며.

근데 왜 이렇게 노력을 안 해."

그 뒷모습은 천천히 돌아가며 조금씩 그 얼굴이 보이기 시작했다. 보랏빛으로 변색된 낯빛에 괴로운 듯 크게 벌려진 입, 핏줄이 다 터져 새빨갛게 충혈된 눈동자의 시선이 나를 향해 있었다.

민선이었다.

"으아아아아아악!!!!!"

눈을 뜨니 어두운 방 안이었고, 심장은 터질 것처럼 마구 펄떡이고 있었다.

"허억, 허억."

칠흑같은 내 방 안마저 공포스럽게 느껴졌다. 곧이어 희미한 민선의 향기가 코끝을 스치는 것이 느껴졌다.

도저히 그 집에 혼자 있을 수 없어서 전화기만 챙겨 밖으로 뛰쳐나왔다. 시간을 보니 밤 11시가 막 넘은 참이었다. 나는 떨리는 손으로 도현에게 다급히 전화를 걸었다.

"여보세요."

"야, 도, 도현아. 나 지금 너한테 가도 되냐?"

"지금? 안 될 건 없는데, 너 무슨 일 있냐? 상태가 왜 그래?"

"제발 나 좀 재워주라. 나 지금 너무 무서워."

그동안의 자초지종을 다 들은 도현이 소주를 따라주며 말했다.

"유지은 걔가 너한테 그렇게 말했다고?"

"어. 이제부터 시작될 거라는 그 말이 진짜인가 봐…."

"하… 걔는 왜 너한테 그런 저주를 퍼붓고 난리냐? 너희 둘 동아리에서 꽤 친했잖아."

"그건 옛날 얘기고… 도현아, 나 이제 어떡하냐?"

"당분간 집에 혼자 못 있겠으면 우리 집에서라도 지내고 있어. 남는 침구도 있으니까. 고양이 알레르기는 없지?"

양반다리를 한 도현의 무릎에 회색 털의 고양이가 얼굴을 부비고 있었다.

"미안하다. 당분간 좀 도와줘."

그날 새벽, 도현이 바닥에 펴준 이불에 몸을 뉘였다. 취기가 올라오니 무서웠던 마음이 조금은 진정되는 듯했다. 내 옆에 고양이가 똬리를 틀고 누웠다. 나는 그런 고양이의 몸을 쓰다듬어주며 눈을 감았다.

애애애애오오오— 애애애애오오오오—

고양이의 날카로운 울음소리에 다시 눈을 떴다. 고양이는 천장을 노려보며 울고 있었고, 도현은 침대에서 잠들어 있었다.

애애애애애애애오—

고양이를 진정시키기 위해 고양이의 몸을 잡아들었다. 그런데 그 몸은 매우 경직되어 있었다. 마치 어떤 것을 경계하듯이.

고양이가 계속해서 날카롭게 울기에 도현을 흔들어 깨웠다.

"야, 얘 계속 우는데 어떡해…?"

"걍 내비 둬… 원래 밤에 자주 저래…."

그 말을 들은 나는 고양이의 울음소리를 뒤로 하고 억지로 눈을 감기로 했다. 무엇을 보고 그토록 우는 것인지 굳이 알고 싶지 않았다.

다음 날 아침, 방 안을 밝히고 있는 햇살과 근처를 지나는 시끄러운 차 소리에 눈을 떴다. 회사에 지각한 건 아닌가 싶어 퍼뜩 전화기 화면을 보니 다행히도 토요일이었다. 내 옆에는 고양이가 가만히 누워 있었다. 나도 누운 상태로 고양이의 몸을 쓰다듬어 주었는데, 그 몸에서 온기가 느껴지지 않았다. 순간 불안함을 느끼고 몸을 일으켜 고양이를 살펴보았다. 고양이는 입에 노란 거품을 물고 눈을 뜬 채 누워 있었다. 몸을 잡고 흔들어 보아도 힘없이 흔들릴 뿐이었다. 순간 다시 온몸에 소름이 끼쳤다.

"야, 김도현… 빨리 일어나봐…"

"으으… 뭔데…."

"얘 안 움직여…."

잠이 덜 깨있던 도현은 고양이의 그 모습을 보자마자 퍼뜩 일어나 침대에서 잽싸게 내려왔다. 고양이는 반투명한 막이 두 눈동자를 거의 덮은 채 도현의 손에서도 힘없이 늘어질 뿐이었다.

도현과 나는 그의 집 근처에 있는 작은 공원 안쪽의 수풀에 흙을 파고 고양이를 묻어주었다.

"괜찮냐…?"

"괜찮아. 외로워서 데려온 건데, 키운 지 몇 달 안돼서 아직 그렇게 정을 많이 붙이진 못했어. 그래서 그런지 눈물은 안 나네."

"원래 아픈 애였어?"

"그건 아닌데, 갑자기 이게 무슨 일인지 모르겠다. 하아…."

도현은 깊게 한숨을 쉰 다음, 나를 바라보며 다시 입을 열었다.

"…성민아."

"어?"

"미안한데, 마음이 안 좋긴 안 좋다. 나도 왜 괜시리 꺼림칙하냐."

도현의 그 말에 더 이상 그의 집에서 신세를 질 수가 없을 것 같다는 생각이 들었다. 도현이 직접적으로 말을 꺼낸 건 아니지만 고양이의 죽음에는 왠지 내 탓도 있는 것 같았다. 결국 다시 내 집으로 돌아올 수밖에 없었다.

그리고, 민선이 도현의 집으로까지 나를 따라왔던 건 아닐까 하는 불길한 생각은 지울 수 없었다.

그리고 그날 밤, 집에 혼자 남은 나는 일부러 예능 방송을 TV모니터로 크게 틀어놓았다. 패널들의 깔깔 웃는 소리로 불안함과 두려움을 애써 덮으려 했다. 방송이 끝나고, 광고가 줄지어 나오고, 그 다음 방송이 시작되고, 다시 광고가 줄지어 나오고… 적지 않은 시간을 TV 앞에 멍하니 누워있자, 눈꺼풀이 서서히 무거워지는 것을 느꼈다.

"…오빠, 어제 친구 집 갔다 왔지?

말은 하고 다녀오지.

한참 찾아다녔잖아."

익숙한 목소리와 내 얼굴을 어루만지는 손길에 퍼뜩 눈을 떴다. 주변은 어둡고 고요했고 아무도, 아무것도 보이지 않았다. 방 안에는 나 혼자뿐이었다. 그러나 얼굴을 스치고 지나간 차디찬 손길의 여운이 느껴졌다. 그리고 TV도, 방 안의 불도 모두 꺼져 있었다. 그러나 나는 TV와 방 불을 끈 기억이 없었다. 시계를 보니 새벽 세 시를 막 넘기고 있었다. 그날 새벽, 두려움에 다시 잠들지 못한 나는 다시 TV를 켜고 뜬눈으로 밤을 꼬박 새운 후 회사로 출근했다. 그리고 몰려오는 졸음과 피곤함에 그날 하루 업무를 어떻게 했는지도 모른 채 집으로 돌아오자마자, 침대 위에 기절하듯 쓰러졌다.

수많은 국화꽃에 둘러싸인 영정사진 속에는 민선의 얼굴이 있었다. 그 주변에 민선의 부모님으로 보이는 사람이 통곡하고 있었다. 아버지로 보이는 사람은 두 손을 모으고 서서 영정사진을 하염없이 바라보며 눈물을 흘리고 있었고, 어머니로 보이는 사람은 바닥에 쓰러진 채 괴롭다는 듯 몸을 버둥거리며 흐느끼고 있었다. 그 모습들을 보니 얼른 이곳에서 도망치고 싶었다. 자리를 뜨려는 찰나, 민선의 아버지와 눈이 마주쳤다. 그 눈빛만 보아도 심장이 멎는 것 같았다. 그의 빨간 두 눈이 마치 이글이글 불타오르는 것처럼 나를 노려보고 있었기 때문이다. 그는 나에게 성큼성큼 다가오기 시작했다. 붙잡힌다면 당장이라도 나를 죽일 것 같은 기세였다. 나는 재빨리 다리를 움직였다. 장례식장에서 나와 한참을 뛰다 다다른 곳은 결국 아무도 없는 화장터였다. 내 앞에는 민선이 누워

있는 관이 덩그러니 놓여있었다. 생각보다 민선의 얼굴은 잠들어 있는 듯 평온했다. 그런데 잠시 후, 그 관 속에서 불꽃이 일기 시작하더니, 순식간에 민선의 온몸을 뒤덮었다. 민선은 눈을 번쩍 뜨고 한껏 입을 벌리며 괴성을 지르기 시작했다.

"아아악! 뜨거워! 아아아아악!"

민선이 마구 버둥거렸지만 몸이 꽁꽁 묶여 있어 움직일 수 없었다. 마치 거대한 애벌레가 화형을 당하는 듯한 그 모습은 너무나도 괴기스러웠다. 그 광경을 지켜보고 있던 나 역시 온몸이 굳어버린 듯 움직일 수 없었다.

"아아아아아아아악!"

그녀의 비명에 고막이 찢어져 터질 것만 같았다.

순간 눈이 확 떠졌다. 어두운 내 방 천장이 보였다. 비명이 여전히 메아리되어 울리고 있었고, 한쪽 귀가 매우 얼얼했다. 마치 민선이 방금 내 귀에 대고 소리를 지른 듯이 느껴졌다. 두려움에 심장이 터질 것 같았다.

그리고 나는 계속해서 민선을 보았다.

매일, 하루도 빠짐없이 민선과 만났다.

꺼진 TV 모니터가 비추는 내 방 안에는 나와 민선이 함께 있었다. 민선은 내 옆에 찰싹 붙어 가만히 앉아 있었다.

샤워를 하다가 비눗물에 눈을 감을 때에도 민선은 그 검은 시야 안에 있었다.

전철을 타고 이동을 할 때에도 민선은 건너편 플랫폼에 가만히 서서 나를 바라보고 있었다.

외출을 하고 내가 사는 빌라 건물로 돌아와 내가 사는 층까지 계단으로 올라갈 때에도 내 뒤에는 살과 계단이 맞붙는 발소리가 들렸다. 뒤를 돌아보지는 못했지만, 당연히 그녀일 것이다.

피곤함에 눈이 감겨올 때에도 민선은 내 옆에 누워 내 얼굴을 어루만지고 있었다.

잠에 들면, 민선은 한껏 일그러진 얼굴로 자신을 보란 듯이, 들으란 듯이 비명을 지르고 절규했다. 그 소리는 마치 사이렌처럼 들렸다.

그녀를 보고, 느끼고, 경험하고, 만나는 지금 이곳이 과연 꿈속인지 현실인지 구분이 되지 않을 만큼 민선은 나와 계속 함께했다. 민선은 내 곁을 떠나지 않았다. 도저히, 떠나주지를 않았다.

핸드폰 전원은 꺼진 지 오래고, 회사에도 나가지 않고 있었다. 나는 점점 무기력해지고, 피폐해져갔다. 아무것도 먹을 수 없었다. 이제는 집 밖으로 나가는 것도 할 수 없었다. 잠도 잘 수 없었다. 내 몸에는 최소한의 움직임을 할 수 있을 정도의 기력만이 간신히 남아있었다. 오늘이 몇 월 며칠인지도, 꿈을 꾸지 않고 있는지 아니면 꿈을 꾸고 있는 것인지, 살아 있는 것인지, 죽은 것인지도 알 수 없게 되었다.

벽에 등을 기댄 채 침대 위에 멍하니 앉아 있는 나에게 민선이 얼굴을 들이댔다. 보랏빛 얼굴에 새빨간 두 눈이 내 얼굴 앞으로 바짝 다가왔다. 그녀의 목에는 여전히 끈이 감겨 있고, 그 때문에 목소리는 쇳소리로만 들려왔다.

"오빠. 오늘이 무슨 날인지 알아?"

"……"

"오늘은 내가 오빠랑 다시 만난 지 두 달이 흐른 날이야."

"……"

"오빠. 내가 정말 이랬어. 두 달 동안 이렇게 아무것도 못 먹고, 잠도 못 자고, 정상적인 생활이 불가능했어."

"미안해… 미안해…"

내 몸은 파르르 떨리고 있었다.

"오빠. 나는 오빠가 참 무서웠어. 그때, 어떻게 나한테 그렇게까지 할 수 있었어? 그렇게 잔인하게. 매정하게."

"미안해… 민선아 제발 그만해줘… 부탁이야…"

살아 숨 쉬는 것도, 잠에 드는 것도 모두 괴롭고 끔찍했다. 방 안에 있는 전신거울에 비친 내 모습은 낯빛도 더 이상 정상적인 사람의 얼굴이 아니라는 것을 보여주는 듯 탁한 연보라색으로 물들어 있었고, 그동안 거의 먹지 못해 많이 야위어 있었다. 이미 저 세상 사람의 몰골이었다. 나는 피폐해질 대로 피폐해져 있었다.

방 한가운데 천장에 매듭을 묶었다. 손가락에 힘이 없어 부들부들 떨렸다.

"죄송합니다… 제가 잘못했습니다…"

힘없이 중얼거리며 매듭에 얼굴을 올렸다.

아무래도 그녀는 나에게 버림받고 두 달 동안 이만큼이나 괴로웠으리라. 도저히 더는 이 세상을 살아갈 수가 없을 만큼. 아니, 자신이 살았는지 죽었는지, 이곳이 현실인지 지옥인지도 분간이 되지 않을 만큼.

"죄송합니다… 제가 잘못했습니다… 제가 죽을죄를 지었습니다…"

올라선 의자 옆에서 무릎을 두 팔로 안고 앉은 채로 나를 올려다보고 있는 민선의 모습이 거울 너머로 비쳤다.

그녀가 소리 내어 웃었다.

세 번째 이야기

악몽 그리고 악몽

의자에 털썩 앉았다. 내 무게에 쿠션에서 바람이 새어나오는 소리가 났다.

"요즘은 좀 어떻습니까?"

책상 너머로 얇은 금테 안경을 쓴 그 남자가 물었다. 나는 한 박자 느리게 대답했다.

"...선생님, 저는 잠드는 게 두렵습니다."

"왜 두려운 거죠?"

"잠에 들 때마다 꼭 매번 꿈을 꾸는데, 항상 악몽을 꿉니다. 악몽이 아닌 꿈은 없었습니다. 선잠에 들 때도 마찬가지입니다. 잠에서 깨고 나면 모든 기운이 다 빠져 있고, 온몸은 땀으로 흥건하게 젖어있어요. 꿈과 현실이 구분이 되지 않을 정도

도로 생생해서, 깨어나기 직전에 정말로 그 일을 겪은 것으로 착각할 정도입니다."

"언제부터 그런 증상이 있었죠?"

"음… 2~3주는 되지 않았나 싶습니다. 이제는 악몽이 일상 같아요. 견디기 힘든 일상요."

나는 내 무릎 위로 불안하게 꼼지락거리는 두 손을 내려다보며 말했다. 의사는 내 호소와도 같은 말을 듣고는 잠시 무언가 생각하는 듯하더니 입을 열었다.

"약은 꾸준히 복용하고 계십니까?"

"네. 지난번에 처방해주신 대로 매일 꾸준히 먹고는 있습니다."

"약은 꾸준히 드시고…"

의사는 무언가를 끄적이고 있었다.

"잠에 들면 무조건 악몽을 꾸지만 그렇다고 사람이 안 잘 수는 없잖아요. 다음 날 일정에 지장도 있고. 매일 불안한 마음으로 잠에 들어요. 이런 패턴으로 무한반복입니다. 정말 미치겠습니다."

"이미 많이 지치셨군요. 그럼 가장 최근에 꾼 꿈에 대한 내용을 들어볼까요."

"오늘 아침 일어나기 직전까지 꾼 꿈을 말씀드리자면…"

곧 전철이 끊길, 자정이 지난 시간이었다. 다급한 마음으로 우선 도착한 열차에 올라탔다. 그러나 그 열차는 원래의 종착역에 가지 않고 도중에 멈추고 끊기기에 집까지 바로 갈 수 없었다. 급히 전철 노선 어플로 다른 루트를 알아보았다. 그 루트는 다음 역에서 내리고 다른 노선으로 갈아타서 몇 정거장 더 가 내린 다음 조금 걷거나 심야 버스를 타거나 택시를 타면 되었다. 다소 복잡했지만, 어쩔 수 없이 바로 다음 역에서 내렸다. 그리고 얼른 뛰어서 다른 노선으로 이동해 열차에 다시 올라탔다. 그런데 타고 나서 보니 반대 방향으로 가는 열차였다. 다시 다음 역에 내렸다. 그리고 반대 방향으로 건너가 다시 열차를 기다렸다. 잠시 후 열차가 도착했고, 올라탔다. 그런데 또 보니 목적지까지 가지 않고 막차 시간 때문에 도중에 멈추게 되어 있었다. 다시 어플로 다른 방법을 찾았다. 어플이 새로 알려준 대로 다른 노선으로 갈아탔다. 그런데 그 열차는 내가 모르는 낯선 이름의 역으로 가는 열차였다. 이대로라면 아예 집과 한참 떨어진, 여태 한 번도 가본 적 없는 동네에 떨어질 게 분명했다. 전철 운행이 끝날 시간은 곧 다가오고, 불안함과 답답함으로 어찌해야 할 바를 몰랐다. 이렇게 열차에 갇히게 되는 건 아닌지 하는 공포감까지 몰려왔다. 나는 타고 있던 그 열차의 바로 다음 역에서 내렸다. 그러자 하늘은 이미 동이 트고 있었고, 그곳은 아예 한국이 아닌, 어느 낯선 나라의 전철 역이었다. 나는 이제부터 정말로, 도대체, 어떻게 집에 돌아가야 할지 막막해졌다. 우선 다시 건너편의 열차에 타기로 했다. 다시 올라탄 열차 안은 출근길의 사람들로 가득했다. 너무 사람이 많아 숨을 쉬기도 힘들 정도였다. 도저히 이대로는 압사당하겠다 싶어 다시 다른 열차에 타기로 했다. 그리고 다음 역에서 내리려고 사람들 틈에서 비집고 빠져나와 보니 내 방 천장이 보였다.

"너무도 답답하고, 불안하고, 짜증나는 꿈이었습니다. 마치 전철이 영원히 빠져나올 수 없는 미로 같았어요. 꿈에서 깨고 난 다음에는 제가 제 방 침대에 누워 있다는 사실이 믿기지 않을 정도로 기뻤습니다."

"많이 답답하셨겠군요. 환자분, 직업이 대학 강사셨죠?"

"네. 박사과정 밟으면서 학교에서 미술사를 가르치고 있습니다."

"아, 기억합니다. 그런데 혹시 그 일에서 평소에 큰 압박감을 느끼고 계십니까? 직장에서 어떤 트러블이라도 있나요?"

"직장에서는 별 문제가 없습니다. 물론 벌이가 그렇게 많은 편은 아니고 연구할 거리나 써야 할 논문이야 산더미처럼 쌓여 있긴 하지만요."

"그렇군요. 그러면 댁에서 혼자 지내시나요, 아니면 누구와 함께 살고 있나요?"

"학교 근처 자가 오피스텔에서 혼자 살고 있습니다."

"그럼 혹시 부모님이 어떤 압박을 주시는 건 아닌지요."

"그런 것도 없습니다. 부모님도 제가 어련히 알아서 다 잘하겠거니 하고 조용히 지켜보시는 편입니다."

"그렇군요. 그러면 퇴근 후 막차를 놓칠까봐 헐레벌떡 열차에 올라타거나 막차를 코앞에서 놓친 경험이 여러 번 있었습니까?"

"음… 최근에는 없었고 과거에 몇 번 있긴 있었습니다만, 일 년에 한 번 정도로 그렇게 많이 있었던 일도 아니었습니다."

"그러면 그 당시 열차를 놓쳤을 때 굉장히 허무하고 불안했지요? 저도 그런 일이 종종 있었지만."

"그랬죠. 저뿐만 아니라 대중교통을 타는 모든 시민들 누구나 그랬겠죠. 아무래도 늦은 밤에는 집까지 가는 택시비도 만만치 않으니까요. 그리고 그 땐 부모님과 함께 살 때라 집에 너무 늦게 들어가면 잔소리를 들어야 했습니다. 아무리 제가 건장한 남자라도 부모님이 걱정이 많은 분이셔서."

"그때 당시의 불안함과 그 트라우마가 지금까지도 꿈에 나타날 수 있습니다. 꿈은 무의식의 세계처럼 보이지만 의식하고 있는 것들이 나타나는 세계니까요."

의사는 다시 펜으로 무언가를 종이에 적어 내려갔다. 나는 잠시 그 모습을 지켜보다 입을 열었다.

"아무튼 이런 꿈 말고도 누군가를 죽이고 살인마가 된 꿈, 반대로 누군가에게 죽임을 당하는 꿈, 가까운 사람이 죽는 꿈, 쫓기는 꿈 등 셀 수 없이 많은 악몽을 꾸준히 꿔왔습니다. 이제는 너무 힘이 듭니다."

"...잠을 좀 더 편안히 잘 수 있는 약을 처방해 드리겠습니다. 매일 밤 자기 전에 복용하세요. 그리고 일주일 후 다시 방문하세요."

같은 건물 1층에 있는 약국에서 약을 받아든 후, 나는 횡단보도 앞에 섰다. 그리고 빨간 불을 멍하니 바라보았다.

사실 이렇게 정신과를 방문해 상담을 받은 것은 이번이 처음이 아니었다. 그때마다 이렇게 약을 먹긴 했지만 큰 도움이 되진 않았다. 의사들은 항상 비슷한 말을 했다. 잠은, 꿈은 왜 나를 끊임없이 괴롭히는 것일까.

자정이 넘어가면 빌어먹을 잠은 잘도 온다. 약을 입에 넣고 물과 함께 꿀꺽 삼켰다.

내가 있는 곳은 어느 낡은 집의 어두운 방 안이었다. 곧 있으면 이곳에도 좀비떼들이 들이닥칠 거라는 예고가 들려왔다. 다른 안전한 곳으로 재빨리 이동하면 되는데도 불구하고 다들 바보같이, 나를 포함한 사람들은 이 방에서 좀비의 눈에 띄지 않도록 숨어 있기로 했다. 그리고 나는 장롱 속에 숨었다. 그리고 내 옆에 붙어서 나와 같이 이곳에 숨은 사람은 고등학생 때 그리 친하지 않았던 동창이었다. 다른 사람들도 책상 밑, 서랍 뒤편에 숨었다. 그런데 함께 숨어 있던 동창 놈이 장롱 속이 너무 갑갑하다며 자꾸만 문을 열어젖혔다. 나는 그에게 다그치듯 속삭였다.

"곧 좀비가 오잖아! 들키면 어떡하려고 그래?"

"아, 도저히 숨을 못 쉬겠다. 걔들 아직 안 오니까 잠깐만 열고 있을게."

"미쳤어? 빨리 닫아!"

내가 서둘러 장롱 문을 닫아도 동창은 계속 죽을 표정을 하며 문을 열었다. 나는 언제 들이닥칠지 모를 좀비 떼가 너무 두려웠다. 이대로라면 바로 발각되어 살을 물어뜯겨 죽임을 당할 노릇이었다. 그때, 다른 곳에서 숨어있던 누군가가 말했다.

"곧 요원들이 우리를 구해 주러 온대!"

아! 요원들이 밖에 있는 좀비떼를 물리친 모양이었다! 결국 그들은 집 안의 다른 방에서 좀비 퇴치 기념 술자리를 한다고 했다. 전개가 조금 빠르지 않나 싶어 불안한 마음은 떨칠 수 없었기에 나는 계속 숨어있기로 했다. 그리고 한동안 떠들썩한 소리가 들려왔다. 나도 잠시 후 장롱에서 빠져나와 그 방에 가보았다. 그런데 요원들이 모두 쓰러져 있었다. 대체 무슨 일인가 싶어 그들에게 다가갔는데, 쓰러져있는 사람들 사이로 나지막한 신음소리가 들렸다. 그런데 그 소리는 사람의 소리가 아니었다. 자세히 들여다보니 신음소리를 내는 한 여자 요원의 얼굴은 이미 좀비화가 진행되어 있었다. 조금 있으면 일어나서 사람들을 무차별적으로 공격할 것이 분명했다. 이대로라면 쓰러져있는 요원들 모두 좀비가 된다. 나는 그 방에서 황급히 뛰쳐나왔다. 그리고 다시 장롱 속에 들어가 숨어서 불안에 떨었다. 그리고 얼마 지나지 않아 그르르르, 하는 소리가 들렸다. 좀비였다! 심장은 걷잡을 수 없이 빠르게 뛰었고, 그 소리는 점점 가까이 들려왔다. 장롱 틈으로 내 쪽을 향해 다가오는 좀비의 부패한 몸뚱이가 보이기 시작했다. 극한 공포감에 심장이 터질 것 같았다. 점점 거리가 좁혀졌다. 나는 이대로 좀비에게 물어뜯기고 죽겠구나! ...오지 마! 아아아아악…

어두운 천장이 보였다. 사위는 고요했으나, 심장은 여전히 미친 듯이 빠르게 뛰어 통증이 느껴질 정도였다. 안도의 한숨을 내쉬며 왼쪽 가슴을 문질렀다. 또, 망할 놈의 악몽이었다. 머리맡에 손을 더듬거리며 집어든 휴대폰 화면으로 시간을 확인했다.

04:35

잠에 든 건 두시 반쯤이었던 것 같고, 결국 두 시간 정도밖에 자지 못한 것이다. 분명히 수면제를 먹고 잠들었는데도 숙면을 취하기는커녕 악몽을 꾼 것이다. 다시 잠을 청하려 해도 똑같은 악몽이 이어질까 봐 불안한 마음에 뒤척이며 휴대폰으로 뉴스를 보았다. 오늘은 또 어떤 사건들이 활자화되어 있을까.

어느 삭막한 공기가 감도는 고등학교 교실에 앉아있었다. 그곳은 내가 다니던 학교가 아닌, 낯선 교실이었다. 주위를 둘러보니 자리에 앉아있는 학생들도 모두 긴장한 기색이 역력해보였다. 칠판을 보니 큰 글씨로 '대학수학능력시험'이 적혀 있고, 그 아래에 시험 시간표가 표기되어 있었다. 그 순간, 종이 울렸다. "모두 책상 서랍에 물건 다 넣으세요. 자, 이제 시험 시작합니다." 그 말에 종이뭉치들이 부딪히는 소리가 요란하게 나면서 시험지가 앞자리에서부터 전해져왔고, 나는 영문도 모른 채 얼떨떨한 상태로 수능시험을 치르게 되었다. 왠지 꽤 오래 전에 수능을 본 적이 있는 것 같기도 한데, 하고 스스로 의아해하며 문제를 읽어내려갔다. 문제들은 좀처럼 쉽게 풀리지 않았다. 갑자기 들이닥친 시험에 무슨 대비가 있었겠는가. 시간은 말도 안 되게 빠르게 흘러, 답안지도 다 작성하지 못했는데 시험 종료를 알리는 벨이 울렸다. 결국 반도 채우지 못한 답안지와 문제지를 제출하게 되었고, 이번 수능은 망쳤구나 싶어 자괴감이 몰려왔다. 그 좌절감을 느끼는 것도 잠시, 곧바로 다음 시험이 시작되었다. 그 시험 역시 문제들은 대부분 난해했고 시간은 촉박했다. 이번에도 답안지를 제대로 작성하지 못한 채 제출했다. 그리고 계속해서 이어지는 다음 시험, 그 다음 시험… 아무리 시험을 보고 또 봐도 시험은 끝나지 않고 계속되었다. 언제 끝날지 모르는 시험 감옥에 갇혀 이대로 죽을 때까지 시험 고문을 당해야 하는 것인가…

빛이 눈꺼풀을 뚫고 들어와 주황빛으로 밝아진 시야에 눈을 떴다. 하늘은 말도 안 될 정도로 화창했다. 온몸은 물에 젖은 솜처럼 기운이 다 빠져있었다. 휴대폰이 내 머리맡 어디에 놓여있는지 찾아서 집어들 힘도 남아있지 않았다. 한숨을 깊게 내쉰 다음, 없는 힘을 끌어내 낑낑대며 몸을 뒤척였다. 집어든 휴대폰으로 시간을 확인했다.

09:04

젠장. 이런 엿 같은….

악몽을 연속으로 두 번 꿨다. 아까 새벽 다섯 시쯤 잠들었다고 치면, 네 시간동안 꿈속에서 내리 시험에 시달리고 있었던 것이다. 그 직전에는 좀비에게 쫓기며 목숨을 위협받는 꿈을 꿨고. 두 손으로 얼굴을 감싸쥐며 또 다시 한숨을 쉬고 천장을 멍하니 바라보았다. 앞으로 두 시간 후에 강의가 있다는 것이 생각났다. 억지로 몸을 일으켜 옷을 벗고 씻으러 들어갔다.

"어떠한 이유에서 예술이 진보하고 혹은 쇠퇴하는가를 탐구하는 것을 목표로 하고 있다고 주장하고, 생성, 완성, 쇠퇴를 반복하는 역사적 순환과정을 미술사에 적용하려 했던 역사가는…"

순간, 인물의 이름이 떠오르지 않았다.

"어… 음… 예술이 진보하고 혹은 쇠퇴하는 가를 탐구한…"

당황한 나를 따라 학생들도 당황한 기색이 보였다. 일제히 눈을 동그랗게 뜨고 나를 바라보고 있던 것이다. 그때, 앞자리에 있던 학생이 손을 들고 말했다. 과 후배 남학생이었다.

"교수님, 바자리 맞습니까?"

"아, 그렇죠. 바자리. 맞습니다. 그리고 17세기에 이 같은 바자리의 정신을 이어받은 열전사가들이 있는데요…"

수업을 마친 직후, 교탁에 올려둔 노트북의 전원 코드를 뽑고 돌돌 말았다. 학생들이 앞문과 뒷문으로 우르르 모여 나가고 있을 때, 조교 시절부터 친하게 지내던 과 후배가 앞으로 걸어왔다. 민망함을 숨기지 않으며 그에게 말했다.

"야. 아까 쥐구멍에라도 들어가고 싶더라. 짜식, 공부 좀 했나보네."

"형이 깜빡하는 일도 다 있네. 마침 제가 그 사람 이름은 기억하고 있었거든요. 근데 형, 얼굴이 왜 이렇게 시커매요?"

"내 얼굴이 왜?"

"요즘 형 얼굴 보면 완전 병 걸린 사람 같은데. 다른 애들도 형 얼굴 보고 수군대더라구요. 얼굴색이 왜 저러시냐고."

"요즘 잠을 잘 못자서 그래. 그렇게 안 좋아 보여?"

"네. 완전 탁한 회색인데요."

"가서 담배나 한 대 피우자."

"그래요."

후배와 나는 같은 층 안에서 야외와 연결된 공간으로 향했다. 우리는 캠퍼스를 감싸고 있는 산과 하늘을 바라보며 담배 연기를 뿜어내고 있었다.

"요즘 어디 아픈 데 있어요?"

"딱히 없어. 잠을 잘 못자서 그럴 거야."

"형 안색 보면 완전 죽은 사람 얼굴이에요. 병원이라도 가 봐요."

"...병원은 다녀. 멘탈 케어."

"엥? 정신병원요? 왜요?"

"악몽을 하루도 빠짐없이 맨날 꿔서. 오늘 아침까지도 연속 두 번 꿨어. 힘들어 뒤질 거 같다."

"그런 걸로 정신병원에 가기도 해요?"

"수면제도 받고, 원인을 찾아보고 싶은 거지. 아까 수업중에 더듬거린 것도 요즘 악몽을 하도 꿨더니 머릿속이 뒤죽박죽 섞여서 그랬나 봐."

"그렇구나. 아무튼 건강 관리 좀 잘 해요."

"알겠어. 이렇게 신경써주는 사람이 주변에 너밖에 없다, 야. 징그럽게시리."

"...아직 형이 다 괜찮아진 게 아니었구만."

"뭐가?"

"아뇨. 그냥 건강이 걱정돼서."

우리는 동시에 담뱃불을 털어내고 재떨이에 비벼 끈 다음 다시 실내로 들어왔다.

후배를 보내고 화장실로 들어온 나는 거울 저편에 선 내 모습을 가만히 바라보았다. 그의 말대로 거울에 비친 내 낯빛은 새삼스럽게도 혈기라고는 조금도 없는 송장과 다를 바 없었다. 매일 거울에 내 모습을 비춰보고는 있었지만 이토록 심각한 줄 모르고 있었다. 점차 시들어가는 식물처럼 서서히 변해

가고 있었던 모양이다. 하지만 건강에 큰 문제는 없다고 생각해왔다. 몸에 통증을 느끼거나 피를 토하는 일은 없었기 때문이다.

■

"일주일만이네요. 요즘은 좀 어떻습니까?"

"...여전히 나아진 건 없는 것 같습니다."

"약은 꾸준히 복용하시나요?"

"네. 그것도 아직 효과는 잘 모르겠습니다."

"효과가 체감이 잘 안 되는 경우도 있을 수 있습니다. 꿈은 어떤 꿈들을 꾸셨나요?"

"순서는 뒤죽박죽이지만 일주일간 꾼 악몽들을 나열해보겠습니다. 오늘 아침에 일어나서 머리를 감고 있는데 머리카락이 숭숭 빠져 결국 완전히 대머리가 되었습니다. 화장실 조명을 반사하는 제 민머리는 완전 충격 그 자체였어요. 절망감에 두 손으로 머리를 감싸쥐고 있다가 그 자세 그대로 눈을 떴습니다. 다행히도 머리카락이 손에 쥐어지더라구요. 그리고 어제 꾼 꿈은 꽤 무서웠습니다. 영화관이었는데, 상영관 안에는 저 혼자뿐이었고 마침 스크린에는 영화 「곤지암」에서 보았던 창백한 귀신 얼굴이 가득 차 있는 거예요. 그 장면은 제가 그 영화를 보면서 가장 무서워한 장면이었고 그 이후에도 자꾸만 그 얼굴이 생각나 한동안 애를 먹은 적이 있거든요. 그런데 그 장면만이 자꾸만 반복되는 겁니다. 꺼림칙하고 날카로운 사운드도 같이요. 너무 무서워서 뛰쳐나가고 싶은 심정이었어요. 도저히 안 되겠다 싶어서 몸을 일으키려고 하는데, 갑자기 누군가가 제 팔을 붙잡고 못 나가게 막는 겁니다. 얼굴을 보니, 화면 속 바로 그 귀신이더라고요. 미칠 듯한 두려움에 비명이 터져나왔어요. 그렇게 고래고래 소리치면서 깨어났습니다. 한동안 잊고 지내던 장면이었는데 이놈의 꿈 때문에 다시 생각나버렸어요. 그리고 엘리베이터에 갇히는 꿈, 로마 콜로세움에서 수많은 관중이 지켜보는 가운데 사자와 맨몸으로 대결하는 꿈, 결국엔 목이 물리는 것과 동시에 눈을 떴지만요. 또, 기다란 출렁다리를 건너고 있는데 그 다리가 끊어져서 대롱대롱 매달리는 꿈, 아무도 없는 검은 우주에 혼자 떠다니는 꿈, 누군가에게 쫓기다 결국 건물 옥상에 다다라서 건물 아래로 몸을 던지는 꿈… 이게 다 이 일주일간 하루도 빠짐없이 매일 꾼 악몽들입니다."

"…일단, 약을 계속 드셔야 합니다. 오늘도 꼭 약을 받고 돌아가세요."

■

"...요즘은 좀 어떻습니까? 약은 계속 복용하시죠?"

"먹긴 먹습니다만… 효과는 여전히 모르겠습니다. 오늘 아침에도 동굴에 들어갔다가 출구를 찾지 못해서 동굴 안을 헤매고 또 헤매는 꿈을 꿨어요. 또, 저와 얼굴이나 체형, 입고 있는 옷이 완전히 똑같은 사람과 마주치는 꿈, 학생들에게서 최악의 강의평가를 받는 꿈, 시체들이 누워있는 부검실에 갇히는 꿈, 거대한 해일이 덮쳐오는 꿈, 시체를 유기한 살인자가 되어 경찰에게 쫓기는 꿈…. 결국, 여전합니다."

■

"증세는 여전한가요?"

"...네. 그렇습니다. 오늘은 6.25전쟁에 참전한 군인이 되어 있었습니다. 사방에서 총알이 날아오고, 전우들은 머리가 으깨지고 몸이 산산조각나고 있었어요. 결국 저도 포탄을 맞고 다리 한쪽이 떨어져나가서 끔찍한 고통에 절규하면서 잠에서 깼어요. 그 아픔이 정말 생생했는데 눈을 뜨고 나니 사아악 하고 사라지더라고요. 아무도 없는 바다에 저 혼자 둥둥 떠있는 꿈도 꿨고요, 코를 높이는 수술을 했는데 부작용으로 그 부위에서 피가 분수처럼 뿜어져나오는 꿈, 제 몸집의 몇 배나 되는 거대한 아나콘다에게 삼켜지는 꿈, 장례식장에 갔더니 영정사진의 얼굴이 제 얼굴인 꿈, 수많은 미꾸라지를 토해내는 꿈, 어두운 산속을 홀로 헤매다 악취가 느껴져 고개를 들어보니 제 머리 위로 수많은 시체들이 나무에 걸려있는 꿈… 다 일주일간 꾼 꿈들입니다. 나아진 것이 조금도 없습니다."

"…전부 끔찍한 꿈이군요."

"보통 꿈은 깨고 나면 대부분 그 기억이 연기처럼 날아가버리잖아요. 그런데 저는 어쩜 이렇게 꿈에서 겪은 일들을 전부 생생하게 기억하는지 모르겠습니다. 그러면서 제 기억력도 많이 감퇴한 것 같고요. 강의를 하다가 인물이나 단어가 떠오르지 않기도 하고, 말을 더듬거리거나 이 다음에 무슨 말을 해야할지 머뭇거리는 경우가 많아졌어요. 이대로라면 정상적인 수업을 이어갈 수 없을 것 같아서 걱정이 됩니다."

"약은 계속 잘 챙겨 드시나요?"

"네. 매일 먹고는 있습니다. 그런데 이게 효과가 있긴 한가요?"

"…있을 겁니다. 계속 꾸준히 드세요."

■

일전에 후배가 한 말이 아무래도 걱정이 되어, 학교 병원에서 건강검진을 받아보기로 했다. 그리고 얼마 후, 나는 진료 대기실에서 차례를 기다리고 있었다.

"환자분, 들어가세요."

간호사의 지시에 따라 진료실로 들어갔다. 50대 후반에서 60대 초반 정도로 보이는 의사는 미간을 살짝 찌푸리며 모니터를 유심히 보고 있었다. 그 표정을 보니 불안감이 복부 안쪽에서 서서히 몰려오는 듯했다.

"환자분, 여기 앉으세요."

의사에 말에 따라 그의 앞에 앉았다. 그가 내 쪽으로 몸을 돌렸다. 여전히 미간에 주름이 접혀 있었다.

"...환자분. 현재 췌장암 4기입니다. 이미 손쓸 방법이 없어요."

"네...?"

그 말은 순간 이해가 되면서도, 쉽게 이해되지 않았다.

"앞으로 길게 봐야 3~4개월 정도 남았다고 보셔야 돼요. 이 상태로는 수술도 불가능하고, 호스피스에서 연명치료하는 정도예요. 환자분께서 슬슬 주변 정리를 하셔야 할 것 같습니다."

"서, 선생님. 저기 잠시만요. 잠시만요. 지금 제가 암 말기 환자라는 말씀이신가요?"

"환자분은 본인 얼굴을 지켜보면서도 사태가 심각한 줄 모르셨어요? 너무 늦게 오셨어요."

"그렇지만 지금까지 몸에서 통증을 느낀 적도 없는데요."

"간혹 통증을 못 느끼는 경우도 있어요."

의사의 말투와 표정이 비정하게 느껴졌다. 혹시 내가 지금 꿈을 꾸고 있는 건 아닐까 싶었다. 꿈이라기엔 병원의 냄새와 의사의 목소리, 내 눈앞에 펼쳐진 이 상황이 잔인할 정도로 생생했다. 고개를 떨군 채 지금 이 상황이 현실인지 아닌지를 분간하려 애썼다. 절망도 절망이지만, 도저히 믿을 수 없었다. 얼떨떨했다.

내 수명이 앞으로 3개월 정도라니. 연명치료를 해야 한다니. 지금 이 상황은 현실일까? 아니면 꿈일까? 현실이라면 부모님, 친구들, 학생들에게 이 사실을 알려야 하나? 남은 기간 동안 나는 뭘 해야 하지?

"...그러게 평소에 몸 관리 좀 잘 하지 그랬어, 이 양반아. 젊은 놈이 쯔쯧."

순간 내 귀에 들려온 비아냥거리는 말투에 고개를 들었다. 그 말을 한 의사는 어쩔 수 없다는 표정으로 나를 바라보고 있었다.

"선생님, 지금 그거… 저한테 한 말씀이세요?"

"그럼 자네한테 하지, 누구한테 해? 이 진료실에 나랑 자네 말고 또 누가 있나?"

그 말에 나는 의자에서 벌떡 일어나 의사의 뺨을 쳤다. 불시에 공격을 당해 당황한 의사도 눈에 힘을 잔뜩 주고 자리에서 일어나 내 뺨을 쳤다. 그러나 아프지 않았다.

"어, 선생님. 안 아프네요."

"안 아프겠지 뭐. 꿈속인데. 앞으로 정신 차리고 살라고 한 대 때려준 거야."

"이거 진짜 꿈…"

"…꿈인 거 맞죠?"

내 목소리와 입의 움직임을 느끼고 눈을 떴다. 이어서 어두운 천장이 보였다. 사위는 고요했으나, 방금 전의 일이 생생하게 느껴졌다. 진료실 안에서 순간 몰아닥쳤던 절망감과 안도감. 눈을 감고 여전히 뒤틀리고 있는 감정들을 곱씹던 나는 꿈이 나를 가지고 놀았다는 생각이 들어 화가 치밀어올랐다.

잠깐… 내가 후배와 함께 캠퍼스 풍경을 내려다보며 담배를 피우던 것도 꿈이었을까.

"이제는 어디부터가 현실이고 어디까지가 꿈인지 분간할 수 없게 됐어요. 여기까지가 엊그제 있었던, 아니 엊그제 꿨던 꿈이고요."

"후배와 함께 흡연을 하셨던 건 현실이 맞았나요?"

"네. 후배한테 바로 전화를 걸어서 그날 우리가 수업 마치자마자 같이 담배 피웠던 게 맞는지 물어봤어요. 그랬더니 맞다고 하더라고요. 그러면서, 형 혹시 치매 아니죠? 하면서 실소하는 소리가 들렸습니다."

"그렇군요."

의사는 무언가를 거칠게 적고 있었다.

"아무튼 그 꿈을 꾸고 그날 바로 내과에 갔습니다. 꿈속에서 의사가 앞으로 정신 차리라던 말에 뭔가 안도감은 느꼈습니다만, 혹시라도 몸에 큰 문제가 있는 건 아닐까 걱정이 돼서요. 전체 건강검진은 너무 시간이 많이 걸리니까 우선 집 근처 내과로 간 거예요. 구석구석 들여다본 건 아니지만 그래도 몸에 문제는 딱히 없다고 했습니다. 췌장암 말기도 아니고요. 낯빛이 어두운 건 역시 잠을 편히 못 자서 그렇다고 했어요."

"후배가 한 말에 불안감을 느낀 거군요. 그래도 큰 병이 있는 게 아니었다니 다행이네요. 앞으로 음식도 골고루 잘 드시고, 영양제도 챙겨 드시고, 운동도 하면서 건강관리를 좀 하시면 되겠어요. 약도 꾸준히 드시고."

"…선생님, 전 역시 정상이 아닌 건가요?"

"비정상이라고 함부로 말하기엔 뭐하지만, 정신이 온전하다고는 할 수 없겠지요. 악몽이 여전히 계속되고 있으니까요."

"전 어떻게 하면 좋을까요? 대체 왜 이런 걸까요?"

"제가 내담자분과 여러 차례 상담을 하면서 말씀을 들어봤지만, 저도 그에 대한 근본적인 원인을 말씀드리기 어려운 것 같습니다. 직장도 잘 다니시고, 사회관계 원만하시고, 부모님 두 분 다 건강하시고, 금전적인 문제도 크게 없으시고… 맞으시죠?"

"네, 맞습니다. 직장이 안정적이지는 않지만 그래도 다음 학기 강의는 내정되어 있고, 금전적인 부분에 대해서는 부모님의 도움을 조금 받기도 하고 있습니다."

"다만….."

"네?"

"아닙니다. 현재 별 문제가 없으신데, 굳이 문제를 찾아서 끄집어내려고 하는 것도 불필요한 과정으로 생각돼서요."

"아아, 네. 그렇군요."

■

이불이 평소보다 축축하고 무겁게 느껴졌고, 비가 떨어지는 소리가 희미하게 들려왔다. 눈앞에 천장이 보였다.

…악몽을 꾸지 않았다.

다만, 약하게나마 두통이 느껴졌다. 옷은 어제 입고 나간 대로였다. 양치를 하지 않았는지 입안이 텁텁했다. 전날 나는 후배와 학교 앞에서 술을 마셨다.

'아니, 이 형이 왜 수업에 안 나오지? 이럴 사람이 아닌데? 싶어

서 찾아갔죠. 형 집 비번 기억하니까.'

'형, 요즘은 좀 괜찮아요?'

'아무튼, 형은 제가 평생 은인인 줄 아세요.'

'제가 군대 갔다가 이 학교 들어오고 중간에 휴학도 길게 했더니 결국 이 나이 되도록 남아있네요. 이제 학교에 동기들도 없고 아는 애들도 없어요. 다 졸업했죠. 그나마 형 밖에 없어요.'

'욕조가 다 물감 푼 것처럼 씨이뻘개. 와, 그때 진짜 놀래서 뒤지는 줄 알았잖아요. 형 이미 죽은 줄 알고.'

'오, 술값 또 내주게요? 저야 사양하진 않지.'

'몰라요. 형 앞에선 굳이 그런 얘기 안 꺼내기로 했어요.'

후배가 했던 말들이 조각조각 기억나기 시작했다. 잠시 그것들이 현실이었는지 악몽이었는지 구분해보려고 했지만 딱히 악몽이랄 게 없었다. 그러고 보니 어제 술에 잔뜩 취한 상태로 집에 돌아왔고, 약을 먹지 않았다는 것도 떠올랐다. 이게 얼마만의 숙면인가. 악몽을 꾸지 않고 눈을 뜬 건 정말 오랜만이었다. 술기운 덕인가도 싶었다. 아니면, 점점 약이 효과를 보이는 것인지도 몰랐다.

그런데, 나는 어제 잠들기 전 약을 먹지 않았고, 악몽을 꾸지 않고 잠에서 깨어났다…

혹시, 약을 안 먹어야 악몽을 안 꾸는 건 아닌지. 하지만 의사가 잘못된 약을 줄 리가 없다. 아무래도 이제서야 약이 효과를 나타내는 것이겠지.

　머릿속으로 혼잣말을 중얼거렸다. 오늘은 잠들기 전에 꼭 약을 먹기로 했다.

■

　저 멀리서부터 누군가에게 다급히 쫓기며 엄마가 내 쪽으로 달려오는 모습이 보였다. 엄마의 얼굴은 겁에 질려 있었다. 팔을 뻗으면 서로 닿을 수 있는 거리가 되려고 하는 순간, 굉음이 터지며 엄마의 이마 한가운데에 구멍이 뻥 뚫렸다. 엄마는 내 앞에서 털썩 쓰러져버렸다.

　"아아아악!"

　그 모습을 지켜본 나는 비명과 울음이 동시에 터졌다. 엄마는 눈도 감지 못하고 뺨 한쪽을 바닥에 맞닿은 채 쓰러져 있었다. 나는 악을 쓰며 울었다. 어려도 엄마가 다시는 깨어나지 못할 거라는 걸 직감할 수 있었다. 죽은 엄마 앞에서 내가 할 수 있는 건 우는 것 말고는 없었다.

　"엄마아아… 엄마아아아…"

　절규하듯 엄마를 외치며 눈을 떴다. 눈물 때문에 시야가 뿌옇게 흐려져 있어도 그곳이 내가 네다섯 살 때쯤 살던 집이라는 걸 알았다. 악을 쓰며 울고 있는 나를 아빠가 안아들었고,

그제야 꿈에서 깼다는 걸 깨달았지만 엄마가 죽는 모습을 눈 앞에서 본 충격이 가시지 않아 계속해서 울음이 나왔다. 숨 쉬기도 힘들 지경이었다. 엄마는 태연히 부엌에서 요리를 하고 있었고, 울고 있는 나에게 웃어보이며 말했다.

"왜 울어. 엄마 여기 있는데."

여전히 울음은 멈추지 않았다. 아빠 품에 있던 나는 팔을 뻗어 엄마에게로 가려는 순간,

눈이 떠졌다. 사위는 고요했으나, 눈에는 눈물이 흥건했고 여전히 나는 흐느끼고 있었다. 꿈속의 꿈이었다. 나는 눈물을 닦으며 스스로를 진정시키려고 애썼다. 하지만 흐느낌은 단숨에 멈추지 않았다.

얼마 후, 엄마에게 전화를 걸었다. 몇 번의 신호음 후, 익숙한 목소리가 들렸다.

"여보세요."

"엄마…"

"...아들? 목소리가 왜 그래?"

"엄마아…"

"혹시 울어? 무슨 일 있어?"

"아니이… 엄마 돌아가시는 꿈 꿨어요…"

"어머나, 갑자기 이게 무슨 일이야. 너 대학교 선생 아니야? 어머, 너무 우습다, 얘."

수화기 너머로 웃음을 참지 못하고 깔깔 웃는 소리가 들렸다.

"아이고, 이 아저씨야. 내일모레면 마흔인데, 세상에. 아이고, 우스워 죽겠다. 깔깔깔…"

"이게 오늘 아침에 꾼 꿈입니다. 엄마는 그저 웃기만 하시더라고요. 전 정말 슬펐는데 말이죠. 하긴, 삼십 중반 먹은 놈이 엄마한테 '엄마 죽는 꿈 꿨어' 하면서 울고 있었다니, 제가 생각해도 우습네요."

"부모님이 돌아가시는 꿈은 팔순 노인이 꿔도 슬플 거예요. 또 다른 꿈을 꾼 게 있나요?"

"일주일 동안 엄마가 돌아가시는 꿈을 포함해서 방에 물이 점점 차오르는 꿈, 망망대해에 홀로 고립된 상태에서 상어의 지느러미 여러 개를 본 꿈, 이 세 가지네요."

"아, 그래도 악몽의 빈도가 줄었군요."

"그런데 선생님, 말씀드릴 게 있어요."

"뭐죠?"

"제가 약을 안 먹고 잠들면 악몽을 안 꾸더라고요. 테스트라면 테스트랄까, 확인을 해봤습니다. 어젯밤에는 약을 먹고 잤어요. 그랬더니 결국 오늘 이런 꿈을 꿨고, 그 전날에는 안 먹고 잤더니 악몽을 안 꿨고, 전전날에는 먹고 잤더니 바다에 고립된 악몽을 꿨고."

"...그렇게 약의 효과를 실험해보시면 안 됩니다. 위험할 수 있어요. 그 약은 매일 꾸준히 드셔야 합니다."

■

눈을 떴다. 천장이 보였다.

어제 나는 약을 먹지 않았다. 그리고 숙면을 취하고 잠에서 깼다. 의사의 말을 무시하고 계속해서 시험을 해본 결과, 역시 약을 먹지 않은 날은 악몽을 꾸지 않는다는 결론이 도출되었다. 아이러니했다. 숙면을 취할 수 있도록 처방해준 약을 먹으면 꼭 악몽을 꾼다는 게. 다음에 상담을 받으러 갈 때에는 이 상황에 대한 이유를 물어볼 생각이었다.

오늘은 강의가 없는 날이었다. 대학 동기의 전시회 오픈식에 참가하기 위해 꽃을 사들고 인사동으로 향했다. 화랑이 모여있는 거리에 막 들어선 나는 거리에 늘어서있는 화랑들의 유리창 너머로 보이는 그림들을 바라보며 동기의 전시장으로 걸어가고 있었다. 이전에 지인들의 전시를 보러 몇 차례 방문한 적이 있던 익숙한 화랑도 보였다.

그 순간, 가슴이 턱 하고 막혔다. 가슴속에 무거운 돌덩이가 얹히며 그 자리에서 먹먹한 감정이 새어나오는 기분이었다. 이유를 알 수 없는 갑작스러운 감정 변화에 나는 다시 목적지를 향해 걸어갔다. 그런데, 목이 메여오기 시작하더니 시야가 흐려졌다.

내가 지금 갑자기 왜 이러지?

도저히 이유를 알 수 없는 슬픔이었다. 계속 고개를 숙이고 걷다, 동기의 화랑에 도착한 나는 화장실부터 들어가서 거울로 내 모습을 비춰보았다. 눈과 코가 빨갛게 물든 채 아직 눈물이 다 마르지 않은 남자가 나를 바라보며 서있었다.

그리고 그 후로도 종종 비슷한 일을 겪기 시작했다. 약은 먹지 않았고, 악몽을 꾸지 않았다. 조만간 의사에게 찾아가 이 상황에 대해 알리기로 했다.

　◼️

"요즘은 좀 어떠십니까?"

"악몽은 잘 안 꾸지만… 요즘 제가 좀 이상해요."

"어떻게 이상하다는 건가요?"

"요즘 들어서 제 스스로 이유 모를 심경의 변화라도 있는지 종종 가슴이 먹먹해지고 눈물이 흘러내릴 것 같은 기분이 들 때가 있어요. 심지어 저도 모르게 갑자기 울 때가 있었고요. 얼마 전에는 어떤 익숙한 장소를 보자마자 순간 저도 모르게 목이 메여오더니 갑자기 눈물이 터져나왔어요. 그리고 또 '수학'이라는 단어를 봐도 그렇고, 지나가다 특정 역을 발견할 때에도 그렇고요. 운전을 하다 특정 차를 발견하면 저도 모르게 분노가 치밀어올라요."

"……."

"전 도대체 왜 이러는 걸까요? 이제 좀 악몽을 안 꾸나 싶었는데, 이번에는 또 다른 감정이 저를 서서히 잠식하려고 드는 것 같아요. 깊은 곳에서 어떤 것들이 비집고 올라오려는 듯한 그런 기분입니다."

"...약은 잘 챙겨 드시고 있나요?"

"아뇨. 요즘은 아예 안 먹습니다."

"안 됩니다. 매일매일 드셔야 해요."

"왜 자꾸만 약만 먹으라고 하시는 거죠? 오히려 약을 안 먹으니 악몽이 줄어들고 있잖습니까."

"제가 매일 약을 챙겨 드시라고 하는 건 다 이유가 있습니다. 괜히 하는 말이 아니에요."

"...너무 답답합니다. 악몽을 안 꾼다고 해도 여전히 힘들어요. 전 대체 왜 이러고 살아야 하는 거죠? 왜 나아지는 게 없는 것 같죠?"

"약을 꾸준히 드셔야…"

"제발 그놈의 약 처먹으라는 소리 좀 그만하세요! 대체 그

약의 정체가 뭐죠? 약을 안 먹고 잔 날은 악몽을 안 꾼다니까요. 저한테 해줄 수 있는 말이 약만 잘 챙겨먹어라, 그뿐입니까? 예? 전 선생님한테 매번 의미 없는 돈만 갖다 바치는 호구인가요?"

"호구라뇨. 아닙니다. 저는…"

"제발 저한테 제대로 된 해결책을 제시해 달라고요! 그러고도 당신이 의사입니까? 예?"

"내담자분, 제발 진정하세요. 사람을 부를 수 있습니다."

어느새 나는 의사의 멱살을 붙들고 있었다.

"이런 위협적인 행동은 자제해 주시죠."

서서히 손에서 힘을 뺐다. 깊은 한숨이 터져나왔다.

"죄송합니다… 제가 순간…"

"그만큼 괴롭고 힘드셨다는 거지요."

"…제가 무언가를, 어떤 기억을 애써 덮기라도 하려고 그랬던 걸까요?"

"……"

"그 위에 애써 덮고 덮어서 어떻게든 잊으려고 했던 걸까요…?"

점점 목이 메여오기 시작하다, 결국 뜨거운 물줄기가 볼을 타고 흘러내렸다.

"선생님…"

"네."

"...저 지금 왜 눈물이 나고 있는 거죠? 왜 이렇게⋯ 갑자기 막 슬퍼지고, 가슴이 찢어지고 터질 것처럼 아프고 괴로운 걸까요⋯ 왜?"

의사는 그런 나에게 각티슈를 내밀었다.

"선생님⋯ 저 어떡하죠⋯"

투명한 물속에 먹구름 같은 검은 물감이 순식간에 풀어지듯, 아주 커다랗고, 짙고, 어둡고, 미어질 것 같은, 절규하고 싶은 감정들이 순식간에 내 머릿속을 삼켜버리는 듯했다.

"저 지금⋯ 다 떠올라버렸어요⋯."

의사는 안타깝다는 얼굴로 나를 바라보며 말했다.

"오늘부터라도 다시 복용을 시작하세요. 당분간은 좀 괴로우시겠지만⋯."

■

미술관이었다. 사람들 사이로 한 여자가 팔짱을 낀 채 작품을 유심히 바라보고 있는 뒷모습이 보였다. 그런데 왠지 꼭 어디선가 만났던 것 같은 낯익은 느낌이 물씬 풍겨왔다. 오랜만에 보는 것 같아 반가우면서도, 보면 안 될 것을 본 것만 같은 아찔한 기분이 들었다. 하지만 주저하지 않고 그녀에게 성큼성큼 다가갔다. 그리고 다짜고짜 그녀의 두 손을 부여잡고 애원하듯 말했다.

"당신한테 정말 간곡히 부탁하고 싶은 게 있어. 우리는 이 미술관에서 처음 마주쳤고, 우리는 아마도 그걸 계기로 연인 사이가 될 거야. 그런데, 우리 절대 만나지 말자. 절대 시작하지 말자. 서로 완전히 없던 사람으로 치자. 꼭 그렇게 하자. 응? 제발. 우린 처음부터 모르는 사람이었던 거야. 시작조차 안 했던 거야. 알겠지? 그런 거야…"

나는 여전히 그녀의 두 손을 꽉 쥔 채 같은 말을 계속 반복하고 있었다. 그녀는 그런 나를 멀뚱히 바라보고 있었다. 지금 이게 무슨 상황인가, 하는 얼굴로. 나는 슬픔의 감정이 가슴 한구석에서 봇물처럼 터져나오는 것을 여실히 느꼈다. 그녀 앞에서 같은 말을 또 하고 또 했다.

"알겠지? 꼭 그렇게 하자. 응? 제발…"

천장이 보였다. 나는 여전히 같은 말을 읊조리고 있었고, 뺨은 축축하게 젖어 있었다. 깨어난 후에도 여전히 미칠 듯이 가슴이 아려왔다. 마치 차디찬 칼날로 내 심장을 누군가 마구 헤집는 것처럼.

그 사람이다.

나와 결혼을 약속했던 그 여자.

젖어버린 화선지에는 먹물이 더욱 빠르게 번져나가듯, 꿈에서 깨어나니 그녀와의 일들이 필름을 되감기한 것처럼 되살아났다. 이것은 악몽이었다. 그것도 악몽 중에서 꽤 악질인 편이었다. 나는 어젯밤 약을 먹지 않았다. 그런데도 이런 악몽을 꾸고 말았다.

나는 어느 미술관에서 그녀를 처음 보았다. 선배의 전시를 보러 왔다가 그곳에서 그녀를 발견한 것이다. 갈색 웨이브 머리, 분홍 원피스, 흰 구두, 작은 크로스백, 한 손에 든 자켓, 그리고 아름다운 얼굴. 그녀의 모습을 본 순간부터 심장이 마구 요동치기 시작했고, 작품을 감상하려 해도 나도 모르게 자꾸만 그녀 쪽으로 시선이 가려는 걸 애써 참았다. 작품을 보는 둥 마는 둥 하며 계속 그녀를 의식하다, 그녀가 서서히 미술관 밖으로 나가려 하는 것 같았다. 말을 걸어볼까, 어떻게 할까 고민하고 망설이다 문을 열고 밖으로 나가는 그녀를 따라갔다. 그리고 말을 걸었다. 정말 큰 용기를 낸 것이었다. 낯선 사람에게 이렇게 말을 거는 일은 이번이 처음이었다.

"저기…"

내 목소리에 그녀가 뒤를 돌아보자 달콤한 향수 냄새가 물씬 풍겼다.

"아, 저… 이렇게 갑작스럽게 죄송합니다만…."

나를 바라보는 그녀의 커다란 눈에는 적잖이 당황한 기색이 보였다.

"아까 미술관에서 뵈었는데… 저는 학교 선배 전시 보러 온 거거든요. 혹시 그쪽도 작가분이랑 아는 사이세요?"

"…아뇨, 그건 아닌데요. 그냥 지나가다 들어온 거예요."

그녀는 여전히 당황한 어조로 말했다.

"저는 미대 박사과정 밟고 있는 사람입니다. 그런데 아까 미술관에서 뵙고 정말… 그… 너무 아름다우셔서요…."

그러자 굳어 있던 그녀의 얼굴에 미소가 번졌다. 그녀가 한번 호탕하게 웃고난 다음 말했다.

"그래서요?"

"아, 그러니까, 저 이상한 사람은 아니고요. 정말 순수한 마음에…"

"박사님이 이렇게 번호도 따고 그러시나요?"

그녀가 웃음기를 띠며 말했다.

"기분 언짢으셨다면 진심으로 죄송합니다."

"그래서 제 번호 드리면 되는 건가요?"

그 말을 들은 나 역시 당황한 얼굴로 그녀를 바라보았다. 이것이 우리의 첫 만남이었다.

며칠 후 우리는 어느 한 카페에서 다시 만났다. 서로에 대해 이야기를 나누며 그녀에 대해 알게 된 것은 나보다 다섯 살이 어리다는 것과 대학에서 수학을 전공했으며, 유명한 입시학원에서 수학을 가르치고 있고, 취미는 홀로 전시를 보러 다니는 것이고, 마침 애인이 없다는 것이었다. 미술에 대한 공통된 관심을 계기로 우리는 빠르게 친해졌고, 얼마 지나지 않아 서로 사랑하는 사이가 되었다.

나는 학교에 틀어박힌 세월이 오래되다 보니 강의를 할 수 있는 자리는 마련이 되었지만 수입은 넉넉지 못했다. 앞으로 교수가 될 수 있을지도 장담할 수 없었다. 부수적인 일을 찾기에는 강의 준비와 연구, 작업이 발목을 잡았다. 그녀는 그런 내 상황을 얼추 알고 있었고, 이해했다. 그녀는 나보다 몇 배는 더 벌이가 좋았지만 나를 은연중에 무시하거나 업신여기지 않았다. 오히려 더 멋진 화가가 될 거라고, 더 대단한 교육자가 될 거라고 항상 격려해주었다. 처음에는 그녀의 외면과 분위기에 반했지만, 그녀에 대해 알면 알수록 내면도 꽉 찬 사람이라는 것을 느꼈다. 그녀 스스로도 자존감이 높았고, 곁에 있는 사람의 자존감까지 높여주는 성격이었다. 나의 모든 것을 포용해주고 사랑해주던 그녀는 나에게 있어 삶의 희망과 행복을 느끼게 해주었다. 나 또한 그녀를 위해 내 모든 것을 줄 수 있을 만큼 그녀를 사랑하게 되었고, 내 삶의 이유는 그녀가 되었다. 그녀를 위해서라면 목숨도 아깝지 않았다. 인생을 살아오면서 누군가를 이토록 생각하고, 사랑할 수 있다는 것을 처음 느끼게 해준 사람이 그녀였다.

만남이 3년째가 되어가던 때, 그녀에게 결혼에 대한 생각을 물었다. '이미 서로에 대해 너무 잘 알고 서로 없어선 안 되는 사이지만, 둘 다 좀 더 준비가 되면 그때 하자.' 그것이 그녀의 대답이었다. 아무래도, 여전한 내 수입과 바로 다음 학기에도 강의를 계속 진행할 수 있을지 알 수 없는 불안정한 상황 탓인가 싶었다. 하지만 그녀가 단순히 그것 때문에 결혼을 주저할 사람은 아니라고 생각했다. 내가 얼마를 벌든 어떤 직업을 갖고 있든, 나라는 사람 자체를 사랑한다고 느끼고 있었기 때문이다. 그리고 아직 20대였던 그녀는 결혼하기에는 조금 이른 나이이기도 했다.

얼마 후, 연구를 위해 한 달간 파리에 머물러야 하는 일정이 잡혔다. 그녀도 휴가를 내서 우리는 함께 파리로 떠났고, 오전부터 낮까지는 각자의 시간을 갖고 저녁부터는 여행을 다니며 함께 시간을 보냈다. 그리고 4일 후 그녀는 한국으로 돌아갔다. 공항에서 그녀를 배웅하던 때, 그녀는 하염없이 울었다. 눈물이 많지 않던 그녀였기에 그런 그녀의 얼굴을 보는 것이 마음이 아팠다. 우리가 한 달 가까이 떨어져 있어야 한다는 사실에 슬퍼하는 것이라고 생각했다.

그리고 그날 이후부터 그녀와 연락이 닿지 않기 시작했다. 처음에는 그녀가 파리에서 휴가를 보내는 동안 밀려있던 일 때문에 바빠졌거나 시차 때문에 답이 늦나 생각했지만, 하루가 지나도 이틀이 지나도 답장은 오지 않았다. 전화를 걸어봐도 받지 않기는 마찬가지였다. 혹시 신변에 문제라도 생겼나 싶어 걱정이 된 나는 그녀의 학원에 전화를 걸어보았다. 다른 담당자가 받기에 그녀가 학원에 있냐고 묻자, 근무하고는 있지만 사정상 전화를 바꿔드릴 수 없다는 대답이 돌아왔다.

도저히 이해할 수 없고 납득할 수 없는 이 상황에 도저히 연구가 손에 잡히지 않았다. 예정보다 일주일 빠르게 귀국한 나는 한국에 도착하자마자 차를 몰고 그녀의 집앞으로 찾아갔다. 그녀는 단독주택에서 부모님과 함께 살고 있기에 섣불리 문을 두드릴 수는 없었다. 계속 전화를 걸어도 여전히 받지 않았다. 그날은 그녀가 출근하지 않는 일요일이었다. 나는 그 근처에 차를 세워두고 운전석에 앉아 그녀가 나오기를 기다렸다. 그리고 입구 바로 앞에 처음 보는 차가 주차되어있는 것이 그제야 눈에 들어왔다. 비싸 보이는 외제차였다. 왠지 불길한 예감이 들었다.

두세 시간 정도 그 자리에서 머물렀던 것 같다. 하늘은 서서히 붉게 물들고 있었다. 그리고 믿고 싶지 않은 광경을 목격하고 말았다. 낯선 남자와 그녀가 팔짱을 낀 채로 입구에서 걸어나오고, 그 뒤를 그녀의 부모가 따라나오는 것이 보였다.

그들은 모두 활짝 웃고 있었다. 그리고 그는 입구 앞에 바로 세워둔 차 앞에서 그 가족에게 깍듯이 인사했고, 그녀의 부모는 그의 등을 다정하게 토닥였다. 그녀도 그 남자를 사랑으로 가득 찬 눈빛으로 바라보고 있었다. 곧이어 남자는 차에 시동을 걸고 그곳을 떠나갔고, 그 가족은 다시 집안으로 들어갔다.

그 광경을 목격하고 있던 나는 그대로 얼어붙고 말았다. 운전석에 앉아 허공을 바라보며 몇 시간 넘도록 그 자리 그대로 가만히 있었다. 영혼이 빠져나간 사람처럼.

그 시간 이후로, 한동안 그 무엇도 손에 잡히지 않았다. 일도, 식사도, 인간관계도. 그런 상태에서 억지로 강의를 이어 나가다 보니 한동안 강의평가도 좋지 않았다. 가장 믿고, 의지하고, 사랑하던 사람에게 이유도 듣지 못한 채 버려진 나는 배신감에 치가 떨렸다. 그렇다고 그녀에게 찾아가 따져 물을 용기도 없었다. 그래봤자 나만 더 상처받을 것 같았고, 아무런 소용이 없는 짓이라는 걸 알고 있었다. 여전히 그녀는 연락이 없었고, 연락도 받지 않았다. 그리고 얼마 지나지 않아 그녀의 메신저 프로필은 그때 그 남자와 함께 찍은 웨딩사진으로 바뀐 것을 확인했고, 'D-75' 표시도 보았다.

이 상황이 납득되지 않고, 아무것도 할 수 없고, 살아갈 의욕을 잃은 나는 살아있는 동안 겪은 고통 중에서 가장 큰 고통을 느꼈고, 심리적 고통이 육체적 고통보다 훨씬 더 아프고 끔찍하다는 것을 그때 처음 알게 되었다. 이전에 이미 다른 여자들과 만남과 이별을 몇 번 겪었지만, 이정도로 견디기 힘든 이별은 처음이었다. 너무나도 사랑한 만큼 더 괴로웠고, 그녀와의 추억들이 전부 잊고 싶은 악몽으로 변해버렸다. 아무것도 해결해주지 않던 술과 담배에 찌들어 살던 나는 결국 죽기로 결심했다. 이렇게 살아서 괴로움을 느끼는 것보다는 차라리 죽는 게 더 편하겠다는 생각이 든 것이다. 술에 절어 차도에 뛰어들기도 하고, 목을 매기도 했지만 죽음으로 이어지진 못했다. 욕조에서 자살시도를 했을 때에도 마침 후배가 집에 찾아와 실패로 끝났다. 결국, 주변사람들의 권유로 정신병원에 다니기 시작했다.

■

"내담자분은 이별에 대한 충격이 너무나도 컸고 그만큼 고통도 컸기에 상담을 진행하면서 그에 대한 과거 얘기는 되도록 꺼내지 않으려고 노력했습니다."

"……."

"내담자분께는 현실을 받아들이고 인정하라는 말은 전혀 통하지 않을 정도로 심리상태가 좋지 않았습니다. 이미 자살시도도 몇 차례 하셨고, 얼른 치료하지 않으면 계속해서 반복

될 것 같았어요. 그래서 제가 처방해 드린 약은 외상 후 스트레스 장애의 원인, 즉 트라우마에 대한 기억을 제거해주는 약이었습니다. 그 기억을 지닌 뇌세포들만 골라서 파괴시키는 거죠. 사람의 정신을 피폐하게 만드는 고통스러운 기억의 뇌세포는 다른 뇌세포들과는 그 모양이나 성질이 조금은 다르니까요. 일반적인 뇌세포가 가느다랗고 뿌리가 많은 나뭇가지처럼 생겼다면, 고통스러운 기억을 지닌 뇌세포는 꼭 악마의 손가락처럼 날카롭고 포악하게 생겼습니다. 다만, 매일 꾸준히 복용하지 않으면 다시 그 기억이 되살아날 수 있습니다. 지금의 내담자분처럼요. 트라우마의 뇌세포는 내성이 매우 센 놈이니까요. 그리고 내담자분은 아무래도 이 약을 복용하면서 부작용을 겪고 계셨던 것 같습니다. 아마도 매일 악몽을 꾸던 것이 그 부작용이 아니었을까 싶습니다. 다른 기억들도 조금씩 지워진 것도요. 아마도 뇌세포가 파괴되면서 그만큼 어떻게든 새로운 기억들로 채워지려고 한 것 같습니다. 유감스럽게도 그것이 자극적이고 충격적인 기억인, 악몽인 것이고요. 제가 내담자분께 사과드려야 할 것은 사전에 약에 대한 부작용을 제대로 알리지 못한 것입니다. 신약이다보니 임상실험이 충분하지 못했던 것 같습니다. 진심으로 사과드립니다. 다만 원점으로 돌아온 이 상황을 어떻게 다시 극복해내느냐가 문제인데…"

앞에서 주절거리는 의사의 말은 사실 귀에 잘 들어오지 않는다.

그저…

잊고 있었던 기억들이 바로 어제 있었던 일처럼 생생하고 뚜렷하게 되살아나버린 지금, 차라리 악몽을 매일 꾸던 때가 낫다는 생각이 든다. 내가 깨어있고, 살아있고, 숨을 쉬고 있다는 **지금 이 현실**이 참을 수 없을 정도로 끔찍하다.

네 번째 이야기

고향

그 동네를 다시 찾아간 것은 우연이었을까, 필연이었을까.

오래 사용하던 노트북이 수명을 다해 새로운 노트북을 찾아보고 있었다. 그렇지만 내가 원하는 모델은 가격이 터무니없이 높아 수중에 있는 돈으로는 무리였다. 어쩔 수 없이, 온라인 중고 커뮤니티에서 비슷한 사양의 노트북을 중고로 구입하는 것으로 타협점을 찾았다.

판매글에는 사용기간이 1년이 조금 안 되며, 산 가격보다 40% 정도를 낮추어 판매한다고 명시되어 있었다. 그렇다 해도 100만원이 넘어가는 고가이니, 판매자와 직접 만나서 물건을 받는 것이 안전할 것 같았다. 게다가 판매자는 자신의 동네로 오면 만 원을 깎아주겠다고 했다. 그 동네는 서울의 어느 외곽 지역인 □□구 ○○동이었다. 내가 어릴 적 살던 ◎◎동과 같은 구이며, 바로 옆동네였다.

　나는 ◎◎동의 형우아파트에서 일곱 살부터 열두 살까지 살다가 지금 부모님과 함께 살고 있는 △△구 데미안아파트로 이사 왔다. 지금 사는 서울 △△구에서는 초, 중, 고, 대학생 시기를 거쳐 20년 가까이 살았고, ◎◎동에서는 5년 정도 밖에 살지 않았다. 그렇지만 나는 ◎◎동을 마음의 고향이라고 여긴다. 그곳에서 보낸 유년시절의 기억들이 유독 깊이 남아 있기 때문이다. 마침 그때가 자아가 한참 형성되던 시기여서 그랬던 걸까. 5년이라는 세월이 짧다면 짧지만, 내 기억에서는 △△구에서 보낸 20년 가까이 되는 시간보다, 그 동네에서의 시간이 유독 길게 느껴진다. 꼭 태어나고 자란 곳만이 고향은 아니다. '마음 속 깊이 간직한 그립고 정든 곳'도 고향이라고 한다. 그런 의미에서 □□구 ◎◎동은 내 고향이다.

　노트북을 건네받고 판매자와 헤어진 후 핸드폰 시계를 보니 오후 세시 반이 지나 있었다. 평일 낮 시간대에 직거래를 할 수 있었던 건 판매자도 나처럼 프리랜서이기 때문일까. 이대로 집에 돌아가기도 애매한 시간이었다. 나는 어릴 적 살던 아파트에 찾아가보기로 했다.

내가 초등학교 5학년일 때 우리 가족은 이사를 했다. 그때의 나는 살던 동네를 떠나 새 동네로 가는 것에 대해 마음의 준비도 안 되어 있었고 주변 친구들에게 다 알리지도 못했다. 이것을 계기로 당시 친하게 지내던 친구들과 대부분 연락이 끊기고 말았다. 그 시절에는 SNS도 없었고, 아이들이 핸드폰을 갖고 있지 않아 각자의 집전화로 소통하던 때였다. 1년만 더 다니고 졸업을 했다면 졸업앨범에 친한 친구들과 함께 내 사진도 박혀 있었을 텐데. 지금은 개인정보보호 문제 때문에 그럴 수 없지만, 내가 초등학생 때까지도 졸업앨범에는 모든 학생의 주소와 전화번호가 맨 뒤에 기재되어 있었다. 전학 간 학교에서는 전교에 아는 친구들이 몇 없었고, 반 아이들과도 잘 어울리지도 못했었다. 초등학교 졸업앨범은 만인의 흑역사라는데, 나 역시 전학 간 초등학교의 졸업사진이 너무 못나게 느껴지고 조금도 귀엽지 않아서 그 졸업앨범은 지금이라도 어디 내다 버리고 싶을 지경이다. 그 학교에서는 좋은 추억도 별로 없다. 그와 반대로 이사 오기 전에 다니던 학교의 졸업앨범은 너무나도 갖고 싶었다. 나는 성인이 되고 난 후, 엄마에게 이렇게 투정을 부린 적이 있다.

"엄마, 거기서 6학년까지 다니다가 졸업한 다음에 이 동네로 이사 올 수는 없었던 거야? 어중간한 시기에 전학을 해서 친했던 애들이랑 연락이 다 끊겨버렸잖아."

"그 부분은 엄마도 마음이 조금 아픈데, 어쩌겠니. 그때 당장 이사 오지 않았으면 이 집을 놓쳤을 텐데. 엄마는 자식들을 좀 더 좋은 동네에 살게 하고 싶었지."

"서울이 여기나 거기나 다 비슷하지 뭐."

"그럼 너는 그 동네가 좋아, 지금 이 동네가 좋아?"

"거기는 거기대로 추억이 있고, 여기는 여기대로 살기 좋고…."

"근데 그 동네도 많이 좋아졌더라. 얼마 전에 엄마 친구 만나러 그 동네 갔더니 새 아파트도 엄청 들어서고 다리나 개천 같은 것도 새로 조성되고 그렇더라구. 그때는 동네가 영 별로였는데."

"…엄마는 여전히 그 동네에 친구 있어서 좋겠네."

이사 간 이후로 여태 이 동네에 온 적이 없었다. 일부러 오지 않았다. 내 마음속의 고향이기 때문에, 그만큼 소중하기 때문에 아껴두었던 마음이라고나 할까. 실은 지금 살고 있는 곳에서 ◎◎동까지는 서로 서울의 끝과 끝이기 때문에 전철 편도로 한 시간 이상 걸린다. 먼 길을 움직이기 귀찮아서 오지 않은 이유도 비중이 크긴 하다. 그런데 편도로 이동시간이 크게 다르지 않았던 대학과 회사는 어떻게 다녔나 모르겠다.

한손에 든 노트북이 조금 무겁긴 해도 오랜만에 고향에 다시 돌아와 설레는 마음으로, ○○동을 지나 내가 살던 동네로 걸어갔다. ○○동에도 당시에 친구들이 살고 있었기 때문에 자주 오가곤 했었다. 가는 길에 보인 근린공원과 백화점들은 20년 가까운 세월에도 거의 변함없는 모습을 하고 있었지만 그 주변에는 새로 생긴 오피스텔이 여럿 보였다. 과연 ◎◎동은 얼마나 바뀌었을까. 아니면 그대로일까. 계속 가다가, 내가 다니던 초등학교도 보였다. 담 너머로 보니 당시에는 없던 새 건물이 한쪽에 지어져 있었다. 그때 친했던 친구들은 다 어디로 가서 어떻게 살고 있을까. 아마 지금도 계속 이 동네에 사는 친구들도 있지 않을까. 그때 내 담임이었던 선생님들은 지금도 선생님을 하고 계실까.

초등학교를 지나 바로 옆에 붙어있는 중학교도 보였다. 오빠가 다니던 곳이었다. 오빠도 나와 마찬가지로 중2때 이사를 가는 바람에 연락이 끊긴 친구들이 많다고 했다. 이런저런 생각을 하며 걷고 있으니 형우아파트 단지 입구가 보이기 시작했다.

형우아파트는 101동부터 110동까지 총 10개 동이 있는 작은 아파트 단지였다. 이곳에서 나는 유치원생에서 초등학교 고학년이 되었으며, 이구아나 두 마리를 키우다 하늘나라로 떠나보내기도 했다. 이곳은 다니던 초등학교와는 도보 5분 거리인데, 수학경시대회 금상을 받은 날 그 소식을 엄마에게 알리려고 집으로 뛰어가는 길이 어찌나 길게 느껴지던지.

아, 이런 기억도 있다. 단지 안에서 우리 집으로 걸어가고 있는데 어떤 차가 내 옆에서 속력을 낮추기 시작했다. 운전석의 유리창이 내려지고, 어떤 낯선 아저씨가 나에게 말을 걸었다. 그 얼굴은 조금 붉었다.

"꼬마야, 잠깐 아저씨 좀 도와줄래? 잠깐 따라와 봐."

무슨 문제가 있길래 처음 보는 어른이 나한테 도움을 요청할까 하고 조금 의아했지만 어른의 부탁을 거절할 수 없어서 그 차가 천천히 움직이는 곳으로 따라갔다. 차가 길 근처 주차공간에 완전히 멈춘 후, 운전석 문이 열렸다.

"아저씨가 지금 많이 아파. 좀 도와줘."

순간 내 눈에 황당한 광경이 펼쳐졌다. 아저씨는 바지를 내리고 자신의 그것을 드러내보이고 있었다. 군데군데 조금씩 울퉁불퉁하고, 불그스름하면서도 보랏빛을 띤 그것… 초등학교 삼사학년쯤이었던 그 어린 나도 그것을 보자마자 이 아저씨는 정상이 아니라는 것을 알았다. 그리고 바로 쏜살같이 도망쳤다. 집으로 돌아오니 엄마가 있었지만 나는 내가 겪은 일을 엄마에게 말할 수 없었다. 왠지 말하면 안 될 것 같은, 엄마에게 혼날 것 같은 두려움이 느껴졌던 것 같다. 나쁜 일은 내가 당했는데 말이다. 이 기억 또한 내가 성인이 된 후에야 엄마에게 우스갯소리로 말했던 기억이 난다. 어떻게 단지 안에서 대담하게 그런 짓을 할 수 있었나 싶어 웃음이 픽 새어나왔다. 지금 그 아저씨, 어떻게 살고 있을까. 정상적으로 살고 있기는 할까.

같은 초등학교를 다니고 같은 아파트 단지에 살며 자주 모여 놀던 그 친구들은 지금 어디서 어떻게 지내고 있을까. 친구들과 롤러스케이트를 타고 주차장을 뱅글뱅글 돌던 때, 놀이터에서 얼음땡을 하던 때, 단지 안에 온 포장마차 트럭에서 함께 어묵을 사먹던 때, 내가 키우는 이구아나를 친구들에게 보여주던 때… 그 친구들 중 이 단지에 남아있는 사람은 아무도 없을 것이다. 다들 나처럼 어디론가 이사를 간 것으로 알고 있다. 그중 한명은 지금도 연락하고 지내고 있고, 근황을 모르는 친구들도 다들 건강하게 잘 지내고 있기를 바랐다,

아파트 단지는 거의 변한 게 없었다. 입구에 위치한 상가의 슈퍼도, 문구점도, 상가 꼭대기의 뾰족한 교회 표식도 그대로였다. 하나 달라진 것은 그때는 없던 차단기가 생겼다는 정도일까.

먼저 상가 안으로 들어가보기로 했다. 문구점이 입구 밖에서도 보였다. 당시 매일같이 드나들던 곳이다. 아쉽게도 천막

으로 물건들이 둘러싸여 있고, 문은 닫혀 있었다. 나는 닫힌 유리문 틈으로 얼굴을 가까이 대고 그 안을 살펴보았다. 어두웠지만 여러가지 문구류와 실내화, 학교에서 쓰일 법한 준비물 등이 두평 남짓한 공간 안에 빽빽하게 진열되어 있었다. 구조도 크게 바뀐 것이 없었다. 주인아저씨도 과연 그대로일까. 열려 있었다면 기념으로 펜 하나 정도 샀을 텐데.

그 옆에는 여전히 그때 그 사진관이 있었다. 진열된 액자 속 사진들도 그대로였다. 그때는 아무렇지 않게 보며 지나갔는데, 이제 보니 사람들의 화장이나 옷차림이 꽤 촌스럽게 느껴졌다.

상가 안에는 곳곳에 빈자리가 있었다. 친구 부모님이 하시던 분식집 자리는 텅 비어 있었다. 책대여점과 비디오대여점도 없어지고, 그 자리에는 낯선 세탁소와 낯선 미용실이 생겨 있었다.

계단을 따라 지하로 내려갔다. 지하에 있던 마트는 그대로였다. 이름이나 주인은 바뀌었을지도 모르겠다. 어릴 적, 잠깐 친구에게 부탁을 받고 며칠간 데리고 있던 강아지와 함께 마트에 들어간 적이 있었다. 그런데 갑자기 강아지가 바닥에 똥을 눠버려서 어찌할 바를 몰라 강아지를 들쳐안고 허겁지겁 도망쳐 나오던 기억이 있다. 지금 생각하면 그 순간의 나는 참 야비한 아이였다.

상가를 나와 내가 살던 110동으로 향했다. 가는 길은 거의 변한 게 없었다. 변태 아저씨에게 성희롱을 당하고 후다닥 도망쳤던 그 길도 지났다. 110동이 있는 곳으로 들어서니 아파트 외관도, 주차장도, 놀이터도 그대로였다. 그리고 그 앞에 위치한 경비실이 보였다. 이 아파트는 경비실이 아파트 안마다 있는 게 아니라 ㄷ자로 세 개의 동이 붙어 있는 108동, 109동, 110동마다 경비실 하나가 배치되어 있었다. 그때 경비원 아저씨와 나는 꽤 친했다. 아저씨가 나에게 친근하게 대해주셨기 때문이다. 경비실 안에서 아저씨가 주는 과자를 받아먹은 적도 있고, 그때 내가 키우던 이구아나를 경비실로 데려와 아저씨에게 만지게 해드린 적도 있었다. 설마 지금도 그 아저씨가 계실까 싶어 경비실 가까이로 가 보았다.

그 순간, 나도 모르게 헉, 하는 소리가 튀어나왔다. 그때 그 아저씨가, 바로 그 자리에 계셨기 때문이다! 나는 화색을 하고 경비실 창문을 똑똑 두드렸다.

"아저씨, 안녕하세요."

그러자 아저씨는 모자를 벗고 나에게 목례하며 물었다. 낯선 사람을 보는 얼굴이었다.

"몇 동에서 오셨어요?"

가까이서 보아도 18년 전의 아저씨와 지금의 아저씨의 모습은 흰 머리가 좀 더 늘었다는 것 말고는 크게 다르지 않았다. 목소리도 마찬가지였다. 나는 목구멍이 뜨거워지며 울음이 차오르는 것을 애써 참았다.

"아저씨… 저 110동 살던 승은인데요. 혹시 저 기억하시겠어요…?"

"110동? 승은이…? 어어, 잠깐만. 승은이? 그, 도마뱀 키우던 애기?"

"아저씨, 저 이구아나 키우고 가끔 아저씨한테 데려와서 보여주던 그 승은이에요…. 그동안 잘 지내셨어요?"

결국 눈물이 터져버리고 말았다.

"아이고, 이게 무슨 일이야? 언제 이렇게 아가씨가 다 됐대? 세상에, 세상에. 아이고, 아이고. 세상에."

그 철없던 어린 여자아이가 서른이 된 여성이 되어 예고도 없이 갑자기 눈앞에 나타나니 아저씨도 놀랄 수밖에 없었을 것이다. 아저씨는 엉엉 우는 나를 토닥여주다가 각티슈에서 휴지를 한움큼 뽑아서 예전처럼 다정하게 건네주었다.

"아저씨, 저 그동안 대학교도 졸업하고, 회사도 다니고 하다가 이제 내년에 결혼도 해요."

"세상에, 세월이 어떻게 이렇게 빨라. 언제 이렇게 시집도 가고 다 컸대?"

"아저씨는 어떻게 나이를 하나도 안 드셨어요? 제가 한눈에 알아봤잖아요."

"나이를 안 먹긴 뭘 안 먹어, 다 늙었구만. 그땐 내가 40대였는데 이젠 환갑잔치도 벌써 몇 년 전이야."

"아저씨를 누가 환갑으로 봐요? 여전히 젊으세요."

"우리 승은이도, 아이쿠, 이제 아가씨라고 불러드려야지. 아가씨도 엄청 예뻐졌네. 정말 다 컸네, 다 컸어. 어디로 이사 갔었어?"

"저 △△구요. 초등학교 5학년 때 이사 가서 아직도 거기 살고 있어요."

"그래? 근데 여기까지 어쩐 일로 왔대?"

"저 이 옆동네에 볼일 있어서 왔다가 오랜만에 어릴 때 생각 나서 잠깐 들른 거예요."

"그래그래, 잘 왔어. 승은이가 어릴 때 생각이 나서 왔네. 아무튼 이렇게 오랜만에 보니 참 좋네. 아저씨도 기억해주고 말이야."

"아저씨, 다음에 올 땐 맛있는 거라도 사들고 올게요."

"뭘 사 와. 이렇게 아저씨를 기억해준 것만으로도 엄청 기쁘구만."

아저씨와 인사를 나눈 후, 110동 3,4라인 입구로 들어갔다. 여전히 보안 장치는 따로 없었다. 아파트 내부에서 나는 특유

124

의 오래된 콘크리트 냄새도 그대로였다. 마치 이제 막 초등학교 수업을 마치고 집으로 돌아오는 기분이었다.

엘리베이터에 올라타고 15층 버튼을 눌렀다. 그리고 올라가는 동안 거울을 보았다. 매일 초등학생 이승은을 비추던 거울은, 오늘은 서른 살 이승은을 비추고 있었다. 매번 집으로 올라가는 동안 이 안에서 혼자 노래를 부르던 것도 떠올라서 피식 웃음이 나왔다.

15층에 도착하고 엘리베이터에서 내렸다. 복도에는 익숙한 된장국 냄새가 현관문을 뚫고 나와 어렴풋이 풍기고 있었다. 이 된장국 냄새는 어느 집이나 다 비슷한 모양이었다. 나는 1503호 문 앞에 섰다. 당시 도어락을 쓰지 않고 열쇠로 문을 열었는데 여전히 문에는 도어락 없이 손잡이에 열쇠구멍이 있었다. 도어스코프 위의 천주교 문양 스티커도 그대로였다. 우리 가족이 살던 때에 성당에 다니던 엄마가 붙인 것이었다. 건드리면 금방 떨어질 것처럼 접착력은 약해보였지만, 여태 떼지 않은 걸 보니 지금 살고 있는 사람도 천주교인인 모양이었다.

집 안에서 인기척이 느껴졌다. 어린 여자아이의 목소리가 들리는 것 같았다. 귀를 문에 가까이 대보았다. 정확하게 들리지는 않지만 초등학생 정도의 여자아이가 조잘거리고, 엄마가 중간중간 맞장구를 쳐 주고 있는 듯 했다. 아이는 깔깔 웃기도 했다. 그 소리를 듣고 있으니 뭔가 아련한 느낌에 휩싸였다.

맞은편 1504호에서도 인기척이 느껴져 얼른 귀를 뗐다. 그리고 황급히 엘리베이터 버튼을 눌렀다. 엘리베이터는 어느새 1층에 있었다. 당시 건너편 집은 아주머니 한 분이 혼자 사시는 집이었는데, 내가 초등학생 때 엄마는 30대 후반이었고 아줌마는 50대 중후반 쯤이었다. 다 큰 아들이 둘 있던 아주머니는 딸이 갖고 싶었다며 어린 나를 예뻐해주셨던 기억이 있다. 열쇠를 깜빡하고 학교를 마치고 돌아온 날에는 우리 집에 아무도 없으면 아줌마네 집에서 과일을 먹으며 엄마를 기다리곤 했다. 그럴 때마다 아줌마는 내 앞머리를 손으로 넘겨주시며 나를 사랑스럽다는 듯 바라봐주시곤 했다. 그런데 어느 날 갑작스럽게 인사도 없이 이사를 가버리셨다.

문이 열리는 소리가 들리고, 기침 소리가 들렸다. 나는 무의식적으로 뒤를 돌아보았다. 그리고 다시 한번 놀라지 않을 수 없었다. 바로 그 아줌마였던 것이다.

"아줌마...?"

"누구세요?"

아줌마는 낯선 사람을 보는 표정이었다.

"아줌마...! 저 승은이예요!"

"어머나! 어쩜 좋아!"

"저 알아보시겠어요?"

"그때 그 여자애기야? 세상에나...!"

아줌마는 나를 꼭 안아주었다. 나도 팔로 아줌마를 감쌌다. 아까 한바탕 눈물을 쏟아내서인지 눈물은 나오지 않았다.

"이게 얼마만이야. 키는 컸는데 얼굴은 그대로네."

"잘 지내셨어요? 이렇게 갑자기 만나뵐 줄은 몰랐어요."

"아줌마는 잘 있었지. 아가, 집에 들어와. 장 보러 가려고 했는데 나중에 가야겠네."

"정말 들어가도 돼요?"

"그럼. 오랜만에 만났는데, 별건 없지만 뭐라도 마시고 가."

아줌마가 현관문을 활짝 열어주었다. 그러자 어릴 적 맡았던 아줌마네 집 냄새가 훅 하고 풍겨왔다. 포근하고 정감 가는, 향수를 자극하는 냄새. 오랜 시간이 지나도 이 냄새는 그대로였다. 집 안도 변한 것이 없었다. 장판으로 된 거실바닥, 검고 낡은 소파, 뚱뚱한 TV, 그 옆 낡은 장식장과 금붕어 수조, 그리고 주방의 검은 식탁… 모든 것이 어릴 때 보았던 그대로였다.

"거기 앉아있어. 아줌마가 주스랑 과일 내줄게."

"감사합니다."

나는 식탁에서 매번 앉던 그 자리에 앉아 아줌마가 냉장고에서 주스병을 꺼내고 컵에 따르는 모습을 보고 있었다. 크고 표면이 울퉁불퉁한 유리병에 담긴 오렌지주스도, 반투명한 파란색 유리컵도 그대로였다. 아줌마는 이어서 냉장고에서 배와 포도를 꺼내 씽크대에서 씻기 시작했다. 어릴 때도 그랬다. 배, 포도, 아니면 사과나 귤. 과일 손질을 다 마친 아줌마는 과일이 가득 담긴 그릇을 식탁에 내려놓고 맞은편 의자에 앉았다.

"빈손으로 왔는데 죄송해서 어떻게 해요."

"사오긴 뭘. 이렇게 오랜만에 봐서 반갑기만 하구만. 숙녀다 됐네."

"이사 가신 줄 알았는데 계속 여기 계시네요."

"어, 맞아. 너 어릴 때 이사 갔었지. 그때가 너 학교에서 어디 수학여행 같은 거 갔을 때라 아줌마가 인사도 제대로 못했어. 그때 여기 전세 내주고 한 4년 다른 동네에서 살다가 다시 이 아파트로 돌아왔어."

"그러셨구나. 어느 날부터 갑자기 아줌마가 안 보이시는 거예요."

"아줌마가 인사도 없이 갑자기 가 버려서 미안해. 전화라도 해줄걸. 종종 승은이 잘 지내고 있나 궁금했는데. 그래도 아줌마가 자주 네 생각 했어. 항상 승은이 보면 이런 예쁜 딸 있으면 얼마나 좋을까 싶었는데. 오늘 이렇게 오랜만에 만날 줄이야."

"아드님들도 잘 지내세요?"

"그럼. 잘 있지. 둘 다 벌써 40댄데, 회사 다니고 결혼하고 애 낳고 잘 살고 있어. 아참, 오빠도 잘 있어? 엄마 아빠는?"

"오빠는 재작년에 결혼했고, 아직 애기는 없어요. 부모님도 잘 계시구요. 저도 내년에 결혼해요."

"그래? 정말 잘 됐다. 오빠도 결혼했고, 승은이도 곧 결혼하고, 부모님도 잘 계시고. 아들딸 훌륭하게 잘 키우셨네. 가만 보자… 승은이가 올해 몇 살이지?"

"이제 서른 됐어요."

"아이고! 서른이야? 세월이 어쩜 이렇게 빠르니. 그 쪼마난 애기들이 벌써 아가씨 아저씨가 됐네."

"하하, 아직 정신연령은 초등학생 때랑 크게 다를 게 없어요."

"그래도 이렇게 잘 커서 너무 보기 좋다. 아줌마는 정말 기뻐."

"저도 아줌마가 건강해보이셔서 다행이에요."

그렇게 아줌마와 서로의 가족들에 대한 근황을 주고받으며 어느새 그릇을 다 비웠다. 벌써 한 시간 남짓한 시간이 지나 있었다. 더 머무르면 아무래도 민폐인 것 같아 슬슬 자리에서 일어나기로 했다.

"아줌마, 오늘 이렇게 다시 뵐 수 있어서 정말 반가웠어요."

"아이구, 벌써 가게?"

"다음에 저희 엄마랑 다시 놀러올게요."

"그래. 너희 엄마도 보고 싶다. 안부 전해줘."

엘리베이터를 기다리는 동안 아줌마는 다시 나를 꼭 안아주었다.

"조심히 가. 아, 그리고 승은아. 건강이 제일이야. 항상 건강 잘 챙기고. 부모님도 항상 잘 챙겨드려. 알았지?"

"네, 그럴게요. 건강이 제일이죠. 아줌마도 계속 건강하셔야 해요."

넉살 좋은 미소를 띠며 손을 흔드는 아줌마의 모습이 엘리베이터 문 사이로 가려졌다. 나 또한 미소를 거두지 않은 채로 몸을 돌려 엘리베이터 거울을 보았다.

그런데 그 거울 속에는 한 여자아이가 서있었다. 나는 순간 놀라서 눈을 크게 뜨고 거울 속 아이의 모습을 가만히 바라보았다. 그 아이 역시 눈을 크게 뜨고 나를 바라보고 있었다. 아이는 익숙한 얼굴을 하고 있었다. 바로 초등학생 시절의 내 모습이었다.

나는 눈을 황급히 감았다 떴다. 거울 속에는 그 아이의 모습은 없고, 지금의 내가 있었다.

오랜만에 경비원 아저씨와 앞집 아주머니를 만나고, 들어가보지는 못했어도 살던 집에 다시 방문하니 타임머신을 타고 다시 그때의 초등학생 여자아이로 돌아간 듯했다. 마음속에 반가움과 아련함, 즐거움, 행복함 등의 다양한 감정들이 몽글몽글하게 차오르는 기분이었다. 십 여 년이라는 시간이 흘렀지만 대부분 변한 것 없이 그대로였고, 바뀐 건 내 나이뿐인 것 같았다. 얼른 집으로 돌아가서 오늘 있었던 일을 엄마에게 말해주고 싶었다. 단지에서 나와, 전철역으로 향하는 길을 지나, 역에 도착하고, 전철에 올라탔다.

"오늘 어디 갔다 왔어?"

"내가 오늘 다녀온 곳 들으면 엄마 깜짝 놀랄걸."

"어디 다녀왔는데?"

"◎◎동 형우아파트! 우리 살던 곳!"

"뭐? 정말? 거길 왜 갔어?"

"노트북 거래하러 갔는데, 거기가 ◎◎동 근처길래 옛날 생각나서 한번 가 봤어. 아파트 경비실 갔더니 그때 경비원 아저씨가 그대로 계시더라? 나 아저씨 만나서 엉엉 울었잖아."

"어머, 정말? 아저씨도 많이 늙으셨지? 그분 참 사람 좋으셨는데."

"아니. 아저씨 진짜 하나도 안 늙었어. 그래봤자 지금 60대시래."

"아 그래? 그럼 그때 꽤 젊으셨던 거구나."

"엄마, 근데 더 대박인 게 뭔지 알아?"

"뭔데?"

"나 우리 살던 110동 아파트 올라갔다가 앞집 살던 아줌마 만났잖아."

"...앞집 살던 아줌마? 누구였지?"

"그그, 있잖아. 아들 둘 있는."

"아! 미양이 아줌마?"

"아, 그 아줌마 이름이 미양이야? 나는 맨날 아줌마 아줌마 불러서 성함도 몰랐네."

"...어, 잠깐."

"왜?"

"...미양이 아줌마를 만났다고? 경비 아저씨도?"

"어. 아줌마 이사 가셨었다가 다시 그 아파트로 돌아오셨다 던데. 아줌마네 집에서 과일도 얻어먹었어. 나 옛날에 열쇠 까먹고 학교 간 날에는 돌아왔을 때 집에 아무도 없으면 아줌마네 집에서 엄마 기다리고 그랬잖아."

"아니, 가만 있어봐. 네가 미양이 아줌마를 진짜 만났다고? 그 집에 들어갔다고?"

"응. 아줌마가 들어오래서 들어갔는데? 아줌마랑 한 시간 정도 얘기 나눴어. 왜?"

"승은아. 잠깐 있어봐. 엄마는 지금 이 상황이 이해가 안 된 다. 엄마도 잠깐 착각했어."

"뭐가 이해가 안 돼?"

"너 혹시 꿈이라도 꿨니?"

"꿈? 웬 꿈?"

"그 아파트 단지는 재건축 들어가서 다 허물었고, 미양이 아줌마는… 너 초등학생 때 돌아가셨단 말이야."

"…뭐?"

"너 아직 그 집에 살고 있을 때 심장마비로 돌아가셨어."

"그게 무슨 말이야?"

"정말 갑자기 돌아가신 거였어. 엄마는 그때 네 나이가 어릴 때라 충격 받을까 봐 그냥 너 학교에서 수련회인가 견학인가 갔던 그 사이에 아줌마가 이사 가셨다고 한 거거든. 엄마는 그 아줌마 장례식도 가서 부조도 하고 왔어."

"농담하지 마. 나 오늘 그 아줌마랑 놀고 왔다니깐?"

"그럴 리가 있나. 아니면 너 술이라도 먹었니?"

"술은 무슨 술. 엄마가 지금 거짓말하는 거 아니고?"

"거짓말은 무슨 거짓말. 어휴, 나 지금 소름 돋는다, 야."

"그럴 리가! 아파트랑 상가도 다 멀쩡했고, 경비 아저씨도 아줌마도 잘만 계셨는데…. 재건축은 또 뭐야? 공사하는 거 전혀 안보였는데?"

"거기 벌써 다 허물어지고 새 아파트 들어서고 있다니까? 엄마가 얼마 전에 친구 만나러 갔다가 거기 지나치는 길에 봤어.

지금 그 아파트에 살고 있는 사람 아무도 없다고."

"아니야, 그럴 리가 없어. 엄마 지금 나 놀리는 거 아냐?"

"엄마는 네가 나를 놀리는 것 같다."

　나는 서둘러 핸드폰 화면을 켜고 '형우아파트 재건축'을 포털 검색창에 입력해보았다. 그러자 '◎◎동 형우아파트 재건축 시행'이라는 기사가 2년 전에 올라온 것이 보였다. 건물이 완전히 다 부서지고 시멘트 조각이 쌓여 있는 사진도 있었다. 나는 내 눈을 의심할 수밖에 없었다. 여러 장의 사진 속에는 경비실 창문에도 빨간 락카로 'X' 표시가 되어 있었다. 상가 역시 허물어져 있었다.

　...이럴 수가.

　그렇다면…

　아까 내가 만났던 경비원 아저씨는...?

　아줌마네 집에서 과일을 먹으면서 아줌마와 얘기를 나눴던 건...?

　상가의 문구점도, 마트도…

　대체 다 뭐지...?

　꿈을 꿨다기엔, 기억의 오류라기엔 너무나 생생했다. 아줌마네 집에서 과일을 많이 먹어서인지 저녁시간인데도 불구하고 여전히 배가 고프지 않았다. 그리고 아줌마가 돌아가셨다는 사실이 슬프게 느껴질 새도 없었다. 나는 아까 분명히 아줌마와 만났고, 아줌마네 집으로 들어갔고, 그곳에서 적지 않은 시간을 머무르다 나왔으니까.

대체 뭐가 진실이고 거짓일까. 이 상황을 어떻게 설명할 수 있을까. 그렇지만 나는 분명히 ○○동에서 분명히 노트북 거래를 했고, ◎◎동으로 걸어가서, 아파트 단지 안으로 들어가 그곳에서 경비아저씨와 앞집 아줌마를 만나고 헤어진 다음, 전철을 타고 집으로 돌아왔다. 정말로.

나는 다시 형우아파트로 갈 수 없다. 정말로 아무도 살지 않는 폐허가 되어 있을까 봐. 그것을 내 두 눈으로 확인할 자신이 없다.

하느님의 존재는 믿으면서 그 외의 것들은 다 믿지 않는 엄마는 아직도 내가 한 말을 지어낸 얘기라고 생각하고 있다. 내가 전철을 타고 돌아오는 길에 졸면서 꿈을 꿨다거나.

그렇지만, 나는 졸지 않았다. 꿈이 아니었다. 꿈이 아니라고 나는 단언한다. 제3자의 눈에도 보이고 손에도 잡힐 만한 증거는 없지만, 내 머릿속의 생생한 기억들이 증명하고 있다.

그런데 만약 1503호 안에 있던 사람들과도 마주쳤다면…과연 그들은 어떤 모습을 하고 있었을까.

다섯 번째 이야기

카데바

"몸은 좀 회복이 되었나? 네가 왜 이 자리에 앉아있는지는 잘 알고 있겠지."

"……."

목에 붕대가 감겨 있고, 두 손이 속박된 그는 여전히 얼굴을 들고 있지 않았다.

"만 18세. 의예과 1학년 재학. 살인, 사체절도, 사체오욕, 사체은닉 혐의. 자, 우선 첫 번째 질문. 피해자를 왜 죽였나?"

"……."

"평소에 사이가 많이 안 좋았나? 원한 관계라도 있었나?"

"……."

"...협조할 생각이 영 없구만. 어찌됐든 다음 질문으로 넘어가지. 시신은 왜 훔친 건가?"

"……."

"모든 질문에 대답하기 전까지는 여기서 나갈 생각 마라."

"……."

"왜 훔쳤냐고 묻고 있지 않나."

"……."

"말을 좀 해봐. 입도 없고 혀도 없나? 어!"

형사가 탁자를 손으로 내리치며 다그쳤다. 한동안 말이 없던 그가 천천히 입을 떼기 시작했다.

"...어디 있어요?"

"뭐?"

"...그녀가 지금 어디에 있냐고요."

"내가 하는 질문에나 대답해."

"알려주세요."

"그녀가 누구지? 설마 시신 말하는 건가?"

"예."

"시신이라면 아마 부검을 거치고 어딘가에서 이미 화장되지 않았을까 싶네."

"……."

그는 여전히 고개를 숙이고 있었다.

"원래 질문으로 돌아와서, 왜 그 시신을 훔쳤나?"

"훔친 게 아닙니다."

"그러면?"

"…제가 말을 해도 형사님은 이해하지 못하실 겁니다."

"내가 이해를 하든 안하든, 우선 이유를 들어야 한다고 하지 않았나?"

"…지키고 싶었습니다."

"지키다니? 카데바를 다른 곳에 이용하려고 했나? 아니면 밀매를 시도한 건가?"

"위험으로부터 구해내고 싶었던 겁니다."

"시신에서 피해자의 체액만 아니라 자네 체액도 검출됐어. 자네한테는 사체오욕 혐의도 명백한데 그게 무슨 소린가?"

"결국 그녀가 산산조각나게 될 모습을… 도저히 볼 수 없었습니다."

"…뭐, 그렇다 치고. 그래서 시신을 땅에 숨겼나?"

"숨긴 게 아닙니다. 그녀가 저에게 부탁한 겁니다."

"그녀? 그 시신이 자네한테 부탁을?"

"…예."

"역시 이 친구, 상태가 많이 안 좋군."

"제가 말씀드렸잖아요. 믿지 않으셔도 어쩔 수 없습니다."

"그러면 왜 자네도 본인 목을 찌르고 시신을 묻은 곳 옆에 누워있었지?"

"...그녀를 따라가려고 했습니다."

"범죄를 저지르고 죽음으로 상황을 도피하려고 한 건가?"

"아뇨."

"그럼 뭔가?"

"...그녀와 계속 함께 있기 위해서였습니다."

"자네가 가야할 곳은 감옥이 아니구만."

"형사님이 제 말을 이해하지 못하셔도, 못 믿으셔도 상관없습니다. 저는 그저 제가 살아있다는 사실이 너무 절망스럽습니다."

형사는 그의 간절하고도 절망적인 표정을 가만히 노려보고 있었다.

"저는 가능한 한 빨리 제가 사형에 처해지길 바랄 뿐입니다."

그는 항상 탁한 어둠에 젖어 있는 것처럼 보였다. 20년, 짧다면 짧은 시간일 수도, 그렇지 않을 수도 있는 세월 동안 줄곧 그래왔다. 남들과 다를 바 없이 지나쳐 온 유치원, 초등학교, 중학교, 고등학교에서 그와 한 반이 된 사람들은 모두 그를 가까이 하지 않았다. 그렇다고 해서 그가 딱히 어떤 잘못을 저지른 것도, 그의 가정환경이 불우한 것도 아니었다. 그저, 그의 표정과 몸에서 뿜어져 나오는 분위기가 다른 사람들보다 다소 어둡다는 것을 주변 사람들이 느끼고 본능적으로 피했기 때문이었을 것이다. 그 탁한 공기의 근원지인 그는 표정이 없었고, 누군가에게 다가가 말을 거는 일도 없었고, 자신에게 말을 걸어주기를 기다리지도 않았다. 어떠한 취미도 없었고, 친한 친구도 없었고, 좋아하는 여자아이도 없었다. 자연스럽게 그는 쭉 혼자였다. 그도 그것을 당연한 것이라고 받아들이고 있었다. 근원을 모르는, 자신에게 선천적으로 주어진 어둠에 대해서도 굳이 없애려고 노력하지 않았다. 마치 날 때부터 몸에 지녀온 커다랗고 검은 점을 굳이 없애려고 하지 않고 당연하게 여기듯.

그런 그가 당연히 해야 할 것이라고 여긴 것은 공부였다. 부모나 선생이 하라고 시킨 것은 착실히 따르는 편이었기에 공부만큼은 게을리 하지 않고 꾸준히 해왔다. 성적은 남들보다 항상 앞섰고, 매번 가장 높은 순위를 놓치지 않았다. 반 아이들은 그런 그를 뒤에서 인공지능 로봇이라고 불렀다. 웃거나 떠들지도 않고, 말을 걸며 대화하려 하지도 않고, 시킨 일, 할 일만 하고, 성적은 항상 누구보다도 우수한 로봇. 차라리 쟤보다 인공지능이 더 인간적일 거라고 말하는 이도 있었다.

그는 주변 사람들의 권유에 따라 일찌감치 의대 진학을 준비했다. 성적이 좋으니 의대로 원서를 넣으면 되겠다는 주위의 말들에 대해 굳이 거스를 것도 없었다. 그저 따를 뿐이었다. 결국 무리 없이 어느 의대에 입학하게 된 그는 여전히 표정 없이 인체의 복잡한 구조를 외우기 시작했고, 각각의 수술 도구를 쥐는 법을 손금 사이사이에 익혀갔다. 그리고 지금까지 그가 주변인들로부터 받은 대우는 대학교에서도 다를 바가 없었다. 여전히 그는 어두운 공기를 뿜어냈기 때문이었다. 그가 원해서든, 원하지 않았든.

그는 길을 걷고 있었다. 한쪽에는 건물들이 늘어서 있고, 다른 한쪽에는 차가 지나다니는 평범한 도로였다. 행인들도 그를 스치며 제 갈 길을 가고 있었다. 그는 자신이 어딘가를 향해 걷고 있는데, 그 목적지가 정확히 어느 곳인지 알지 못했다. 단지 앞으로 나아갈 뿐이었다. 사람들의 말소리가 들리고, 차가 빠르게 오가는 소리가 들리고, 자신의 발걸음 소리도 들렸다. 그는 계속해서 걸었다. 점차 주변에서 나는 소리들이 점점 작아지더니, 자신의 걸음소리만이 유독 정확하게 들렸고 그 소리가 그의 고막을 파고들어와 어루만지는 듯했다. 그는 걸음을 멈추었다. 그러자, 그의 발 앞에 무언가가 툭하고 떨어졌다. 그것이 무엇인지 자세히 살펴보려 해도 그는 알 수 없었다. 탁한 색이었는데 어떤 형태인지도 명확히 보이지 않고, 그저 희미하게만 보였다. 사물인지, 아니면 살아있는 것인지, 죽은 것인지도 알 수 없었다. 그는 다시 앞으로 나아가려 했다. 그러자 그 어떤 것이 그의 한쪽 다리를 잡았다. 그리고 진동음이 어디에선가부터 들려왔다.

오랜만에 꾼 꿈이었다. 그는 머리맡에 놓인 전화기 알람을 껐다. 항상 알람이 울리기 조금 전에 일어났지만 오늘 아침만은 달랐다. 시간은 오전 7시 정각이었다.

샤워를 마치고 옷을 챙겨입은 다음 아침식사를 했다. 식사라고 해봐야 우유에 씨리얼을 말아먹는 정도였다. 그리고 7시 40분이 되어 집에서 나왔다. 그곳은 학교에서 도보 3분 거리에 위치한, 지어진 지 얼마 안 된 새 빌라였다. 그는 부모님의 도움으로 얻은 그 집에서 혼자 지내며 학교생활을 하고 있었다. 그의 차도 부모님으로부터 의대 합격 기념으로 지원받은 것이었다. 그는 그 차를 주로 학교 주차장에 주차해두곤 했다.

오전 8시에 첫 해부학 실습이 있었다. 실습실 옆에 늘어선 캐비넷 앞에는 먼저 도착한 몇 명의 학생들이 초록색 실습복을 입고 웅성거리며 모여있었다. 그 또한 자신의 이름이 적힌 캐비넷의 문을 열어 실습복을 꺼냈다.

학생들이 연이어 캐비넷 앞에 모여들었다. 실습실 앞 복도에는 이미 포르말린 냄새가 실습실 문을 뚫고 희미하게 감돌고 있었다.

"아. 무서워."

"이따 수업 끝나고 밥 먹을 수 있을까?"

"나 죽은 사람 보는 거 처음인데."

"벌써부터 포르말린 냄새 쩐다."

곳곳에서 동기들의 목소리가 들려왔다.

"정숙하세요."

조교의 단호한 목소리에 어수선한 분위기가 순식간에 정리되었다. 조교가 실습실 철문의 비밀번호를 눌러 문을 열자 학생들이 실습실 안으로 몰려 들어가기 시작했다. 곧이어 여기저기서 윽, 엑, 하는 조그마한 탄식들이 터져나왔다. 시큼한 포르말린 냄새가 본격적으로 학생들의 코를 찔렀기 때문이다. 그 또한 코가 찌릿했고, 눈이 시려오는 것을 느꼈다.

넓고 밝은 실습실 안에는 신체 굴곡을 군데군데 드러내는 흰 천이 덮인 카데바들이 4줄 4열로 놓여 있었다. 그 흰 천 아래에는 이 세상에 존재한다고도 할 수 있고, 그럴 수 없다고도 할 수 있는 망자들이 호흡을 멈추고 잠들어 있었다.

학생들의 불안함과 초조함, 그리고 약간의 공포감이 얼굴을 반 이상 가린 마스크 밖으로도 드러났다. 청소년 티를 미처 다 벗지 못한 채 갓 청년이 된 어린 사람들이, 태어나 처음으로 죽은 사람을 눈앞에 두고 있으니 그럴 만도 했다. 그러나 그는 그 어떤 말도, 어떤 표정도 드러내지 않고 교수의 지시를 가만히 기다리고 있었다.

곧이어 흰 가운을 입은 교수가 학생들 앞에서 목청을 높여 주의사항을 알리기 시작했다.

"짜여진 조대로 다섯 명씩 한 구로 실습을 한다. 여러분 앞에 자리하고 있는 카데바로 한 학기동안 실습할 것이고, 실습 개시 전에는 의술의 발전과 여러분의 의학 기술 습득을 위해 기꺼이 자신의 몸을 내어주신 분들께 반드시 예를 갖추고 학습에 임해야 한다. 그리고 실습 도중 실습과 관련 없는 잡담은 자제하고…"

벽에 붙은 조 편성표를 따라서 지정된 카데바 앞으로 다가간 그는 조금의 미동도 없는 흰 천과 그 아래 놓여 있을 누군가를 가만히 내려다보고 있었다. 그를 포함한 다섯 명의 조원들 중에는 다른 학생들에 비해 학습 태도가 좋지 않고 다소 소란스럽던 남자 동기 C도 있었다. 하지만 그와 서로 대화한 적은 없는 사이였다.

잠시 후, 천을 걷으라는 조교의 지시에 따라 그와 조원들은 다 함께 천 양쪽 끝을 잡고 천천히 걷어냈다. 그러자 차례로 검고 긴 머리칼을 지닌 뒤통수, 양팔과 등, 엉덩이, 허벅지, 종아리, 발뒤꿈치가 드러났다. 모든 내부 신체를 감싸고 있는 외피는 핏기가 남아있지 않아 회색과 가까웠다. 머리카락은 물기 혹은 기름기에 젖어 조금 떡이 져 있었다. 시신은 군살 없이 마른 체형이었고 뒷모습만 보아도 시신의 사망 당시 나이가 꽤 젊은 편이었을 거라고 추측이 되었다. 그 역시 실제 사람의 시신을 접하는 것은 이번이 처음이었다. 하지만 무섭거나, 긴장되거나 하지 않았다. 그저 필수과목을 이행하고 있다는 생각뿐이었다.

"오, 여자네."

그의 맞은편에 있던 C가 흥미롭다는 표정으로 시신을 훑으며 나지막히 내뱉었다. 다른 구성원들은 C를 한 번씩 힐끗 쳐다보고는 다시 카데바에 시선을 고정했다. 그는 변함없이 카데바를 보며 그동안 예습해왔던, 외피 밑에 숨겨져 있을 조직들에 대해 떠올리고 있었다.

실습은 등 해부부터 시작되었다. 지시에 따라 뒷목부터 등으로 메스를 가로질러 절개하자 칼날을 따라 선이 그어졌다. 피는 흘러나오지 않았다. 그리고 조원들이 차례로 그 선을 벌렸다. 그러자 노란 지방층과 탁한 붉은색의 근육, 그리고 하얀 척추뼈가 드러났다. 절개가 된 시신은 얼마 전까지도 살아 숨쉬는 사람이었다기보다는, 마치 정육점에서 볼법한 고깃덩이 같았다.

그날 해부 실습을 마친 직후의 그는 공복감을 느껴 매점에서 소시지빵과 우유를 샀다. 그리고는 테이블에 홀로 앉아 해부학 필기가 적힌 노트를 바라보며 우물거렸다.

실습은 학기 내내 계속해서 이어졌다. 그동안 포르말린과 시신의 냄새가 실습실 복도를 메우고 있어 다른 사람들은 일부러 그곳을 피해가야 할 정도였다.

이번에는 카데바의 앞면을 해부할 차례였다. 그와 조원들은 함께 카데바의 어깨와 팔, 무릎, 발목 등을 잡고 조심히 뒤집었다. 마른 몸에 비해 무게는 생각보다 꽤 묵직해서 대부분 끙끙대는 소리를 냈다. 조원들의 강제적인 손길에 의해 카데바의 앞모습이 드러나기 시작했다. 그 움직임에 따라 긴 머리칼이 걷히며 반쯤 눈을 뜨고 있는 카데바와 그의 시선이 마주쳤다.

그 순간, 그는 심장이 쿵 하고 내려앉는 듯한 느낌을 받았다. 그것은 충격이나 두려움이 아닌, 쉽게 형언할 수 없는 격한 감정이었다. 연민, 사랑, 슬픔 등… 스스로도 정확히 어떤 감정인지 알 수 없는, 그가 태어나서 한 번도 느껴보지 않은 감정들이 해일처럼 들이닥쳤기에 당혹스러웠다.

이제 카데바는 천장을 보고 누워있게 되었다. 입을 살짝 벌린 채 허공을 바라보는 카데바의 얼굴을 그는 멍하니 서서 바라보고 있었다. 핏기 없는 창백한 잿빛 피부, 초점을 상실한 눈동자, 더 이상 숨을 들이마시거나 내쉬지 않는 코, 벌어진

보랏빛 입술 사이로 보이는 하얀 치아, 가녀린 어깨와 팔, 얇은 손가락, 봉곳하게 솟아오른 가슴과 검은 유두, 가는 허리와 그 가운데 배꼽, 체모가 정리된 치구, 살짝 도톰한 허벅지와 가는 다리, 발가락. 그는 특히 카데바의 얼굴에서 아름다움을 느꼈다. 무언가를, 누군가를 아름답다고 생각한 것은 처음이었다.

"오, 얘 살아있을 때 좀 이뻤겠는데?"

그와 마찬가지로 카데바를 보고 있던 C가 속삭이듯 혼잣말을 했다. 순간 그는 고개를 돌려 동기를 보았다. C는 그의 시선을 무시하기라도 하듯 계속해서 카데바를 훑고 있었다.

"어...? 뭐야, 이거."

C의 시선이 멈춘 곳은 카데바의 왼쪽 손목이었다. 그도 C의 목소리를 따라 왼쪽 손목으로 시선을 옮겼다. 그 부위에는 칼자국이 여러 개 나있었고, 아물긴 했어도 검붉게 흉이 져 있었다. C는 옆에서 다른 카데바를 실습하고 있던 자신의 친구를 툭툭 친 다음 속닥거렸다.

"야, 일로 와서 봐봐. 대박이야."

"뭔데?"

C의 친구도 카데바 옆으로 다가와서 그 흔적을 보았다. 그는 그 모습을 모두 지켜보고 있었다.

"헐, 대박."

"얘 자살하려고 했었나봐."

"진짜네. 손목 그었다."

"거기 왜 그렇게 어수선하나? 절대 엄숙하게 임하라고 했을 텐데. 내년에도 같은 실습 또 하고 싶나?"

교수의 굵고 강인한 목소리가 실습실에 울려퍼지자 그 학생은 자신의 자리로 돌아갔다.

실습은 계속되었다. 혈액의 움직임이 완전히 멎은 카데바는 학생들이 자신의 몸을 칼로 가르고 있어도 아무런 반항을 하지 않았다. 그리고 그는 동기들의 바쁜 움직임에도 그저 그 부근에서 가만히 서있었다. 카데바의 잿빛 얼굴에서 여전히 시선을 거두지 못하는 그는 차마 더 이상 그 몸을 가를 수 없었다. 그리고 아무도 그런 그의 표정을 읽어내지 않았다.

그는 홀로 길을 걷고 있었다. 안개가 짙어 그곳이 도시인지, 숲인지 알 수 없었다. 그가 걸어가는 길바닥에도 안개가 드리워져 있었다. 그는 계속 걸었다. 저편에서 흐느끼는 소리가 안개를 타고 희미하게 들려왔다. 앞으로 걸으면 걸을수록 그 소리는 점차 선명해졌다. 두터운 안개 너머로 어떤 형체가 어렴풋이 보였다. 그 모습도 점차 선명해졌다. 걷힌 안개 속에 있던 것은 그 카데바였다. 그녀는 나체로 서서 울고 있었고, 그녀의 배는 활짝 열려있었다. 그녀의 주위에는 메스, 가위,

핀셋 등 실습에서 사용하던 도구들이 널브러져 있었다. 그는 그녀에게 가까이 다가서서 자신의 겉옷을 벗고 어깨에 걸쳐 주었다. 그녀가 눈물이 고인 눈으로 그를 바라보았다. 그리고 그의 품에 안겼다. 그는 자신도 그녀를 안아줘야 할지, 아니면 이대로 두어야 할지 고민했다.

눈을 떴다. 자신에게 안긴 그녀의 차가운 체온이 여전히 그의 몸에 감돌고 있는 것 같았다. 그는 잠시 가만히 천장을 바라보다가 몸을 일으켰다.

실습은 같은 장소에서 계속 이어졌다. 카데바의 몸은 점점 칼자국이 늘어가고, 벌어지고, 파헤쳐졌다. 그러는 동안 그는 그 몸에 손을 대지 못했고, 점점 망가져가는 그 모습을 보는 것이 괴롭다고 느꼈다. 그는 결국 두꺼운 해부학 책만 들고서 조원들 근처에 멍하니 서있기 일쑤였다. 그녀는 자신의 복부가 활짝 열려도, 장기가 꺼내져도 비명 한번 지르지 않고 가만히 허공을 바라보기만 했다.

그녀와 마주한 이후로, 창백한 그 얼굴과 몸은 그의 머릿속을 가득 메우고 있었다. 그녀는 계속해서 그의 꿈에도 나타났고 대부분 울고 있었다. 그럴 때마다 그는 그녀가 왜 우는지 알 수 없었고, 어떻게 해야 할지 몰랐다. 그녀를 달래주어야 할지, 아니면 그대로 둬야 할지. 그리고 그녀의 우는 모습을 보는 그도 마음이 저며오는 것을 느꼈다.

실습 시간마다 그녀의 몸이 점점 더 난장판이 되어가는 모습을 보는 일은 여전히 고통스러웠다.

그는 그녀와 만나지 못하는 시간에는 그녀가 보고 싶어서 미칠 지경이 되었다. 당장이라도 그녀에게 달려가서 곁을 지키고 싶었고, 조원들에게 둘러싸인 채 파헤쳐지지 않는, 평온하고 고요한 상태로 그녀와 단 둘만의 시간을 갖고 싶었다. 그는 얼마 전 조교가 실습실 비밀번호를 누르던 것을 지켜본 적이 있었다.

결국 어느 날 밤, 그는 그녀를 만나러 실습실로 향했다.

비밀번호를 눌러 실습실 문을 열었다. 달빛이 열을 맞춘 해부대들을 푸르게 비추고 있었다. 실습 때와는 확연히 다르게 어둡고 고요했지만 포르말린 냄새는 여전히 실내를 맴돌고 있었다. 그는 그녀가 잠들어 있는 냉동고 앞으로 다가가 손잡이를 당겼다. 창백한 발이 보이고, 그 위로 익숙한 굴곡이 천 아래에 가려져 있었다. 그는 천을 걷어내지 않은 상태로 그녀를 조심스럽게 해부대 위로 옮겼다. 그리고 그녀의 어깨 아래로 천을 다시 고르게 덮어주었다. 허공을 향한 그녀의 얼굴이 조용히 달빛을 받아냈다. 그는 곁에 앉아서 그녀를 가만히 내려다보았다.

왜 항상 꿈에서 울고 있는 걸까. 어떤 사연으로 여기까지 오게 된 걸까. 손목에는 왜 자해의 흔적이 있는 걸까. 무슨 일이 있었던 걸까.

하지만 그녀는 아무런 말을 꺼내지 않았다. 그는 그렇게 종종 그녀를 찾아갔다. 그리고 한동안 그 옆을 지키다 방으로 돌아오곤 했다.

그날 밤도 그는 실습실 문 앞에 다다랐다. 그런데 그날은 평소와는 다르게 적막하지 않았다. 안에서 인기척이 느껴졌다. 문에 귀를 바짝 대보니 덜컹거리는 소리와 함께 신음소리가 반복되고 있었다. 그는 비밀번호를 눌러 문을 열었다.

그리고 그가 목격한 광경은 하반신을 드러낸 채 카데바 한 구를 붙잡고 하체를 거칠게 들썩거리는 C의 모습이었다. C는 그가 자신을 보고 있다는 사실도 모른 채 고개를 젖히고 헐떡이는 소리를 내며 열심히 하반신을 움직이고 있었다. 그리고 그 카데바는, 그가 밤마다 찾아가던 바로 그녀였다. 그의 동공이 세차게 흔들렸다.

"아, 씨! 깜짝이야! 너 뭐야?"

그를 발견한 C가 동작을 멈췄다. 그리고 황급히 발치에 떨어진 바지를 올리고 단추를 채웠다. 그가 목소리를 낮게 깔고

C를 노려보며 말했다.

"지금 뭐 하는 짓이야...?"

"허, 말 못하는 앤 줄 알았는데 말도 하네? 그런 너는 뭔데 지금 이 시간에 찾아왔냐?"

"......"

C는 자신을 쏘아보고 있는 그에게 한껏 비아냥거렸다.

"시험공부 하러 온 거냐, 아니면 너도 쟤랑 함 해보려고 온 거냐?"

"......"

"매일 살아있는 여자애들이랑 하다가, 죽은 여자애는 어떤 가 싶어서 함 시도해봤어. 확실히 기분은 영 찝찝하더라. 암 튼 니가 방해했으니까 혼자 나머지공부 마저 하고 카데바는 니가 좀 넣어놔주라."

이어서 C는 문 앞에 서 있는 그에게 다가와 목소리를 잔뜩 깔았다.

"너 이거 어디 알리기만 해봐. 그날부로 저 시체들 꼴 날 줄 알아."

"......"

그때, 그는 해부대 위에 놓여있던 가위를 집어들고 문 밖으로 나가려는 C의 뒷목에 꽂았다. 검붉은 핏방울들이 튀어올라 그의 얼굴에 뿌려졌다.

"억...!"

순식간에 습격당한 C는 바닥에 주저앉았다. 그리고 두 손으로 뒷목을 부여잡고 그를 향해 고개를 돌리려 했다. 그는 다시 메스를 집어들고 C의 등을 마구 찔렀다. C는 아까와는 다른 고통의 신음소리를 냈다. 그리고 그는 같은 동작을 반복했다. 결국, 얼마 지나지 않아 피투성이가 된 C는 바닥에 널브러진 채 미동도 하지 않았다. 그 주변 바닥은 검고 얼룩덜룩한 핏자국으로 가득했다.

그는 더 이상 호흡을 하지 않는 C를 바닥에 질질 끌고 들어올린 다음 냉동고 안에 넣었다.

그는 잠시 숨을 고른 다음 그녀에게 다가갔다. 복부가 열린 채 두 다리가 해부대 아래로 늘어뜨려진 그녀는 그의 눈을 정확히 바라보고 있었고, 눈물을 흘리고 있었다. 그도 그녀의 눈을 바라보았고, 서로의 시선이 마주치고 있었다.

"...괜찮아요?"

"......"

대답 없는 그녀의 눈은 흘러나오는 눈물에 눈을 깜빡이고 있었고, 젖은 속눈썹도 달빛에 반짝였다. 그는 자신이 입고 있던 가디건을 벗어 그녀에게 덮어주었다. 그리고 그녀의 자세를 올바르게 눕혀준 다음, 그 옆에서 그녀의 훌쩍이는 소리를 가만히 듣고 있었다. 냉동고에서는 아무 소리도 나지 않았다. 그렇게 그녀는 한참을 훌쩍였고, 그는 고개를 숙인 채 계속 그 곁에 앉아있었다.

얼마 후 그녀의 훌쩍임이 잦아들었다.

"...혹시 제가 꿰매드려도 되나요?"

그가 다시 그녀에게 물었다. 그러자 그녀가 잠시동안 그의 얼굴을 가만히 바라보더니, 천천히 고개를 끄덕였다. 그는 해부대 근처에 수납되어 있던 봉합용 실과 바늘을 가져와 그녀의 활짝 열린 상처를 꿰매기 시작했다.

이윽고, 그녀의 상처가 입을 다물 수 있게 되었다.

"...저랑 같이 여길 나갈래요?"

그가 물었다. 그 말에 그녀는 천천히 입을 움직이기 시작했다.

"어디로……"

처음 듣는 그녀의 목소리는 성대 안에 물기가 조금도 없는 듯 바짝 갈라져있었다.

"...여기서 조금 떨어진 곳으로 같이 가요."

그 말에 그녀는 천천히 고개를 끄덕였다. 그는 그녀를 조심스럽게 안아든 다음, 품에 안고 실습실을 빠져나왔다. 그녀는 그의 가슴팍에 머리를 기댄 채 그의 걸음에 따라 몸이 조금씩 흔들리고 있었다. 그는 비상계단을 한층씩 내려오며 지하주차장에 주차해 둔 자신의 차로 다가갔다. 그리고 뒷자리에 그녀를 앉힌 후, 운전석에 올라탔다.

그가 그녀를 데리고 도착한 곳은 어느 산 속의 별장이었다. 그곳은 그의 부모가 소유한 목조 건물로, 그가 어릴 적부터 종종 부모를 따라 오던 곳이었다. 그는 그녀를 거실 소파에 앉힌 후, 담요로 그녀의 몸을 감싸주었다. 그리고 벽난로 안에 놓인 타다 만 장작에 불을 지피기 시작했다.

"나…"

점점 커져가는 불꽃을 바라보던 그는 갈라진 그 목소리에 고개를 돌렸다.

"…나 지켜주려고 그렇게 한 거야?"

"……."

그는 대답하지 않았다. 둘 사이로 잠시 침묵이 흘러갔다. 그리고 그가 입을 뗐다.

"어쩌다 거기까지 오게 된 거예요?"

"…모르겠어. 하나도 기억이 안 나…."

그녀는 잠시 멍하니 아래를 내려다보다가 다시 입을 열었다.

"그냥… 눈을 떠 보니까 처음 보는 곳에 와있었어. 조명은 엄청 밝고… 파란 옷 입은 낯선 사람들이 내 주위를 둘러싸고 있고… 몸은 안 움직이고…."

"그럼… 사람들이 당신 몸을 칼로 가르고 장기를 들어낼 때 그걸 다 지켜보고 느끼고 있었던 거예요?"

"응. 다 보고 있었어. 그래서 당황스럽고 무서웠어. 그런데 고통이 느껴지지는 않았어."

"……."

"그래서 그때 알았어. 나는 지금 살아있지 않구나, 하고."

"그러면… 밤마다 제가 찾아온 것도 알고 있었어요?"

"응. 알고 있었어."

"...혹시 제가 무섭진 않았어요?"

"오히려 냉동고에 갇혀서 눈앞에 아무 것도 안 보이는 게 더 무서웠어. 잠에 들지도 않았으니까. 그래서 오히려… 누가 옆에 있어줘서 다행이라고 생각했어."

"그럼… 아까는… 어떻게 된 거예요?"

"...매일 찾아오던 사람이 안 오고 갑자기 다른 사람이 날 꺼내서 당황스러웠어. 그러더니 걔가 내 몸을 만지고, 결국 나를 그렇게… 너무 무서웠어…."

"……."

"결국 그 사람은 죽었을까."

"아마 죽었을 거예요."

"나는 지금도 여전히 모르겠어. 내가 죽은 건지, 살아있는 건지."

"그건… 저도 잘 모르겠어요."

푸른 달빛과 모닥불이 함께 실내를 밝히고 있었다. 그녀는 불에 타들어가는 장작을 가만히 바라보았다. 그 눈동자와 얼굴이 붉게 빛나고 있었다.

"눈을 뜬 이후로 한 순간도 잠을 못 잤어. 그런데 어쩐지 슬슬 졸리기 시작하는 것 같아…"

"좀 자요."

그가 그녀의 몸을 천천히 눕혀주었다. 그녀의 눈도 서서히 감겼다.

그는 불티를 조금씩 날리며 열렬히 장작을 태우는 불꽃을 바라보고 있었다. 그러는 동안 온통 검었던 하늘은 조금씩 파랗게 물들어갔다.

"…다 꿈이었을까?"

그녀의 말은 한동안의 적막을 끊었다.

"잠깐 잠든 동안에 아주 긴 꿈을 꿨어."

"어떤 꿈을요?"

"…넌 가족이 있어?"

"네. 부모님이 계세요. 형제는 없고."

"그렇구나…."

"무슨 꿈을 꿨어요?"

"꿈을 꾸면서 어렴풋이 기억이 났어."

그는 그녀의 이어질 말을 가만히 기다리고 있었다.

"나는 나 혼자였어…"

그녀는 느리고 갈라진 목소리로 말을 이어갔다. 그는 시선을 불꽃에 고정하고 묵묵히 그녀의 말을 듣고 있었다.

그녀는 태어나자마자 부모에게 버려져 갓난아기 시절부터 고아원에서 자랐다. 그래서 생모와 생부의 얼굴도 이름도 나이도 몰랐고, 자신을 낳은 사람들에 관한 기억이 전혀 없었다. 처음에는 모든 아이가 이렇게 부모 없이 고아원에서 나고 자라는 줄 알았지만 초등학교에 들어가면서부터 자신이 버려진 아이라는 것을 알게 되었다. 내가 갖지 못한 부모와 가족이라는 것을, 나를 제외한 대부분의 아이들은 갖고 있었다. 그러다 고아원에서 두 살 터울의 여동생과 친해져 서로 의지하며 지내기 시작했다. 그 동생은 겁이 많은 성격에 귀가 잘 들리지 않는 장애를 갖고 있었지만 그녀를 잘 따랐고, 그녀도 그런 동생을 아꼈다. 동생과 중학교, 고등학교 시절도 함께 보내면서 동생은 지켜주고 싶은 존재인 동시에 그녀가 의지하는 가족 같은 존재가 되었다. 그러다 그녀는 스무 살이 되자마자 사회로 내던져졌다. 더 이상 시설에 머무를 수 없게 된 것이었다. 지낼 방을 구해야 했고, 일을 찾아야 했다. 그녀는 네 평짜리 셋방을 얻고 일을 시작했다. 음식점, 카페, 건물

청소, 판촉물 돌리기⋯ 닥치는 대로 일을 했다. 이 세상에서 살아남으려면 돈이 필요했기 때문이다. 그리고 사회에 나와서도 아직 시설에 있는 동생과 계속해서 연락하고 만났지만 동생은 그녀가 나가고부터 우울을 느끼기 시작했고, 자신이 장애가 있어서 일을 쉽게 구하지 못할 거라며 걱정했다. 그녀처럼 어느 날 갑자기 세상에 던져지는 것도 무서워했다. 결국 성인이 되고 시설에서 나온 동생은 그녀의 방에서 함께 머무르기 시작했다. 하지만 장애 때문에 쉽게 일자리를 구하지 못하며 우울 증세가 점점 더 심해지던 동생은 시설에서 나온 지 한 달도 되지 않아 그녀의 방에서 스스로 목숨을 끊었다. 동생의 시신을 발견하고 수습한 것도 그녀였다. 그 이후부터 동생을 지키지 못한 자책감, 세상에 자신 혼자 남았다는 고립감을 느끼면서 그녀 또한 우울 증세가 심해지고 있었다. 매일 술을 마셨고 술을 마시지 않으면 잠에 들지 못하는 지경에 이르렀다. 좁은 방이 술병과 쓰레기로 가득 찼다. 스스로 목숨을 끊으려는 시도를 여러 차례 했지만 동생과 달리 그녀는 쉽게 죽지 못했다. 그러다 자신의 몸과 정신이 망신창이가 되었다는 것을 느꼈다. 손발이 저려오고, 눈앞이 흐릿하고, 입에서 피가 나오기 시작했다. 하지만 병원에 갈 돈도 없었고, 가고 싶지도 않았다. 병원에서 분명 무서운 말을 할 것 같았다. 막상 몸이 아파오기 시작하니 죽는 게 두려워졌다. 결국 하던 일들을 하지 못하게 되고, 깊은 우울감에 기력이 없이 지내던 어느 날, 누워 있다가 물을 마시기 위해 힘겹게 몸을 일으켜 바닥에 섰다. 순간, 눈앞이 어두워졌다.

"여기까지가 내 기억이야."

그녀는 여전히 소파에 누워있었고, 그는 그녀를 가만히 바라보며 이어지는 목소리를 듣고 있었다.

"너무 허무해. 아무리 지옥 같은 인생이었어도, 너무 갑작스러워서 내가 죽었다는 게 아직도 실감이 나질 않아."

"……."

"어쩌다 나는 실습실까지 가게 된 거였을까. 누가 나를 그곳으로 옮긴 걸까."

"...저도 자세한 건 잘 모르지만 들어오는 대부분의 시신은 기증받은 거고, 가끔 무연고자의 시신이 오는 경우도 있다고 들었어요."

"무연고자…"

"……."

"만약 내가 계속 그 실습실에 남아있었다면, 나는 어떻게 되는 거야?"

"아마 온 몸이 조각조각 나뉘어지고 결국 화장됐을 거예요. 다시 봉합은 되겠지만."

"그렇구나. 그럼 나는 계속 그걸 가만히 지켜보고 있을 수밖에 없었겠지."

"...저도 당신이 조각나는 모습을 끝까지 지켜볼 용기가 없었어요."

"그런데 참 신기하고 이상해. 어떻게 내가 너랑 이렇게 대화를 할 수 있는 거지? 내가 귀신이라도 된 걸까, 아니면… 아직 죽지 않은 걸까. 왜 나는 그곳에서 눈을 떠버린 걸까. 다른 시체들도 나랑 같은 상황이었을까. 처음부터 끝까지 아무것도 모르겠어."

"...저도 솔직히 이 상황이 믿기지는 않아요."

"아니면… 너도 이미 죽은 거야?"

"저도 원래부터 죽어있었는지도 모르겠어요. 항상 주변 사람들한테 없는 사람 취급을 받아와서."

"...그래도 네가 나를 안고 있었을 때 몸이 굉장히 따뜻하게 느껴졌어. 너는 산 사람일 거야."

"당신도 눈물을 흘리면서 울고 있었잖아요."

"...그랬지."

"지금 어떻게 된 걸까요. 우리는…."

"어쩌면 삶과 죽음의 경계 자체가 없는 거 아닐까. 천국도, 지옥도."

"그럴지도 모르겠어요."

"...내 옆으로 와 줄래?"

그녀의 말에 그는 몸을 움직여 소파 앞에 다가갔다.

"밤마다 너를 기다리고 있었어."

그녀는 그의 눈을 똑바로 응시하고 있었다.

"...또 안아줄 수 있어?"

그는 누워있는 그녀의 몸을 자신의 가슴과 팔로 천천히 감쌌다. 그의 뺨에 그녀의 차가운 얼굴이 닿았다.

"그동안 너무 외로웠어. 이렇게 안아주는 사람이 아무도 없었어…"

그녀의 몸이 가늘게 떨렸고, 그의 뺨은 그녀의 눈물로 젖어들었다. 그러자 그의 어깨도 가늘게 떨리기 시작했다.

둘은 소파에 함께 누워 달빛을 바라보고 있었다. 서서히 동이 트면서 달빛은 점차 희미해지고 있었다.

"...부탁이 있어."

"어떤 부탁이요?"

"이제 나를 묻어줄 수 있어?"

"묻다뇨… 어디에?"

"어디든. 여기 뒤에 있는 산이라도 좋으니까 다시 잠들고 싶어. 그리고 그대로 계속 깨어나지 않고 싶어…."

그는 잠시 굳은 얼굴로 아래를 내려다보고 있었다.

"...알겠어요."

아침이 되었지만 산 속은 안개로 자욱했다. 구덩이는 어느새 1미터 정도의 깊이가 되어있었다. 그는 땀을 훔치고 숨을 고른 다음 그녀를 돌아보았다. 그동안 나무에 기댄 채 몸을 움직이지 않고 있던 그녀는 팔을 조금씩 움직여 두르고 있던 담요를 바닥에 늘어뜨렸다. 그리고 아무것도 걸치지 않은 채로 그를 향해 천천히 다가왔다. 그럴 때마다 흙과 잔디가 밟히는 소리가 조그맣게 들렸다.

그녀는 그를 안으며 그의 가슴에 머리를 묻었다. 그 순간, 그는 가슴이 시큰하게 시려오는 것을 느꼈다. 이어서 그녀는 그가 파 놓은 구덩이 속으로 천천히 들어갔다. 그는 그 모습을 가만히 바라보고 있었다. 그녀는 그 속에 자리를 잡고 누웠다.

"마저 부탁할게."

그녀는 그렇게 말하며 눈을 감았고, 그는 그 얼굴을 지켜보고 있었다. 그녀의 얼굴에는 평온이, 그의 얼굴에는 슬픔이 묻어있었다. 이윽고 그가 삽을 다시 잡아들고 그 위로 흙을 덮기 시작했다. 그녀의 창백한 몸 위로 갈색의 흙이 조금씩 쌓여갔다. 그녀의 몸 위로 흙을 덮는 내내 그의 눈에서 눈물이 흘러내렸다. 눈을 감은 그녀의 창백한 얼굴에도 흙더미가 올려졌다. 결국 그녀가 묻힌 곳은 작은 동산처럼 솟아올랐다. 그는 여전히 눈물을 흘리며 줄곧 그곳만을 바라보고 있었다.

얼마 후, 그는 그 자리 바로 옆에 흙을 새로 파기 시작했다.

여섯 번째 이야기

별장괴담회

때는 2017년 12월이었다. 내 생일을 맞이해 친구들과 양평 시골집으로 향했다. 그곳은 가족들이 별장 겸 창고로 쓰기 위해 빌린 단독주택이었다. 별장이라고 하기에는 단층이고 아담한 크기였지만 마당은 꽤 넓었다. 실내는 이미 주인이 내부 수리를 한지 얼마 안 된 상태였기에 낡은 집은 아니었다. 나무로 된 대문을 열고 들어오면, 집안으로 들어가는 문 바로 앞에 우물이 있고 마당에는 텃밭이 있어서 직접 우리 가족이 상추도 심고 호박도 심어서 먹곤 했다.

나는 어릴 때부터 장난감을 수집해왔는데, 그 양이 어마어마하게 늘어났고 책도 넘쳐났기 때문에 가족들과 함께 살던 아파트에는 더 이상의 짐을 둘 공간이 없었다. 그래서 그 집은 부모님이 어쩔 수 없이 빌린 것이었다. 창고를 목적으로 사용하는 집이긴 했지만 우리 가족은 나름 작은 별장이라고 여기며 집을 예쁘게 꾸미기도 했다. 주말마다 부모님은 그 집에서 둘만의 시간을 보냈고, 나도 곧잘 부모님을 따라가거나 가끔씩 친구들을 초대해 함께 놀곤 했다.

이번 생일은 절친한 친구들인 빛나, 리나, 지희, 그리고 나 이렇게 넷이 모여 3박4일 동안 그 집에서 함께 시간을 보내기로 했다. 서울, 일산, 경기 광주, 김포, 이렇게 거주하는 곳이 각각 다른 우리 네 명은 약속한 시간에 얼추 맞춰 경의중앙선 왕십리역에 모였고, 함께 전철을 타고 용문역으로 향했다. 왕십리역에서 용문역까지는 한 시간 반 가까이 소요되었지만 전혀 지루하지 않았다. 우리 모두가 서로를 정말 좋아했기에, 앞으로 꼬박 3박4일을 함께 보낼 생각에 마냥 들뜨고 설레기만 했다.

용문역에서 양평집 근처까지 가려면 버스를 타야 했는데, 배차간격이 꽤 길었지만 우리는 그것조차 들뜬 마음으로 너그러이 이해하며 버스를 기다렸다. 버스에서 내린 다음에는 택시로 기본요금 정도만 나오는 거리를 이동해 드디어 양평집에 도착할 수 있었다. 집에서 출발한 건 정오쯤이었는데, 어느덧 하늘이 붉게 물든 때에 우리는 각자의 짐을 풀고 있었다.

우리는 그 집에서 함께 풍선을 불어 온 집 안에 늘어놓고, 스파게티를 해 먹고, 케이크를 나눠 먹고, 마당에서 불꽃놀이를 하고, 서로의 사진을 찍어주거나 다 함께 찍고, 서로에게 편지를 써 주고, 밤늦은 시간에도 과자를 먹고 떠들며 우리만의 즐거운 시간을 만끽했다. 1분 1초가 소중하고, 행복한 순간들이었다.

둘째 날은 모두가 늦잠을 푹 자고 일어났다. 다행히도 하늘은 푸르렀고, 날씨가 무척 맑았다. 나는 전날에 친구들이 무서워해서 못 봤던 우물을 보여주기로 했다. 우물은 그 생김새가 영화 「링」에 나오는 것과 매우 흡사했기 때문에 나 역시 해가 진 다음에는 굳이 우물 속을 보지 않았다. 하지만 맑은 날씨에 여러 명이 함께 들여다본다면 겁이 날 게 없었다. 우리는 따뜻한 햇살 아래 우물 주위를 빙 두르고 모였다. 나무 뚜껑을 열자 저 아래로 깊숙이 고여 있는 물에 파란 하늘과 우리들의 검은 머리들이 보였다. 사용하지도 않는 우물이 굳이 왜 있나 싶었지만, 이렇게 도시에서는 쉽게 볼 수 없는 오브제(?)가 있다는 게 시골집의 매력일 것이다. 신이 난 우리는 우물 속에 비친 우리들의 모습도 사진으로 남겼다.

셋째 날도 다 같이 늦잠을 자고 일어나 밥을 먹고 수다를 떨거나 영화를 보며 여유롭고 즐거운 시간을 보냈다.

그러다 서서히 날이 어두워지고, 밤이 되었다. 어스름한 밤 하늘에는 반짝이는 수많은 별들과 그 사이에서 가장 크고 환하게 빛나는 보름달이 떠있었다.

우리는 한 방에 모여서 무릎에 이불을 덮고 둘러앉았다. 천장의 전등은 끄고 전기난로의 주황빛 불로만 방안을 밝혀두고 있었다. 나는 친구들에게 배시시 웃어보이며 말을 꺼냈다.

"이제 날도 어두워졌으니까, 우리 돌아가면서 무서운 얘기하자. 다들 무서운 얘기 한두 개 쯤은 알고 있지?" 스안

"좋아!" 지희

"아아… 무서운데…." 리나

"그럼 스안이부터 해봐." 빛나

"나부터? 음… 나는 짤막하게 아는 이야기는 없고 그냥 내가 직접 겪은 걸 얘기해 볼게." 스안

"직접 겪은 거라고?" 지희

"응. 우선 가위에 눌렸던 걸 말해 볼게." 스안

나는 요즘은 거의 안 그러는데 중고딩때 가위를 자주 눌렸어. 아마 그때 내가 공부 스트레스를 많이 받아서 그랬나? 그렇다고 내가 공부는 거의 안 하긴 했는데, 괜히 해야 된다는 압박감은 항상 있잖아. 그리고 워낙 어릴 때부터 공포영화나

171

공포만화를 좋아해서 그랬나 싶고.

　아무튼 첫 번째로, 그게 고딩때였나 그래. 그날 밤은 내 방이 아닌 거실 소파에서 혼자 자고 있었어. 한참 잠들어 있는데, 거실에서 말소리가 조금씩 들려오는 거야. 여자 두 명의 목소리였는데, 우리 집 거실에는 텔레비전이 없고 그냥 서랍이 여러 개 있는 장식대라고 해야 하나, 테이블은 아닌데 그림이나 공예품 올려두는 장식대 같은 게 있어. 그런데 거기 서랍이 자꾸 열고 닫히는 소리가 들리고, '없어? 거기 없어?' '없어. 거기도 없어?' '진짜 없어?' '없어.' 하면서 자꾸 뭐가 없냐고 서로 묻는 소리가 들리는 거야. 가족들도 다 잠들어 있고 집안이 다 어두컴컴했는데 다른 누가 들어와 있을 리는 없잖아. 아무튼 잠결에 소리가 나는 쪽을 보니까, 머리가 엄청 길고 검은 옷을 입은 키 큰 여자 둘이서 분주하게 그 서랍들을 열고 닫고 하고 있는 거야. 뭘 다급하게 찾는 것처럼. 그 여자들이 계속 뒤돌아있어서 얼굴은 안 보였는데, 순간 사람이 침입했다는 생각은 안 들고 그냥 내가 가위에 눌린 상태로 헛것을 보고 있구나 싶었어. 가위 눌리고 있을 땐 계속 잠이 쏟아지는데 이대로 잠들면 안 될 것 같은 그런 느낌 있잖아. 그런데 걔네들이 나한테 해코지를 하거나 겁을 주거나 그러진 않고 뭔가를 찾기에 바쁜 것 같아서 다시 잠들어버렸어. 그리고 다음 날 일어나서도 어젯밤 그 두 여자의 목소리가 자꾸만 떠오르는 거야. 둘 다 똑같이 말끝을 올리고 다급하게 묻는, '없어? 없어?'하는 그 말투가 자꾸만 반복되는 게 좀 오싹했어. 우리집에서 대체 뭘 찾고 있었나 싶기도 하고.

그리고 두 번째는 대낮에 눌린 가위였어. 이건 중딩때. 내 방 침대에서 낮잠을 자고 있었는데, 그때 내 방에는 침대 발치에 피아노가 있었거든. 아무튼 잠들어 있는데, 어떤 여자가 흐느끼는 소리가 들리는 거야. 그것도 엄청 서럽게. 그리고 동시에 막 슬픈 피아노 멜로디가 같이 울려. 그런데 그 소리들이 뭔가 노래방 에코처럼 방 안을 울리더라구. 그래서 나는 몸을 가누지 못하는 채로 누가 저렇게 슬프게 울고 있나 하면서 내 발치 쪽을 봤어. 그랬더니, 피아노 의자에는 아무도 앉아있지 않았는데 건반이 혼자 움직이고 있는 거야. 투명인간이 연주를 하고 있는 것처럼. 그러면서 건반 뚜껑 말고 피아노 본체 뚜껑이 덜컹덜컹 열렸다 닫혔다 했는데, 왠지 그 안에 뭔가 있을 것 같은 불길한 예감이 드는 거야. 뭔가가 그 안에서 나오려는 듯이 계속 덜컹덜컹하는데 엄청 무서웠어. 겁이 나서 얼른 가위에서 깨려고 했지. 몸에 힘을 주고 어떻게든 움직이려고 막 애를 썼더니 가위에서 탁 하고 풀려났고, 방 안을 둘러보니 건반 뚜껑은 닫혀 있었고 엄청 고요한 거야. 어떤 사연인지는 모르겠지만 굉장히 슬픈 느낌이 많이 드는 가위였어. 실은 이 꿈에서 영감을 받아서 쓴 소설도 있어. 아직 완성은 못 했지만….

세 번째도 마찬가지로 대낮에 눌렸고 그때 비가 추적추적 내리고 있던 걸로 기억해. 나 스무 살때 재수생이었는데, 미대입시학원 다니느라 홍대 근처에서 자취하고 있었거든. 그날도 자취방 바닥에 누워서 잠깐 낮잠을 자고 있는데, 누가 창문을 통통통 하고 두드리는 거야. 그래서 잠결에 창문 쪽을 쳐다봤어. 비가 와서 창문은 닫아 둔 상태였고. 그런데 어떤 사람이 창문 너머로 희미하게 보이는 거야. 긴 생머리였어. 그래서 저 사람이 왜 우리 집 문을 두드리지… 하면서 잠결에도 좀 의아했어. 눈은 계속 다시 감기려고 하고. 그런데 몸이 너무 무거운 걸 보니 가위구나 싶더라고. 피곤해 죽겠는데 또 통통통 하면서 창문을 자꾸 두드려. 내가 성대에 힘을 줘서짜내서 "누구세요...?" 하고 물어도 그 사람은 계속 말 없이 창문을 통통통 두드리는 거야. 혹시 집주인인가 싶어서 무거운 몸을 억지로 일으켜서 창문 가까이 다가가서 열었어. 그런데 창문을 열어보니, 그 사람은 안 보이고 좁은 골목길이 내려다 보이면서 아 우리 집은 2층이었지, 하고 깨달았어. 창문에 사람이 보일 높이가 안 됐던 거지. 그리고 눈을 감았다 떴더니, 내 방 천장이 보였어.

그리고 마지막 네 번째. 이건 지금 떠올려 봐도 아직도 좀 무서워. 이것도 대낮에 눌린 가위인데, 아마 중2때 일인 것 같아. 이번에도 내 방 침대에서 낮잠을 자고 있었어. 그러고 보니 나 완전 잠탱이네. 아무튼. 그때는 침대가 방 안쪽 벽에 붙어 있어서 방문턱이랑 거리가 조금 있었어. 그리고, 그 순간에는 지금 내가 가위에 눌리고 있다는 걸 확실히 느끼고 있었어. 이번에도 몸이 안 움직이고 막 불길함이 몰려오고 있었지. 그러면서 아, 지금 뭔가 좀 오싹한데, 싶으면서 방 문턱 쪽으로 저절로 눈길이 갔어. 그랬더니 세상에. 거기에 머리카락이 허리 넘게 오고 흰 소복을 입은 누군가가 가만히 서 있는 거야. 그런데 만삭 임산부처럼 배가 엄청 불러있었어. 순간, 와, 귀신이구나! 싶어서 엄청 무섭더라고. 그런데 그 귀신이 내가 자길 봤다는 걸 알았는지 나한테 스멀스멀 걸어오기 시작하더라? 얼굴은 긴 머리카락에 가려져서 여전히 안 보였어. 귀신은 서서히 걸어오는데 내 몸은 움직이지를 못하니까 무서워서 미치겠더라고. 그리고 그 귀신은 바로 내 코앞까지 다가와서 부른 배를 내 얼굴에 갖다 댔어. 마치 이것 좀 보라는 듯이. 그때 배 주변에 늘어뜨려진 헝클어진 머리카락까지 아직도 생생해. 대낮이라서 엄청 잘 보였거든. 아무튼 진짜 그때 너무 무서워서 어떻게든 가위를 풀려고 노력했어. 몸에 힘을 주고 막 움직이려고 했더니, 거짓말처럼 그 귀신만 딱 사라졌고, 환한 대낮에 보이는 내 방 풍경은 여전했어. 나는 그동안 내가 눌린 가위 중에서 이게 제일 공포스러웠던 것 같아.

"이거 말고두 몇 개 더 있긴 한데, 이제 다음 타자로 넘길게." 스안

"왜, 더 얘기해 줘!" 리나

"마지막 귀신은 진짜 무서웠겠다. 바로 코앞까지 다가왔잖아." 지희

"스안이가 그 귀신 남편이라도 돼? 왜 자기 배를 보여줬대?" 빛나

"그러게. 왜 나한테 난리였나 몰라." 스안

"푸하하!" 전원

우리는 웃음이 터져 깔깔 웃었다. 그리고 나는 다시 분위기를 잡고 음흉한 미소를 지으며 말했다.

"...근데 그거 알아? 무서운 얘기를 하면 귀신들이 자기들 얘기 하는 거 알고 우리 근처에 붙어서 같이 듣고 있다는 거." 스안

"꺄아악!" 빛나

"뭐어어!" 지희

"빨리 어깨 털어줘!" 리나

우리는 호들갑을 떨며 서로의 어깨를 열심히 털어주었다. 한바탕 어깨 청소가 끝난 후, 나는 내 오른편에 앉은 지희의 무릎에 손을 턱 얹었다.

"다음 스토리텔러는 바로 지희란다." 스안

"엥, 나야? 음… 뭐가 있더라. 직접 겪은 걸로 얘기해야 돼?" 지희

"무서운 얘기 아무거나 해도 되고, 직접 겪은 거면 더 좋고." 스안

"어… 맞다! 예전에 나 무서운 일 겪은 적 있어." 지희

"뭔데, 뭔데?" 리나

2년인가 3년 전에 가족들이랑 제주도로 여행을 갔어. 한곳에서 계속 머무르진 않고 제주도 여기저기를 돌아다니는 식으로 여행을 했거든. 그래서 숙소도 여러 번 옮겼는데, 그 일을 겪은 곳이 아마 세 번째 숙소였을 거야. 그때까지만 해도 그 숙소가 있는 곳이 귀신이 많은 지역이라는 건 몰랐지.

그날은 날씨도 좀 쌀쌀하고 하늘도 탁해서 얼른 일정 마치고 숙소로 돌아왔어. 한 방에서 온가족이 모여 잤는데, 방에 들어서면 제일 안쪽에 2인용 침대가 있어서 엄마 아빠는 침대에서, 나랑 언니는 바닥에 이불 깔고 자기로 했어. 다들 지

쳐서 일찍 잠들었는데, 이불 머리맡 쪽에 옷 거는 행거 있잖아. 나뭇가지처럼 생겨서 외투나 모자 걸쳐놓는 그런 게 있었어. 아무튼 별 신경 안 쓰고 잠들었는데, 한참 잘 자고 있다가 살짝 잠이 깨서 비몽사몽한 상태가 됐어. 그걸 렘수면이라고 해야 하나? 무튼 그랬는데, 그 옷걸이쪽에 뭔가 있는 것 같은 느낌이 들어서 저절로 그쪽으로 시선이 갔어. 그런데 거기에 사람 형태가 보이는 것 같은 거야. 순간 '아… 옷걸이가 사람 형태로 보이네… 좀 무서운데…' 하고 생각이 들면서 잠이 달아났어. 오싹해져서 소름이 막 돋더라구. 그리고 '아니 잠깐, 저거 진짜 사람 아냐?' 싶으면서 어두운데도 그걸 자세히 보려고 애쓰면서 한참 봤어. 그랬더니 진짜 사람 얼굴 형태가 보이는 것 같은 거야. 그 얼굴이 아직도 기억나는데, 코가 물방울처럼 생겼고 뭔가 얼굴이 조금 무너져 내린 것 같은? 종기나 상처도 많았던 것 같고, 아무튼 그렇게 생긴 남자가 거기에 가만히 서있는 거야. 나는 너무 무서워서 눈을 마주치면 안 되겠다는 생각에 눈을 꼭 감고 못 본 척 하면서 다시 잠에 들려고 애썼어. 그러다 어찌저찌 잠들었는데, 아침에 일어나서 다시 보니 그 행거 쪽에는 아무것도 없더라고. 근데 내가 어젯밤 본 건 왠지 헛것은 아닌 것 같아서 그 얘기를 엄마한테 했다? 그랬더니 진짜 소름인 게, 그걸 엄마도 봤다는 거야. 내가 본 위치랑 똑같은 위치에서. 엄마도 자다가 뭔가 쎄

한 느낌에 눈이 떠졌대. 근데 그 행거 쪽에서 누군가 서서 자기를 보고 있는 것 같더래. 근데 걔가 바닥에서 자고 있던 언니랑 나를 타고 넘어오더니 서서히 엄마 쪽으로 다가왔대. 그때 엄마도 무서워서 자는 척을 할까 말까 고민하면서도 계속 쳐다보고 있었대. 그런데 걔가 엄마한테 손을 뻗더니 엄마 배를 만지려고 하더라는 거야. 그래서 엄마가 '나쁜 시끼!' 하고 다그치면서 다가오는 그 손을 두 손으로 손뼉 치듯 짝 하고 잡는 순간 웬 나뭇가지를 잡는 것 같은 느낌이 들었대. 그러고 나서 그 존재는 뭔가 연기 흩날리듯 사라져버렸대. 그런데 엄마가 설명해 준 그 존재의 생김새도 얼굴이 무너져 내린 것 같이 생겼더래. 내가 본 존재와 동일인물이었던 거지. 나중에 알고 보니 그 지역이 바다랑 엄청 가까웠는데, 바다도 엄청 변덕스럽고 옛날에 문둥병 환자들이 모여서 지내는 곳이었다더라.

"…와, 대박." 리나

"지희랑 어머니랑 같은 걸 봤다는 게 진짜 소름이다." 빛나

"근데 어머니가 엄청 대범하시다. 나쁜 시끼, 하면서 잡으려고 하셨잖아. 나 같으면 그 자리에서 얼어붙고 아무 것도 못했을 듯." 스안

"근데 우리 엄마도 그때 무섭긴 무서웠대." 지희

"진짜 토요미스테리에서 나올 법한 얘기 같다." _{리나}

"그럼, 다음 스토리텔러는 리나." _{스안}

우리의 시선은 일제히 리나에게 향했다.

"그러고 보니까 나도 숙소에서 이상한 일 겪은 적 있어." _{리나}

이건 작년에 있었던 일이야. 나랑 엄마랑, 이모랑 사촌동생 두 명이랑 이렇게 다섯이서 일본 오사카로 여행을 갔었어. 그 중에서 일본어를 할 수 있는 사람이 나밖에 없어서 내가 여행일정 다 짜고 가이드 역할을 해야 했거든. 그런데 다섯 명이 한꺼번에 잘 수 있는 숙소는 가격이 너무 비싸거나 잘 없어서, 가정집에서도 묵을 수 있는 'A' 사이트에서 방을 간신히 구했어. 그런데 가격이 되게 저렴하더라구. 아무튼 거기로 숙소를 잡았어. 안으로 들어와 보니까 집 자체가 조금 어둡긴 했지만 엄청 넓었어. 다섯 명이 쓰기에도 방이 남고 공간도 많이 남더라구. 그래서 가족들이 어떻게 그 가격에 이런 델 구했냐고 막 칭찬해주더라. 아무튼 한 방에 침대가 다섯 개가 있길래 그냥 다 같이 그 방에서 자기로 했어.

그리고 일정 다 마치고 돌아와서 다들 씻고 각자 침대에서 자려고 누웠어. 나도 너무 피곤해서 눈을 감고 잠들려고 하는데, 자꾸 어디서 이상한 소리가 들리는 거야. 그걸 말소리라고 해야 하나? 누가 말을 하는 소리였어. 근데 그 목소리가 여자 남자 목소리가 섞인 것 같은, 되게 오묘하고 요상한 목소리였어. 오싹하기도 하고. 막 목소리에서 잡음도 나고 말하는 속도도 엄청 빨랐어. 정말 막, 쉴 새 없이 말을 계에속 하는 거야. 근데 그게 일본어인지 한국어인지도 모르겠고 알아듣기 힘들었어. 그래서 나는, 아니 이 밤에 누가 이렇게 떠드나, 밖에서 떠드는지 윗집에서 떠드는지 왜 이렇게 잠도 못 잘 만큼 시끄럽나 싶었지. 그래서 바로 옆 침대에서 막 잠들려는 엄마한테 물었어. "엄마, 지금 무슨 소리 들리지 않아?" 하고. 그런데 엄마는 아무 소리도 안 들린다는 거야. "진짜 아무 소리도 안 들려?" 하고 다시 물어봐도 엄마는 조용하기만 한데 왜 그러냐고 하더라구. 그 순간에, 이 소리가 나한테 들리는 건가 싶어서 갑자기 엄청 오싹해지는 거야. 그래도 나는 애써 아무 생각 안 해야지, 안 해야지 하고 잠들려고 했는데도 말소리가 계속 시끄럽게 들렸어. 그것도 점점 빠르게. 오죽하면 귀를 막아야 될 정도였어. 그런데 다른 가족들은 다 잘만 자는 거야. 나한테는 계속 그 소리가 들리고 있고. 그래서 나는 내가 지금 너무 지치고 힘들어서 헛것이 들리는 거야, 아무것도 아니야, 아무것도 아니야 하고 중얼거리면서 스스로를 세뇌시켰어. 그러다 겨우겨우 잠들긴 했고. 그리고 다음 날 일어나서 가족들한테 어제 잘 때 아무 소리도 못 들었냐고 물어봤는데, 다들 아무 소리도 안 들렸다는 거야. 나는 정말 그 소리가 너무 시끄럽고 무서워서 힘들게 잠들었는데, 그 소리가 나한테만 들렸다는 게 되게 무서웠어. 절대 잠결에 들은 건 아니었거든. 그리고 그 숙소에서 묵는 내내 잠들 때마다 그 소리를 들었어. 그래서 결국 매일밤 귀에 이어폰 꼽고 음악 들으면서 잤어. 그 목소리가 지금 생각해도 너무 오싹해. 평범한 사람이 말하는 말투가 아니라, 마치 이 세상 사람이 아닌 존재가 말하는 것 같은 느낌. 여자 남자 목소리 섞인 중성적인 목소리에 막 끼릭 끼릭 하는 잡음이 같이 들렸는데 나는 아직도 생생히 기억나.

"그거 백퍼 귀신 목소리인 것 같은데." 지희

"그러게. 「기담」이라는 영화에서 엄마귀신도 그런 비슷한 소리 내더라." 스안

"아, 나 그 소리 알아! 끼릭? 끼릭? 하는 그 소리. 그거랑 되게 비슷했어." 리나

"그 소리가 왜 리나한테만 들렸대?" 빛나

"모르겠어. 내가 기가 약한가...? 그 숙소가 전체적으로 분위기가 어둡고 좀 으스스하긴 했어." 리나

"역시 싼 게 비지떡인가?" 지희

"...그럼 다음 스토리텔러는 빛나!" 스안

"이제 내 차례구나. 무슨 얘길 하지… 아, 맞아. 그때 우리

다 같이 게스트하우스에서 묵었을 때 내가 조금 오싹한 스안이 꿈 꿨던 거 기억하지." 빛나

"아, 저번에 그때?" 스안

"다시 자세히 말해주라." 리나

"그게 꿈이었는지 가위에 눌린 거였는지 잘 모르겠어. 다 기억나진 않지만…" 빛나

기억나는 대로 말해 볼게. 우리 저번에 홍대 근처에서 방 잡고 놀았잖아. 그날 스안이랑 지희는 일찍 잠들었고, 나랑 리나랑 새벽까지 소곤소곤 수다 떨다 잠들었거든. 그리고 스안이, 나, 리나, 지희 이렇게 순서대로 각각 한 침대에 누워 있었어. 그리고 날이 밝고 잠에서 깼는데 조금 불길한 느낌으로 깨는 거 알지. 이게 진짜 내가 깬 건지, 가위에 눌린 건지, 꿈인지 애매한 그런 느낌이었어. 근데 뭔가 살짝 오싹한 느낌…? 오른쪽을 보니 리나랑 지희도 잠들어 있고, 반대쪽으로 고개를 돌려서 스안이 쪽을 봤더니, 아니, 얘가 안 자고 나를 보고 씨익 웃고 있는 거야. 그런데 몸은 뒤돌아 누워 있었어. 목이랑 몸이랑 완전히 따로 노는 느낌인 거야. 뭔가, 진짜 스안이는 뒤돌아서 잠들어 있는데 나를 보고 있는 얼굴은 스안이가 아닌 것 같은 직감이 오더라구. 스안이인 척 하는 귀신 같았어. 그리고 그걸 보고 있는 내 몸도 내 마음대로 안 움

직이는 거야. 그 귀신은 계속 나를 보고 기분 나쁘게 웃고 있고. 그래서 내가 '너 스안이 아니지?' 하고 물었더니, '응, 아니야. 얘는 지금 자.' 하고 대답하더라구. 여전히 오싹하게 미소를 띄면서 말이야. 그래서 내가, '너 빨리 가, 빨리 가' 라고 했더니 얘가 또 '싫은데?' 이러는 거야. 근데 졸리기도 하고 무섭기도 해서 눈을 질끈 감고 애써 잠들려고 하면서 다시 잠들었어. 근데 이번에는 가위 같진 않고, 잠에서 제대로 깬 것 같은 느낌이 드는 거야. 그래서 스안이 쪽을 다시 보니까 그 얼굴은 없어지고, 스안이는 여전히 뒤돌아서 새근새근 자고 있었어.

"오, 나 이 얘기 이렇게 자세히 들은 거 처음이야." 리나

"나한테 귀신이라도 붙어있었나? 왜 그런 꿈을 꿨대?" 스안

"결국 스안이를 사칭한 귀신이었군." 지희

"아무튼… 좀 오싹한 꿈이었어. 스안아, 괜히 내가 그런 꿈을 꿔서 미안해." 빛나

"아니야. 그때 내 장난이 먹혔다니 다행이구만. 우후후." 스안

"뭐어!" 빛나

"설마…!" 리나

"너 무슨 목 꺾기 장인이야?" 지희

"하하하. 농담이야, 농담. 그냥 빛나가 개꿈 꾼 거야. 귀신같

은 건 이 세상에 없어." _{스안}

"맞아. 없어. 없을 거야." _{리나}

"그럼 이제 다시 내 차례로 돌아왔네." _{스안}

"그럼 이번에는 내가 직접 창작한 얘기로 들려줘볼게. 귀신이 나온다거나 엄청 무서운 얘기는 아니고, 좀 기묘하고 살짝은 오싹할 수도 있는 얘기야. 시나리오는 다 써 놨거든. 제목도 벌써 정했어. '환생'이라고. 나중에 이거 소설로 써서 책으로 낼 거거든. 한번 들어봐 줄래? 조금 길 수도 있어."

"오, 들어볼래!" _{빛나, 리나, 지희}

어떤 남자가 퇴근하고 집으로 돌아가는 길이었어. 역으로 걸어가고 있는데 갑자기 어떤 여자가 팔을 턱, 하고 붙잡는 거야. 그리고 미묘한 표정으로 남자한테 말을 해. 혹시 누구누구 씨 아니에요? 하고. 근데 그 남자 이름은 누구누구 씨가 아닌 다른 이름이었어. 그래서 남자는 사람 잘못 보신 것 같다고 하면서 자기 가던 길을 가려고 해. 그런데도 여자는 팔을 놓지 않은 채로 자꾸만 그 사람 아니냐면서, 모른 척 하지 말라고 하는 거야. 심지어, 일부러 이러는 거냐고, 왜 그동안 죽은 척 했냐고 막 다그쳐. 그래서 남자도 슬슬 빡이 쳐서, 자기는 그 사람이 아니라고 버럭 화를 내. 그랬더니 여자가 그제야 정신을 차렸는지 죄송하다고 사과해. 그런데 여자가 눈물을 보이기 시작하는 거야. 그걸 본 남자가 당황해서 여자한테 왜 그러시냐고, 무슨 사정 있냐고 물어. 그랬더니 여자가 대답해. 자기가 알고 있는 사람이랑 얼굴도 목소리도 걷는 폼도 너무 똑같아서 착각했다고. 그리고 그 사람은 이미 몇 년 전에 죽은 사람이라고…

...

내가 지어낸 이야기는 어느새 결말에 다다랐다.

"…어때? 괜찮아?" 스안

"오, 단편영화 보는 것 같았어." 리나

"꽤 흥미진진한데? 소설로 잘 써봐." 빛나

"결말도 괜찮은데?" 지희

"진짜 괜찮을까?" 스안

"응! 또 다른 얘기는 없어?" 리나

"아직 구상하고 있어. 조만간 공포단편집 꼭 낼 거야. 책 제목도 이미 정해 놨어. 〈기요틴〉으로." 스안

"기요틴? 기요틴이 뭐야?" 빛나

"단두대를 뜻하는 프랑스어인데, 사형수들 목 뎅강 자르는 사형기구야." 스안

"헉! 목을 자른다고? 끔찍해!" 빛나

"근데 사람은 목이 잘려도 잠시 동안 살아있다며?" 리나

"그게 정말 가능해?" 빛나

"그걸 증명해 보인 사람이 있나?" 지희

"가설은 많더라. 목이 잘린 후에 눈을 깜빡거렸다던지, 입을 뻐끔거렸다던지, 말도 했다고 하던데. 내가 지금 목이 잘렸습니까, 하고 물었다고도 하고." 스안

"어우, 상상하려니까 너무 무섭다." 리나

"목이 잘리면 목구멍도 잘릴 텐데 말소리는 못 내지 않을까?" 빛나

"그러게. 목소리는 못 낼 듯." 지희

"그러고 보니 나 유튜브에서 머리가 잘렸는데도 입 벌리면서 하악거리는 뱀은 본 적 있어." 스안

"으!" 지희

"그 말 하니까 또 생각난다. 러시아에서 실제로 했던 '개 머리 실험'. 개 목을 절단한 다음에 인공 심장인지 뭔지, 머리랑 심장을 호스로 연결해서 피를 통하게 하고 자극을 줬더니 그 개가 머리만 있는 채로 눈도 깜빡거리고 혀 내밀고 핥기도 하더라. 그것도 영상으로 봤어." 스안

"아아… 진짜 상상도 하기 싫다…." 리나

"아, 리나 강아지 키우지! 더 이상 얘기 안할게. 미안." 스안

"너무 잔인해." 빛나

"인간들이란." 지희

시간을 보니 새벽 세 시가 넘어 있었다. 나는 또 장난기가 발동했다.

"벌써 세 시네. 지금 이 시간은 말이야, 축시(丑時)라고 해서 귀신들이 저승과 이승의 문턱을 가장 활발하게 넘나드는 시간이래. 아마 이 방에도 우리뿐만 아니라 낯선 존재들이 모여 있을 거야." 스안

그리고 나는 일부러 눈을 크게 뜨고 보면 안 될 것을 봤다는 표정을 지어보이며 손가락으로 리나 쪽을 가리켰다.

"어...? 리나 뒤에 저 할머니는 누구야...?" 스안

"아아아악! 뭐야, 뭐야!" 리나

리나가 비명을 지르며 얼른 빛나 옆으로 몸을 피하자 빛나는 리나의 어깨를 털어주었다.

"이런 장난 좀 치지 마아! 나 기 엄청 약하단 말이야." 리나

"꺄하핫! 장난이야, 장난." 스안

나는 박수를 치며 삐에로처럼 깔깔 웃었다.

"아, 진짜아! 나 완전 소름 돋았다고!" 리나

"이스안 표정 연기 하는 것 좀 봐." 지희

우리는 서로를 바라보며 한바탕 웃은 다음, 또 다시 서로의 어깨를 열심히 털어주었다.

"빛나야, 너 기독교 신자잖아. 하나님한테 우리 좀 지켜달라

고 말씀드려주면 안 돼?" _{스안}

"어, 알겠어! 그럼 내가 지금부터 기도 드려 볼게!" _{빛나}

빛나는 두 손을 모으고 주기도문을 외우기 시작했다. 빛나를 제외하고 종교가 없는 나머지도 따라서 눈을 감고 두 손을 모았다.

"하늘에 계신 우리 아버지여… 이름이 거룩히 여김을 받으시오며… 나라가 임하시오며… 뜻이 하늘에서 이루어진 것 같이 땅에서도 이루어지이다… 하나님, 오늘 저희가 이렇게 모여 무서운 얘기를 나눴지만 부디 귀신들이 저희에게 오지 않도록 저희를 지켜 주세요. 아멘." _{빛나}

"아멘." _{전원}

그 순간만큼은 우리 모두가 하나님께 의지했다. 기도를 마친 후 우리는 방 안에서 다 함께 잠옷차림으로 서로의 사진을 찍어주거나 다 함께 찍고 놀며 오싹한 분위기를 전환했다.

다음 날은 각자의 집으로 돌아가야 하는 날이었다. 우리는 아침 겸 점심을 먹은 후 택시를 타고 다시 용문역에 도착해 전철을 타고 나란히 앉았다. 전철은 초록의 풍경들을 빠르게 지나치고 있었고, 우리는 시골집에 머무르는 동안 각자 핸드폰으로 찍은 사진들을 단톡방에 올리며 공유했다. 모두 고깔모자를 쓰고 생일축하 노래를 부르는 모습, 초가 꽂힌 예쁜 케이크, 거실에 깔린 풍선들, 서로에게 편지를 써 주는 모습, 마당에서 한 불꽃놀이, 잠에 취한 친구들, 다 함께 잠옷 차림으로 우습게 찍은 모습… 마냥 즐겁고 행복하기만 했던 순간을 담은 사진들을 하나씩 넘겨보며 우리는 킬킬 웃었다.

그러던 도중, 나는 한 사진에서 웃음을 뚝 하고 멈출 수밖에 없었다.

"…이 사진 뭐야?"

그 사진은 우리가 무서운 이야기를 나눴던 방에서 모든 이야기를 다 마친 후 무서움을 달래기 위해 사진을 찍고 놀던 순간에 빛나가 찍은 것 중 하나였다. 그 방은 옆방과 유리 미닫이문으로 나뉘어 있었는데, 그 유리 미닫이문을 배경으로 찍은 우리의 모습 위로 **선명한 푸른 불꽃 같은 것이 일렁이는 모습**이 찍혀 있던 것이다. 아무리 사진을 확대해서 보아도, 아무리 생각해도 그 방에서 푸른 무언가가 찍힐 리가 없었다. 만약 핸드폰 화면이 반사되어 찍혔다면 화면의 네모 모양 그대로 비춰졌을 것이었다. 그리고 그 방 안에서 전등 대신 틀어놓았던 전기난로의 불빛은 주황빛이었다. 그 빛과는 완전히 반대되는, 어둠 속 선명한 파란색의 무언가. 마치 그 형태는 무언가 일렁이는 불꽃이나 연기를 포착한 것 같아 보였다. 우리는 온몸에 소름이 돋은 채 서로의 얼굴을 바라보았다.

아쉽게도 그 문제의 사진은 현재 남아있지 않다. 아마도 그 당시 우리 모두가 사진에서 불길함을 느꼈기 때문에 저장을 하지 않은 것으로 기억한다. 시골집도 2019년 가을에 정리했다.

그리고 2021년 봄, 이 글의 초고를 쓰면서 빛나에게 그 사진을 다시 찾아봐달라고 부탁했다. 하지만 빛나가 그때 이후로 핸드폰을 두 번 바꿨고, 빛나 계정의 네*버 클라우드나 여러 파일들을 저장해 둔 외장하드에도 그 사진은 발견되지 않았다. 그래서 문제의 사진을 지면에 실을 수 없어 아쉬운 마음이다.

우리 넷은 지금도 그때의 즐거웠던 순간들을 기억하면서도, 한편으론 오싹한 추억으로 남겨두었다.

* 이 글은 2017년에 실제로 겪은 일을 그대로 옮겨 쓴 논픽션임을 알립니다. 등장인물들의 동의를 얻은 후 작성하였습니다.

왼쪽부터 스완, 리나, 빛나, 저희

우리가 무서운 이야기를 나눴던 방

일곱 번째 이야기

포식

초등학교 3,4학년 무렵의 나는 어느 도시의 변두리 지역에 살며 동네 아이들과 함께 어울려 다녔다. 나를 포함해 대여섯 명이었던 우리들의 무리에는 한두 살 형도 있었고, 한두 살 동생도 있었고, 나이가 같은 아이도 있었다. 우리는 동네의 작은 개천에서 물놀이를 하거나 물고기를 잡고, 동네 뒷산에 모여 숨바꼭질을 하거나 벌레를 잡으며 놀곤 했다. 그렇다고 해서 우리가 마냥 순수하고 천진난만하다고는 할 수 없었다.

우리는 분명 잔혹한 짓을 한 적이 있었다.

그날도 뒷산에 모여 다람쥐를 쫓고 벌레를 잡던 우리는 매번 작은 동물과 곤충을 잡는 일에 따분함을 느꼈던 것일까. 우리 중 어떤 한 명이 상기된 얼굴로 목소리를 높여 말을 꺼냈다.

"고양이 사냥 어때?"

그 말을 한 사람이 나인지, 한 살 형인지, 다른 친구였는지
는 잘 기억나지 않는다. 어쩌면 나인지도 모르겠다. 우리 주
변을 어슬렁대고 있었는지, 여하튼 주변을 지나가던 한 고양
이가 눈에 들어왔던 것은 기억이 나기 때문이다.

"좋아! 저 놈이다."

"절대 놓치지 마."

그 순간부터 우리들의 어린 마음속에는 사냥 본능이 일기
시작했다. 그 고양이는 털 대부분이 어두운 색이었지만 얼룩
덜룩했고 길고양이로 보였다. 산에서 보았으니 산고양이였을
까. 목걸이나 방울을 차고 있지 않았으니 주인은 따로 없는
듯 했다. 우리들 중 세 명이 잠자리채를 들고 있었고, 그 고양
이를 사냥 목표로 하고 쫓기 시작했다. 하지만 고양이는 야생
의 기질 때문인지 경계심이 매우 강했고, 날쌨다. 하지만 목
표물을 향한 우리의 기질도 그 순간만큼은 만만치 않았다. 얼
마 지나지 않아 고양이는 우리의 포위망 안에 갇혔다. 우리는
천천히 움직이며 고양이를 사방으로 둘러쌌다. 우리가 자신
을 사냥감으로 삼았다는 것을 인지한 것인지, 고양이에게서
경계와 공포의 눈빛이 비치고 있었다. 잠시 몸이 경직되어 있
던 고양이는 순간 잽싸게 도망쳤다. 허나 우리의 포위망 안이

었다. 우리는 다시 쫓아가며 잠자리채로 고양이를 향해 마구 잡이로 내리쳤다. 잠자리채는 고양이 주변을 거칠게 따라다니며 낙엽을 휘젓고, 흙을 흩뿌렸다. 고양이의 움직임은 매우 민첩했지만, 결국 어느 한 명의 잠자리채에 걸려들었다. 망에 갇힌 고양이는 괴성을 지르며 마구 요동쳤다. 우리 중 가장 나이가 많은 형이 날뛰는 고양이의 목을 망 위로 움켜잡았다. 고양이는 짓눌린 채 계속해서 날카로운 소리를 냈고, 어린 친구는 옆에서 자신의 귀를 막았다.

"이 자식 어떻게 할까?"

형이 우리를 보며 말했다.

"기껏 잡았는데 괴롭히면서 갖고 놀자!"

"죽이자!"

"죽여! 죽여! 야호!"

그때의 우리는 아마도 살생의 무게를 잘 모르던 나이였을 것이다. 고양이를 손아귀에 넣었다는 것이 마냥 짜릿하고 신날 뿐이었다. 망 속의 고양이는 형의 손아귀에 멱살이 잡힌 채 산 아래쪽 공터로 함께 내려왔다. 끌려왔다는 표현이 맞을 것이다.

"고양이 구이 만들자!"

"고양이 구워서 뭐 해. 먹게?"

"그냥 구워버려!"

그 사이 어디서 주웠는지, 다른 친구가 빨간 노끈을 가져와 내밀었다.

"이걸로 꽁꽁 묶자."

"불은?"

"나 라이터 갖고 있어."

형이 주머니에서 라이터를 꺼냈다.

"형이 그런 걸 왜 갖구 다녀?"

"몰라, 그냥 멋있잖아."

다른 형이 고양이가 도망가지 못하도록 다시 목덜미와 몸을 꾹 눌렀다. 그리고 라이터를 갖고 있던 형이 친구에게서 노끈을 낚아챈 후 고양이의 몸을 묶기 시작했다. 고양이는 여전히 날카로운 소리를 내며 몸부림쳤다.

"앗 따거!"

순간, 고양이가 형의 팔을 할퀴었다. 그 상처에서 빨간 피가 방울지며 조금씩 터져나오는 게 보였다.

"이… 이 자식이! 죽일 거야!"

형이 손으로 몸뚱이를 세게 내리치자 고양이가 키약, 하고 비명을 내질렀다. 씩씩거리던 형이 우리를 돌아보며 말했다.

"불은 누가 붙일래?"

순간, 그 누구도 선뜻 나서지 않았다. 서로의 눈치를 살필 뿐이었다.

"형이 라이터 갖고 있으니깐 형이…"

가장 어린 아이가 기어가는 목소리로 말하자 형이 말을 끊었다.

"시끄러워. 지금 얘가 붙잡았고, 내가 꽁꽁 묶었잖아. 각자 역할이 필요하다고."

"형들이 지금 고양이를 붙잡고 묶었으니까 그 다음으로 나이 많은 사람이 하는 게 어때?"

나와 나이가 같은 친구가 내 쪽을 보며 말했다.

"너 몇 월생인데?"

내가 그에게 되물었다.

"난 12월."

"…난 5월."

"그럼 네가 붙여야겠네."

친구는 아마도 내 생일이 자신보다 더 이르다는 것을 이미 알고 있었던 것 같았다. 그리고 그 모습을 보고 있던 형이 나에게 라이터를 내밀었다. 나는 쭈뼛대며 그것을 받아들었다. 결국 고양이에게 불을 붙여야하는 사람은 내가 되었다. 여기서 불을 붙이지 못한다면 앞으로 평생 나는 이 무리에서 놀림거리가 될 것 같았다. 먼저 선수친 비겁한 형들, 친구들, 보고만 있던 동생들… 모두 얄밉게 느껴졌지만, 이 무리를 잃고 싶지는 않았다. 나는 몸이 눌린 채 움찔거리는 고양이에게 라이터를 가까이 가져갔다.

"빨리 붙여."

형이 고갯짓을 하며 목소리를 깔고 말했다. 그 압박감에 손
이 떨리고, 나도 모르게 침을 꼴깍 삼켰다.

"빨리 붙이라니까! 이 자식이 내 팔 할퀸 거 안 보여?"

"...그게 나랑 무슨 상관인데!"

"너 지금 나한테 대드는 거야?"

그렇게 다 같이 물놀이를 하고, 곤충을 잡고, 숨바꼭질을 하
고 놀았는데도 그 순간에 형은 나에게 권력을 휘두르려 했다.
그 모습이 낯설고 무섭게 느껴졌다.

"얼른 붙이라고!"

결국 형의 호통에 눈을 질끈 감고 고양이의 몸에 라이터를
가져다 댔다. 그리고 아빠가 하던 대로 엄지에 힘을 주고 바
퀴를 굴렸다. 불이 켜지자 고양이가 뜨거움을 느꼈는지 속박
당한 몸을 마구 움직이려 했다.

"앗 뜨거!"

고양이의 몸부림에 의해 내 손가락에도 뜨거운 열기가 닿았
고, 순간 라이터를 떨어뜨렸다.

"다시 붙여."

지켜보고 있던 형이 매서운 얼굴로 말했고, 그 모습에도 겁
을 먹은 나는 기어들어가는 목소리를 냈다.

"뜨겁단 말이야…."

"일단 내가 다시 붙잡고 있을 테니까 제대로 붙여."

다른 형이 묶여있던 고양이의 몸통을 고쳐잡았다. 나는 어쩔 수 없이 다시 라이터의 불을 켜고 고양이의 몸에 가져다 댔다.

키야아아아악!

불에 닿은 고양이는 다시 마구 몸부림치기 시작했다.

"계속 붙여! 계속!"

"싫어어어어! 싫다고! 무섭다고오!"

나는 라이터를 집어던졌다. 그리고 울음을 터뜨리며 그 자리에서 방방 뛰었다.

"이 겁쟁이야. 동생들 보고 있는 거 안 보여?"

그렇게 말하는 형의 눈빛이 성난 호랑이처럼 너무나도 매서웠기에 나는 억지로 울음을 뚝 그칠 수밖에 없었다. 무엇보다 겁쟁이라는 수식어가 너무나도 치욕스러웠다.

입을 꾹 다물고 울음을 삼키며 고양이의 몸에 다시 불을 붙였다. 그러자 고양이는 다시 괴성을 지르며 몸부림쳤다. 그 얼굴은 공포로 가득 차 있었다. 동물도 표정이 있다는 걸 그때 처음으로 알았다. 결국 고양이의 털에 불이 번지기 시작했고, 얼룩덜룩한 털은 검게 그을리며 연기를 피웠다. 고양이는 계속해서 고통으로 절규했고, 그 소리가 고막을 찢어발기는 것 같아 우리는 모두 약속한 듯이 두 손바닥으로 두 귀를 막았다. 고양이는 잠자리채 망과 자신을 묶고 있는 붉은 노끈과 함께 불길에 타들어갔다. 비명은 점점 거칠어지면서도 희미해져갔다. 몸부림도 점점 약해졌다. 연기는 계속해서 피어올랐다. 고기 굽는 냄새가 불쾌하게 풍겨와 코와 눈을 자극했다. 나도 모르게 눈을 찡그렸다.

눈을 떴다. 심장은 100미터 달리기를 한 사람처럼 빠르게 뛰고 있었다. 손으로 한쪽 가슴을 쓸어내렸다. 옆에는 아내가 곤히 잠들어 있었다. 얼마 지나지 않아 심장박동이 서서히 원래대로 돌아오는 것을 느꼈다.

벌써 30년 가까이 된 일이지만, 직접 내 손으로 고양이에게 불을 붙인 것과 그로 인해 고양이가 서서히 불에 타 죽어가는 모습은 뚜렷하게 뇌리에 남아 있다. 그 후로 지금까지 같은 꿈을 꾼 것도 벌써 수십, 아니 수백 번이 넘었다. 철없는 어린 시절의 일인데다 나보다 나이가 많은 형이 부추겨서 어쩔 수 없이 그랬던 것도 있지만, 분명히 그 후로부터 무의식적으로나마 계속 죄책감을 지니고 살아왔던 것 같다. 결국 그때, 고양이를 태워 죽이고 있는 우리를 근처에 살고 있던 할머니가 발견했고, 우리는 할머니의 호통을 뒤로 하고 도망치며 뿔뿔이 흩어졌다. 하지만 그 할머니가 학교에 우리의 만행을 전한 탓에 그 사실은 우리 부모님의 귀에도 들어갔다. 결국 그날 나는 아버지에게 심하게 맞았다. 그리고 한동안 정학 처리를 받았고, 그날을 계기로 우리는 다시 모이지 않게 되었다. 약속이라도 한 것처럼 학교 안에서 만나도 모르는 척을 했다. 그렇게 우리 무리는 해산했다. 그때부터 나는 고양이가 싫었다. 지나다니는 고양이만 봐도 꺼림칙하고 불쾌감이 느껴졌다. 물론 고양이들이 나한테 한 잘못은 결코 없었다. 하지만 고양이는 악몽같은 그날을 떠올리게 하는 존재였다. 그때의 어린 우리들의 모습을 떠올리면, 사람은 태어나서부터 악하다는 성악설이 성선설보다 근거가 더욱 명확한 이론인지도 모르겠다.

퇴근 후, 집으로 돌아오니 아내가 옷도 갈아입지 않고 불도 켜지 않은 채 침대에 엎드려 있었다. 느낌이 좋지 않아 아내를 흔들어 깨웠다.

"여보. 자?"

아내의 몸을 돌려보니, 머리카락 뭉치가 얼굴에 덕지덕지 붙은 채 눈물범벅이 되어 있는 것이 보였다. 눈을 감은 아내는 희미하게 흐느끼고 있었다. 아내를 끌어안으며 물었다.

"오늘 병원 다녀온 거야?"

아내는 대답 없이 내 품 안에서 훌쩍이기만 했다.

벌써 세 번째다. 새 생명이 우리에게 찾아와 우렁찬 심장박동 한번 들려주지 않은 채 허망하게 떠나간 것이. 결혼 7년차인 우리 사이에는 여전히 아이가 없었다. 세 번째니 이젠 좀 무뎌질 법 하지 않을까 싶기도 했지만, 아내는 첫 번째도 두 번째도 이렇게나 고통스러워했다. 그 모습을 보는 나 역시 아내의 심정과 크게 다를 리 없었다. 아내는 첫 유산 이후로 우울증을 앓기 시작했지만 다시 찾아올 아이를 위해 여지껏 약도 먹지 않고 버티고 있었다. 그리고 오늘, 이렇게 다시 무너진 것이다.

이럴 때마다 내가 어린 날에 한 짓에 대한 대가를 치르고 있는 게 아닐까 하는 생각도 들었다. 그러나 그렇게 따지고 들어간다면 동물을 죽여 이득을 취하는 개장수 같은 사람들은 모두 이미 지옥 저 밑바닥에 처박혀야 하는 셈이다. 그리고 그때 함께 일을 저질렀던 친구들 모두 큰 벌을 받아야 하거나, 이미 받았어야 한다. 그렇지만 이름도 기억 못하는 그 친구들의 근황은 알 길이 없고, 알고 싶지도 않았다. 아무래도 그 일과는 인과관계가 없다고 생각하기로 했다.

미처 자라지 못한 아이를 떠나보낼 때마다 아내는 많이 울었다. 나도 아내와 함께 울었다. 아내는 점점 무너져내려갔다. '무너져내리다'라는 말이 어떤 의미인지 너무나도 잘 이해가 될 만큼 그 경과가 눈에 훤히 보였다. 아내는 나날이 초

췌해져갔고, 생기와 기력을 잃어갔고, 상처와 아픔의 무게를 견디지 못하고 점점 땅 아래로 꺼져가는 것 같았다. 그 모습을 지켜보는 나도 아내와 함께 무너질 것만 같았지만 나라도 정신을 붙잡고, 아내를 돕고 싶었다.

"...우리 그냥 포기하고 고양이라도 한두 마리 키우면 안 될까?"

아내는 두 번째 유산 이후로 나에게 종종 이렇게 묻곤 했다. 아내는 고양이를 좋아했다. 아내의 방에는 아내가 대학 시절에 키우다 노환으로 떠나보낸 고양이의 사진이 담긴 액자와 고양이 모형 장식품, 고양이 캐릭터가 그려진 탁상시계 등 고양이와 관련된 물건이 여럿 놓여 있다. 게다가 아내는 아파트 단지에 머무는 길고양이들을 위해 사료까지 주기적으로 챙겨주는 캣맘이기도 했다. 그 때문에 아파트 주민들이 아내에게 고양이 밥을 그만 챙기라는 소리를 하며 시비가 붙은 적이 한두 번이 아니었다. 아내는 굴하지 않고 최대한 주민들 눈을 피해 고양이 밥을 챙겨주고 있었다. 그런 아내가 나에게 다시 물어온 것이다. 고양이를 키우면 안 되냐면서.

"자기도 알잖아. 나 고양이 무서워하는 거. 그리고 막상 키우는 것도 보통 일이 아닐 거야. 털도 많이 날리고."

"키워 보면 고양이가 얼마나 사랑스럽고 애교 많은 동물인지 알게 될 텐데…."

"…내가 고양이에 대한 안 좋은 추억이 있어. 어릴 적에 고양이가 나를 엄청 할퀴고 깨물어서 그게 트라우마로 남았거든. 그래서 아직도 고양이만 보면 그때 생각이 나서 무서워."

나는 차마 고양이에게 불을 붙여 죽인 적이 있다는 말을 아내에게 꺼내지 못했다. 그 사실을 아내가 알게 된다면 그때부터 나를 사람 취급도 하지 않을 거라는 걱정이 들었기 때문이다.

"자기 진짜 완고하네. 그럼 나 있잖아…"

"응?"

"아기 인형이라도 갖고 싶어. 진짜 아기만하고, 실리콘으로 만들어져서 살결도 보들보들하대. 분 냄새도 나고."

"그런 거야 얼마든지 사줄 수 있지. 쌍둥이 갖고 싶으면 두 개 주문해도 돼."

"그 인형 좀 비싼데. 하나에 몇십만 원 해. 그럼 나 세쌍둥이 갖고 싶으면 세 명 주문해도 돼?"

"당연하지. 대신 진짜 아기 생기면 바로 다른 데 팔아."

"에이. 그건 너무 야박하잖아. 그럼 당장 주문한다?"

"해라, 해. 카드 줄게. 데려와서 이름도 붙여."

"고마워, 자기!"

"그래도 포기하진 말자."

지갑에서 카드를 꺼내 아내의 손에 쥐어주었다. 유산의 아픔을 조금이라도 달랠 수 있다면 그게 실리콘으로 만들어진 가짜 아기든, 그게 몇 십 몇 백만 원을 호가하든 아내에게 선물해주고 싶었다. 다만 고양이를 키우는 것만은 양보할 수 없었다. 나는 여전히 고양이가 싫었다.

그날 밤, 우리는 아이를 다시 만드는 행위에 집중하고 있었다. 그 순간에도 아파트 단지를 울리는 고양이들의 발정난 울음소리가 들려왔다. 나는 갓난아기 울음소리 같기도 한 그 소리와 아내의 반복적인 목소리를 동시에 듣고 있었다. 이런 경우가 한두 번이 아니었다. 아마 아내가 밥을 챙겨주며 보살피는 그 고양이들이겠거니 싶었다. 그렇지만, 조금은 그 소리들이 거슬렸다.

매번.

토요일 오전, 아내의 무릎에 머리를 베고 누워 거실에서 TV를 보고 있던 때였다. 초인종 소리와 함께 택배요, 하는 목소리가 들렸다. 순간 아내는 자리에서 벌떡 일어나 상기된 표정을 지으며 말했다.

"어, 이제 왔나 보다!"

택배기사가 바람처럼 떠나가고, 현관문 앞에 놓인 것은 꽤 커다란 상자였다. 아내는 싱글벙글하며 상자를 직접 안으로 들고 온 다음 칼로 조심스럽게 포장을 뜯기 시작했다. 상자 안에는 강보에 둘러싸인 갓난아기 인형이 들어있었다. 그 생김새는 실제 아기가 아닌가 싶을 정도로 너무 사실적이어서 곁에서 지켜보던 나도 화들짝 놀랐다.

"우리 진아, 이제 엄마한테 왔네. 오느라 고생 많았어."

아내는 아기인형을 품에 안고 등을 토닥이며 말했다.

"세쌍둥이 데려와도 되냐고 하더니 하나만 주문한 거야?"

"아, 이름은 진아라고 지었어. 여자애야. 자기도 얼른 안아봐."

나는 얼떨결에 인형을 받아들었다. 생각보다 꽤 묵직했다. 실제 아기의 무게도 이 정도 되지 않을까 싶었다.

"진아야, 이 사람은 아빠야. 얼른 자라서 엄마, 아빠 하고 불러줘."

내 품에 안긴 인형의 모습을 사랑스럽게 바라보며 말하는 아내 앞에서 나는 무슨 말을 해야 할지 몰랐다.

인형이 온 후부터 아내는 시도 때도 없이 인형을 품에 안고 있었다. 말을 걸고, 얼굴 앞에 딸랑이를 흔들고, 자장가를 부르며 재워 주곤 했다. 심지어는 상의를 들어올린 채 가슴을 물리고 있기도 했다. 나는 그 모습들을 보며 아내가 여러 차례 이어진 유산의 아픔으로 미쳐버린 게 아닐까 하는 걱정도 들었다.

인형을 안고 있던 아내에게 조심스럽게 물어보기로 했다. 상황이 심각하다면 병원에 데려가야겠다는 생각이었기 때문이다.

"여보, 있잖아. 혹시 그 인형… 진짜 살아있다고 믿는 건 아니지…?"

"인형이라니? 얘 이름은 진아잖아."

"진아인 건 아는데, 걔는 실제 아기가 아니라 실리콘 인형이잖아."

"인형 아니고 내 딸이야. 당신 딸이기도 하고."

"당신… 아무리 아이가 갖고 싶었다고는 해도 인형을 자기 자식으로 착각하는 건 좀…."

"지금 내가 미쳤다고 생각하는 거야?"

"아니, 그게 아니라… 그래도 자기가 지금…"

"…나도 알아. 인형인 거 안다고. 그냥 좀 당신도 같이 연기해주고 맞춰주면 안 되는 거야…?"

"미안. 당신이 정말 어떻게 된 건 아닌가 하고 걱정이 돼서…"

"나도 진짜 미칠 것 같으니까 이러고 있는 거 아냐! 나도 이런 인형을 사다 키우고 싶겠어? 진짜 아기를 낳아서 키우고 싶지! 이미 나도 내 스스로 미친 것 같아. 너무너무 마음이 힘드니까!"

아내는 얼굴이 새빨개질 정도로 소리친 후 소파에 얼굴을 묻고 울음을 토했다. 나는 그런 아내에게 다가가 등을 쓸어주고 토닥여주었다. 임신계획 전에 일찌감치 끊었던 담배가 다시 생각나는 순간이었다.

  남의 자식 돌잔치에 안 간지도 오래되었다. 이런 나의 사정을 아는 지인들도 자기 자식의 돌잔치에 일부러 나를 초대하지 않았다. 아니, 못 했다. 내 눈치 보느라고 말이다. 자식의 얼굴을 프로필 사진으로 해 둔 친구놈들이 괜히 부럽고 자괴감이 들어서 아예 차단을 한 일도 더러 있었다. TV에 어린 아이들이 나와 재롱을 떠는 모습이 나오면 관심 없는 척 채널을 돌리는 일이 부지기수였다. 남들은 다 쉽게 쉽게 생기고 낳는 아기가, 우리 부부에게는 대체 왜 그리도 하늘의 별 같은 존재가 된 걸까.

  아내를 진정시키고 재운 다음, 아파트 밖으로 나와 단지 안의 편의점에서 담배를 샀다. 담배를 입에 무는 것은 거의 8년 만이었다. 오늘밤 딱 세 개비만 피우고 나머지는 쓰레기통에 버릴 생각이었다. 밤하늘의 별을 바라보며 두 번째 담배를 피우고 있을 때, 멀지 않은 곳에서 삐익 삐익 하는 소리가 들렸다. 새끼고양이의 울음소리라는 것을 금방 알아챘다. 소리가 들리는 곳으로 시선을 따라가니 화단 옆 수풀쪽에서 버둥거리고 있는 어린 새끼의 몸을 어미고양이가 열심히 핥아주고 있었다. 새끼는 어미의 혀가 움직이는 대로 몸이 흔들리며 계속 울어댔다. 어미도 새끼도 검정, 회색, 흰색, 갈색 등 여러

색이 섞인 털을 지니고 있었다.

이깟 고양이도 이렇게 쉽게 새끼를 까는데, 우린 대체 뭐지? 내 아내는 거의 미쳐서 실리콘 인형 따위를 자기 자식으로 여기고, 젖까지 물리고 앉아 있고. 대체 이게 다 뭐냔 말이야.

순간, 몸에 불이 붙은 채 비명을 지르고 몸부림치던 고양이가 떠올랐다. 이어서 고양이 따위를 질투하고 있나 싶어 내 스스로가 견딜 수 없을 만큼 한심하고 혐오스러워졌다. 머릿속에는 불에 휩싸이며 괴로워하며 죽어가던 고양이의 모습으로 가득했다. 죽어가는 고양이의 그 눈동자, 눈동자, 눈동자…

"이 미친 고양이 새끼들이…!"

근처에 놓인 벽돌을 집어 어미고양이를 향해 던졌다. 꽝 하는 소리가 울리고, 어미고양이는 새끼고양이를 미처 물지 못하고 잽싸게 도망쳤다. 그러나 벽돌은 빗나갔다. 나는 혼자 남아 울고 있는 새끼고양이를 향해 주저 없이 다른 벽돌을 던졌다. 순간 왝! 하는 비명이 터져나왔다. 새끼고양이가 벽돌에 맞으며 낸 소리였다. 이어서 벽돌 아래로 힘없는 신음소리가 들려왔다. 끼이이, 끼이이 하는 불쾌한 소리였다. 그 소리는 점점 희미해지고 있었다. 그러나 어린 날에 직접 불태웠던 고양이의 갈라진 비명이 내 귓속을 다시 찢어발기는 것처럼 느껴졌다.

정신을 차려 보니 더 이상 새끼고양이의 신음소리는 들리지 않았다. 차마 그 벽돌 아래를 볼 엄두가 나지 않았다. 굳이 보지 않아도 새끼의 몸뚱이 대부분은 벽돌에 짓이겨져 곤죽이 되어 있을 게 뻔했다. 그리고 그 모습을 어미고양이는 멀리 떨어지지 않은 곳에서 전부 지켜보고 있다는 걸 알았다. 어미와 눈이 마주쳤기 때문이다. 어미는 왜앵 왜앵 하고 울며 숨이 멎은 새끼에게 다가오기 시작했다. 그리고 벽돌에 깔린 새끼의 목을 물고 힘겹게 끄집어내려 했다. 죽은 새끼를 어디론가 데려가나 싶었는데, 이해할 수 없는 일이 눈앞에 벌어졌다. 마치 썩은 고기를 먹듯, 어미가 피투성이가 된 새끼의 사체를 뜯어먹기 시작하는 것이었다. 어미는 나를 노려보다가도 계속해서 새끼의 사체를 우적우적 씹었다. 머리를 마구 흔들어가며, 열심히. 그러다 다시 나를 노려보고, 다시 먹고…

왜 죽은 새끼를 먹는단 말인가? 대체 왜?

속이 메스꺼워져 그곳을 떠나갔다.

안방으로 돌아왔다가 아내가 담배 냄새를 맡을까 싶어 이내 거실로 몸을 돌렸다. 그리고는 소파에 몸을 뉘였다. 아까의 나는 순간 미쳐버린 것이 분명했다. 또 고양이를 죽였다. 그동안 그렇게 죄책감을 지니고 있었으면서, 또 그런 짓을 했다. 초등학생 때에 한 짓을 이 나이 먹어서 다시 저질러버리고 말았다. 새끼의 사체를 먹으며 나를 노려보던 어미고양이의 두 눈이 자꾸만 눈앞에 어른거렸다. 그리고 또, 불에 타들

211

어가며 비명을 지르던 그 고양이의 겁에 질린 두 눈도, 아니 나를 저주하는 두 눈…

그날 밤 나는 쉽게 잠들지 못했다.

그 후로 고양이들을 아예 보지 않기로 했다. 길을 가다가도 고양이가 보일 것 같으면 애써 시선을 돌리고 빠르게 걸었다. 내가 고양이의 눈에 띄지 않으려고 발악한 것인지도 모르겠다. 그리고 우리 부부는 계속해서 아이를 갖기 위해 노력했지만 아내는 여전히 인형을 돌보고 있었다.

어느 날이었다. 회사 근무 중에 아내로부터 전화가 걸려왔고, 순간 느낌이 좋지 않았다.

"여보…"

"왜? 무슨 일 있어?"

"…나 또 임신했어."

"어…? 정말이야?"

"응. 요즘 구역질이 자꾸 나서 확인해봤더니, 벌써 7주차래. 잘 크고 있대."

"벌써 그렇게 컸다고? 오늘 일찍 퇴근하고 케이크랑 과일 사들고 갈게!"

아내의 전화를 받기 전, 느낌이 좋지 않았던 건 순 잘못된 예감이었다. 자리를 박차고 일어나 방방 뛰고 흥겨운 몸짓이라도 하고 싶었지만 주위 시선 때문에 그럴 수는 없었다. 지금까지 수도 없이 자연임신과 인공수정을 시도했지만, 임신이 된 다음 떠나보낸 세 아이들은 모두 4주를 넘기지 못했다. 그런데 아내가 다시 임신을 했다니, 그것도 자연임신으로, 벌써 7주차라니!

퇴근하자마자 급히 차를 몰고 집 근처 상가에서 케이크를 사들고 집으로 향했다. 문을 열어보니 아내가 현관 앞에서 활짝 웃으며 나를 기다리고 있었다. 나는 아내를 꼭 끌어안았다.

"아, 너무 꽉 안으면 안 되지."

너무 세게 안은 것 같아 몸을 다시 떼고 아내의 얼굴을 바라보았다. 오랜만에 보는, 기쁨으로 가득한 웃는 얼굴이었다.

"괜찮아. 안는다고 안 떨어져."

"이번 아기는 어떻게든 꼭 낳아서 잘 키워 보자."

"응."

오랜만에 느끼는 행복이었다. 이번 아이는 왠지 세상 밖으로 나올 수 있을 것 같다는 기대감으로 부풀었다. 갓 태어난 아이의 따뜻한 체온을 느껴볼 수만 있다면 다른 그 무엇도 더 이상 필요하지 않았다.

다만, 지금 이렇게 행복해도 될까 하는 불안감이 기저에 깔려있었다.

얼마 지나지 않아 뱃속의 아이는 딸이라는 것을 확인할 수 있었다. 인형은 중고 커뮤니티에 팔기로 했다. 아내가 임신한 와중에 가짜 아기가 집안에 함께 있어봤자 좋을 것이 없어보였다. 아내는 조금 아쉬워했지만, 결국 알겠다고 했다.

그리고 약 8개월 후, 아이가 태어났다. 아이는 무사히 세상 밖으로 나왔지만, 한 가지 인정해야 하는 안타까운 사실은 아이의 다리뼈와 근육이 다른 신체 부위에 비해 많이 약해서 다 자란 후에도 다리를 정상적으로 쓰지 못할 수도 있다는 것이었다. 실은 뱃속에서부터 태아의 상태가 온전하지 못하다는 것은 검사를 통해 알고는 있었지만 그렇다고 해서 이 아이를 절대로 보낼 수 없었다. 몸이 조금 불편해도 좋으니, 어떻게든 이 세상에 나와주길 바랐다. 태명은 엄마 뱃속에 끈끈하게 붙어서 잘 자라라는 뜻의 끈끈이였고, 본명은 진서로 지어주었다.

진서는 우리 부부의 사랑을 듬뿍 받으며 자라났다. 세 번의 유산을 겪고 어렵게 얻은 아이이니만큼 나와 아내는 진서를 귀하고 세밀한 공예품을 다루듯 대했다. 때가 묻거나 금이 가거나 부러질까 조심하면서 언제나 항상 진서를 바라보고, 안아주고, 만지고, 애정이 담긴 목소리를 들려주었다. 나는 진서가 태어난 후 '눈에 넣어도 아프지 않다'는 말을 어느 정도 이해하게 되었다. 만약 사악한 누군가가 우리 진서를 빼앗으려고 쫓아온다면, 나는 말 그대로 눈을 벌리고 눈꺼풀과 안구 사이에 진서를 집어넣어 숨겨도 아프지 않을 것 같았다. 이 없는 귀여운 잇몸을 드러내며 나를 보고 활짝 웃는 진서를 보고 있을 때면 이 아이를 위해 기꺼이 죽어도 좋겠다는 생각을 했다. 그리고 진서가 태어난 후 아내의 심리 상태는 언제 그랬냐는 듯 마치 다른 사람이 된 것처럼 호전되었다. 남들 다 겪는다는 산후우울증의 증세도 없었다. 잠든 진서를 토닥이며 아내가 이렇게 말한 적이 있다.

"진서를 계속 안고 있느라 손목에 통증이 오는 것도, 우는 진서를 달래는 것도, 새벽에 졸면서 수유를 하는 것도 모든 게 다 행복해. 너무 행복해서, 이 행복이 어느 날 갑자기 사라져버릴까 봐 무서울 정도야."

아내는 더 이상 슬픔에 울지 않았다. 대신 행복에 겨워 울었고, 진서를 너무 사랑해서 울곤 했다.

진서의 다리가 불편하더라도, 그 어떤 부모보다 아이에게 더 많은 사랑을 주기로 다짐했다. 진서는 우리에게 찾아온 천사이자, 신이자, 삶의 이유이자, 희망이었다. 진서가 없는 세상은 상상할 수 없는, 아니 상상하기도 싫은 지옥 같은 세상일 것이었다.

어느 날 퇴근하고 돌아와 보니 아내는 내가 온 것도 모른 채 진서를 안고서 소파에서 꾸벅꾸벅 졸고 있었다. 아내를 깨워 안방으로 보낸 다음 진서를 유모차에 태우고 엘리베이터에 올라탔다. 그리고 아파트와 아파트 사이에 있는 놀이터 주변을 천천히 돌았다. 아내와 함께 집안에만 있는 진서에게 가끔은 이렇게 밤하늘의 별도 보여주고 싶었다. 나에게 안긴 진서는 커다란 눈을 꿈뻑거리며 나와 함께 밤하늘을 올려다보고 있었다. 그 모습이 너무나도 사랑스러워서 가슴이 벅차올라 터져버릴 것 같았다.

애오옹

그때였다. 서늘한 감각이 가슴 안팎을 스쳐갔다. 나도 모르게 그 소리가 난 쪽을 돌아보니 그곳에 익숙한 고양이가 있었다. 내가 새끼를 벽돌로 내리쳐 죽인 그 얼룩고양이였다. 고양이는 낮은 콘크리트 담벼락에 올라선 채로 나를 보며 계속해서 울었다. 그 얼굴과 울음에는 증오심이 어려있었다. 정확히는 나를 향한 그 두 눈동자에 말이다. 그러나 그 고양이를 차마 쫓아내지 못했다. 나는 그럴 자격이 없었다. 나로 인해 자식을 잃은 고양이와, 새 자식을 얻은 나. 아무리 사람과 동물이라고 할지언정 너무나 대조되는 처지였다. 진서를 안은 나는 그 고양이를 바라보며 죄스러운 마음으로 빌었다.

미안하다. 내가 잘못했어. 정말 미안하다. 고양아…

그러나 고양이는 계속해서 나를 노려보며 울었다. 나는 그 시선과 소리를 애써 뒤로 하며 진서를 데리고 아파트 안으로 들어왔다.

진서는 계속해서 우리 부부에게 아이를 키우는 기쁨과 행복을 주었고, 우리 부부도 진서에게 부모로서 줄 수 있는 모든 사랑과 관심을 쏟고 있었다. 그런 와중에 이따금씩 내가 죽인 새끼고양이의 모습과 어미고양이의 얼굴이 뇌리를 스쳐가면서 죄책감을 자극했지만, 그럴 때마다 속으로 빌었다. 잘못했다고, 다시는 그러지 않겠다고.

지금 너무 행복해서 이 행복이 언제 사라져버릴지 무섭다던 아내의 말에 나도 격한 동감을 했다. 목숨이 아깝지 않은 내 딸 진서가 하루하루 자라는 모습을 바라보는 일, 그런 진서를 힘들게 낳아주고, 나를 사랑해주고, 상태가 많이 나아진 소중한 아내, 딱히 어려움 없는 사회생활, 불편한 곳 없는 우리 부모님…

나 또한 무서웠다. 이 행복이 정말로 어느 날 갑자기 사라져버릴까 봐.

나를 가지고 누군가가 장난질하듯, 매정하게도 그 행복은

오래 가지 못했다. 태어난 지 이제 반년이 된 진서의 건강검
진결과에서 심장 기능이 매우 약하다는 사실을 알게 된 것이
다. 다리도 불편한데, 신체에서 가장 중요한 기능을 하는 심
장마저 온전치 못하다니…. 당장 수술이 시급하지만, 큰 수술
을 감당하기에는 진서가 너무 어려 조금 더 지켜보자는 의사
의 말을 따르기로 했다.

우리 가족은 병원 주차장으로 돌아와 차에 올라탔다. 차 안
에는 절망에 의한 적막이 감돌았다.

"…진서 죽으면 나도 죽어."

뒷좌석에서 진서를 안고 있던 아내가 말을 꺼냈다.

"무슨 소리 하는 거야. 죽긴 뭘 죽어? 의사가 애 죽는다고
한 적 없잖아."

"당장 수술을 해야 한다며. 근데 당장 못 하잖아."

"좀 더 기다려 보자. 진서는 괜찮을 거야. 애 엄마가 뭘 그렇
게 극단적이야?"

"난 진서 없음 못 살아. 혹시 수술 기다리는 사이에 우리 진
서 어떻게 되면, 나도 따라 죽을 거야."

"그런 말 좀 하지 말라니까? 재수 없게!"

나도 모르게 큰 소리가 튀어나왔다. 아내는 잠시 말이 없더
니, 흐느끼기 시작했다.

"세 명이나 그렇게 떠나보냈는데, 그렇게 힘들었는데, 왜 또

진서까지 아파야 해? 혹시 누가 우리한테 저주 내리는 거야?"

진서도 따라 울기 시작했다.

"하아……"

"대체 내가 뭘 잘못했는데? 어?"

"여보, 그만해. 진서 울잖아. 일단 집에 가서 좀 쉬자."

차를 움직여 집으로 향했다. 아내는 계속해서 진서를 안고 울고 있었다. 아내가 진서를 낳기 전의 힘들었던 시기로 다시 돌아가 버릴 것만 같은, 아니 이미 돌아간 것 같은 불길한 느낌이 나를 망령처럼 감쌌다.

그날 밤, 나는 지난번처럼 진서와 함께 아파트 근처를 돌며 밤하늘의 별을 보고 있었다.

애오오

애오오오오우우우…

낯설지 않은 그 울음소리. 그 소리를 따라 시선이 닿은 것은 담장 수풀 속에서 나를 바라보며 울고 있는 그 얼룩고양이였다. 그러나 저번처럼 그 고양이에게 용서를 구하거나 사과하고 싶은 맘이 들지 않았다. 진서의 상태가 온전치 못한 만큼, 나의 심리적인 불안감과, 신이든 뭐든 어느 누군가에 대한 증오심과 적개심, 반발심이 이글거리고 있었기 때문이다.

그때였다. 고양이가 이쪽으로 쏜살같이 튀어오더니, 진서의 목을 물고 낚아챘다. 순식간에 일어난 일이었다. 고양이는 자신보다 크고 무거운 진서를 문 채로 잽싸게 도망쳤다. 바닥에 질질 끌리는 진서가 자지러지게 울었다.

"이 자식이!"

나도 그 뒤를 쫓았다. 감히 소중한 우리 진서를 저 조막만한 짐승 따위가 물고 도망가다니, 용서할 수 없었다. 잡히면 모가지를 비틀어 뽑아버릴 심산이었다. 잽싸게 달려가는 고양이의 꽁무니와 진서의 비명소리를 따라 계속해서 뒤쫓았다. 결국 고양이는 지하주차장 구석에 몰렸다. 고양이에게 목덜미를 물린 채 바닥에 끌린 진서의 울음소리가 주차장 안에 메아리쳤다. 나는 당장이라도 갈기갈기 찢어버릴 기세로 고양이를 노려보며 말했다.

"죽일 놈의 자식… 당장 우리 진서 이리 내. 오늘 네 모가지는 남아나지 않을 거다. 지근지근 밟아서 죽으로 만들어 줄게. 하찮은 짐승 새끼야."

고양이 역시 나를 노려보고 있었다. 이어서 진서의 목덜미를 물고 있던 입을 벌려 진서를 바닥에 내려놓았다. 그 모습을 보고 진서를 데려가려는 찰나, 날카로운 울음소리를 내며 고양이가 나를 향해 달려들었다.

"이 새끼가!"

안방이었다. 심장이 빠르게 뛰며 방망이질을 했고, 어스름한 달빛이 실내를 비추고 있었다. 옆에 놓인 아기침대에서 진서가 잠에서 깨 울기 시작했다.

"허억… 헉…진서는...?"

"여보… 왜 자다가 소리를 지르고 그래? 꿈 꿨어?"

눈을 반쯤 뜬 아내가 침대에서 일어나 진서에게 다가가며 갈라진 목소리로 말했다.

"하아… 꿈이었나 봐… 그 자식… 하아…."

"왜 그래? 깜짝 놀랐잖아."

아내는 우는 진서를 품에 안고 달랬다. 꿈이었지만, 진서가 무사해서 다행이었다.

"나 잠깐 나갔다 올게."

"이 시간에?"

"잠깐 바람 좀 쐬고 오게."

"…알았어."

신발장 안의 공구함에서 쇠망치를 꺼내들고 현관문을 나섰다. 심장은 여전히 쿵쿵 뛰고 있었다.

지금 당장 그 자식의 숨통을 끊어버려야 해.

엘리베이터를 타고 1층으로 내려와 놀이터 주변을 서성였다. 꿈에서 진서의 목덜미를 물고 낚아챘던 그 얼룩고양이든,

다른 고양이든 내 눈앞에 고양이가 보인다면 어떤 놈이든 당장 잡아서 망치로 찍어내릴 것이다. 한 마리든, 열 마리든 내 눈에 띄는 대로. 그리고 곤죽이 될 때까지 계속해서 내리칠 것이다. 흔적도 남지 않게. 피떡이 되도록.

계속해서 주위를 둘러보았다.

애오

순간, 어디선가 울음소리가 희미하게 들려왔다.

"숨지 말고 나와. 이 새끼야."

애오

"니가 안 나오면 내가 찾아낸다."

한손에 망치를 든 채로 울음소리를 따라갔다. 놀이터 벤치 뒤 수풀쪽으로 향하니 그 소리가 점점 가깝게 들렸다. 그곳에는 얼룩고양이가 한 마리 있었다. 자세히 보니 그 어미고양이는 아니었다. 새끼고양이라기엔 조금 크고, 다 큰 고양이라고 하기에는 체구가 조금 더 작았다. 얼룩무늬를 보니 그 얼룩고양이의 새끼인 것 같기도 했다.

애오

고양이는 계속해서 나에게 눈을 고정한 채 울었다.

내 집중력과 몸은 모든 신경을 곤두세우고 저 놈을 반드시 한번에 잡고야 말겠다는 의지로 이글거리고 있었다. 이어서 고양이에게 와락 달려들었다. 온몸을 던진 탓에 고양이의 몸통을 잡고서 함께 수풀에 쓰러졌다. 나에게 붙잡힌 고양이는 비명을 질러댔다. 고막이 찢어질 것 같은 불쾌하고 시끄러운 소리였다. 한 손으로 고양이의 몸통을 잡고 한 손으로 망치를 들고 고양이에게 휘둘렀다.

그리고 고양이의 절규와 움직임이 멎기까지는 그리 오랜 시간이 걸리지 않았다. 그러고도 계속해서 내리쳤다. 그러는 동안 내가 제일 처음 숨통을 끊었던 그 고양이의 두 눈이 눈앞에 아른거렸다. 여전히 증오에 차오른 그 두 눈동자. 고양이의 몸이 형체를 알아보기 힘든 피떡이 될 때까지, 나는 계속했다. 증오, 분노, 불안, 초조, 슬픔, 절망, 그리고 공포의 감정을 담은 망치질이었다.

나는 가쁜 숨을 몰아쉬며 수풀 속에 고양이의 사체를 내던진 후 집으로 돌아와 손과 망치를 씻었다. 나의 모든 분노와 광기를 그 어린 고양이에게 다 풀어냈다. 세면대에 흐르는 투명한 물에 피가 섞여 연한 분홍빛이 되며 배수구 안으로 흘러내려갔다.

세 번째 살육이었다.

진서는 언제나 조마조마한 우리 부부의 걱정과는 달리 큰 문제없이 잘 자라고 있었다. 어쩌다 갑작스럽게 심장이 멎을 수도 있으니 항상 예의주시하라는 의사의 말대로 우리는 진서에게 눈을 떼지 않았고, 다행히도 진서의 심장이 멎거나 발작을 일으키는 일은 없었다. 수술을 할 수 있을 때까지 무사히 잘 자라주기를, 아니 수술을 하지 않아도 될 정도로 건강히 잘 자라주면 얼마나 좋을까 하고 빌고 또 빌었다. 퇴근하고 돌아오면 진서에게 모든 관심을 쏟느라 동네 고양이건 강아지건 뭐든간에 신경을 쓰지 않게 되었다. 나의 유일한 관심사는 진서가 별 탈 없이 자라주는 것이었다. 내가 죽인 고양이들에 대한 죄책감 따위는 잊은 지 오래였다.

시간이 조금 더 흘러, 진서의 돌잔치도 어느덧 열흘 앞으로 다가왔다. 그동안 진서는 조금 불편한 몸으로도 여전히 우리 부부에게 무조건적인 사랑이 무엇인지 알려주고 있었다.

이미 퇴근 시간이 한참 지나 있었고, 나는 홀로 남은 사무실에서 업무시간에 미처 끝내지 못한 일을 보던 중이었다. 갑자기 마우스 옆에 놓여 있던 휴대폰에서 진동이 울리기 시작했다. 깜짝 놀라 심장이 잠시 쿵 내려앉는 듯 했는데, 왠지 모르게 불길한 느낌이 탁한 먹구름처럼 몰려왔다. 아내에게서 걸려온 전화였다.

"어, 곧 퇴근해."

"여보…"

아내의 목소리에는 울음이 묻어있었다.

"무슨 일이야?!"

"진서가… 진서가 숨을 안 쉬어…"

"뭐라고..? 지금 바로 나갈게!"

"어떡해… 어떡해… 여보…"

"얼른 구급차 불러! 바로 갈게!"

순간, 악몽 속에 들어와있는 듯한 참혹한 기분에 휩싸이며 심장박동소리가 귀에 들릴 만큼 빠르게 뛰기 시작했다.

이럴 수가… 어떻게 이런 일이. 진서가 위독하다니!

겉옷을 챙겨 입거나 모니터를 끌 새도 없이 당장 회사에서 뛰쳐나갔다. 회사와 집까지는 차로 1시간 남짓 걸리는 거리였다. 내 자신과, 도로에 일제히 빨간 불을 켜고 멈춰 있는 자동차들이 원망스러워졌다.

망할, 회사에서 왜 그렇게 먼 곳에 집을 구해버린 거지?

아니, 왜 굳이 집에서 이렇게나 먼 곳에서 출퇴근을 하고 있었던 거냐고! 망할, 망할, 망할!!!!!

감당할 수 없는, 미칠 것 같은 갑갑함에 나도 모르게 크락션을 두 주먹으로 내리쳤다. 고막을 찢는 굉음이 잠시 도로를 메웠다. 앞에 차들을 다 부수고 그 사이로 지나갈 수 있다면, 아니면 지금 바로 헬리콥터나 비행기를 탈 수 있다면, 하는 말도 안 되는 것까지 바랐다. 답답함에 자꾸만 핸들을 잡았다 놓았다 했고, 발을 덜덜 떨었다.

진서야, 제발 무사해야 해. 별 일 없어야 해.

이동하는 중에도 아내에게 계속 전화를 걸었지만 받지 않았다. 구급차를 불러 병원으로 향하고 있을지도 몰랐다.

아내가 계속 전화를 받지 않아 어느 병원으로 갔는지 알 수 없어 우선 집으로 돌아왔다. 다급히 현관문을 여니, 암흑이 펼쳐졌다.

집안의 불을 켰다. 그러자 식탁에 누군가 고개를 숙인 채 가만히 앉아있는 모습이 눈에 들어왔다. 그 모습이 아내라는 것은 금방 알 수 있었다.

"여보! 병원은?"

아내는 대답이 없었다. 황급히 신발을 벗어던지며 아내에게 달려갔다.

"당신, 구급차는 부른 거야? 진서는? 진서는 어떻게 됐어?"

이어서 아내의 앞모습과 마주한 나는 잠시 낯선 세상에 와 있는 것만 같았다. 매우 불길하고, 불쾌하고, 참혹한 어느 작은 지옥 말이다.

아내는 눈동자에 초점을 잃은 채 입가와 가슴팍에 잔뜩 피를 묻히고 입 안을 무언가로 가득 채워 우물거리고 있었다.

그런 아내의 품에는 작은 머리와 작은 어깨가 여기저기 음푹 패여 피떡이 된 어린 진서가 들려 있었다.

나는 모든 사고 회로가 정지된 듯, 강력한 냉동에 급속으로 꽁꽁 얼어버린 듯 몸을 움직일 수 없었다. 당신 지금 뭐 하는 거야, 정신 차려, 진서 내려놔, 이런 말도 나오지 않았다. 아무것도 할 수 없었다.

이건 꿈이야. 나는 지금 악몽을 꾸고 있는 거야.

애오오오오우우우우…

순간 들려온 울음소리를 따라 시선을 움직였다. 시선이 닿은 곳은 베란다였다. 그 한가운데에 고양이 한 마리의 형체가 보였다. 바로 나에게서 새끼를 잃은 그 어미고양이었다. 그것은 가만히 나를 노려보고 있더니, 곧이어 몸을 돌리고 폴짝 뛰어올라 난간 아래로 사라졌다.

옆에서는 짙고 비릿한 피 냄새가 풍겨오고, 여전히 무언가를 우물거리고 쩝쩝대는 아내의 입소리가 들려왔다. 내가 할 수 있는 일은 없었다. 그저 내 힘 빠진 두 다리가 나를 차갑고 어두운 거실바닥에 주저앉게 했다.

여덟 번째 이야기

네 명의 여자가 살고 있다

그 집에는 네 명의 여자가 살고 있다.

그곳은 서울 외곽 동네로, 낡은 주택이 빽빽이 모여 있는 경사진 동네에서 가장 높은 언덕 끝에 자리 잡고 있는 2층집이다. 양옆과 앞뒤에는 비슷한 집들이 바짝 붙어 있고, 모두 지어진 지 40년은 족히 되어 보이는 붉은 벽돌집이다. 바로 뒤에는 낮은 산이 동네를 떠받치고 있고, 하늘을 가리는 것이라고는 정돈되지 못한 전봇대의 전기선들뿐이다. 대문 바로 옆에는 금방이라도 터질 것 같은 종량제 봉투가 한 개 놓여 있고, 좁은 마당에는 한 평이 안 되는 작은 텃밭이 담벼락 두 면을 기대고 세모꼴로 자리잡고 있다. 그곳은 사람의 손길이 닿지 않은 듯 꽃 하나 없이 잡초만 무성하다.

62세의 명순은 아침식사 준비로 분주하다. 싱크대 옆 낡은 찬장 위에 놓인 라디오에서는 경박스러운 목소리로 쉴 틈 없이 떠들어대는 광고 소리가 흘러나오고, 뜨뜻한 된장국 냄새가 부엌을 거뜬히 넘어 거실까지 점령하고 있다. 밥솥에서는 요란하고 반복적인 소리를 내며 곧 밥이 다 지어진다는 것을 열심히 알리고 있다. 한참 분주하던 명순은 거실을 가로질러 걸어간 다음 방문을 연다.

"언제까지 잘 거야? 나와서 엄마 밥 차리는 것 좀 도와."

바닥에 누워 잠들어 있던 43세의 미선은 그 목소리를 듣고 미간을 찌푸리며 몸을 힘겹게 움직인다. 미선은 부은 눈으로 냉장고에서 반찬통들을 꺼내 식탁에 올린 다음 터벅터벅 소리를 내며 계단을 오른다.

"민아야, 일어나서 밥 먹어."

미선의 목소리에 침대에 누워 잠들어 있던 21세의 민아는 여전히 눈을 감고 누워 있다. 그리고 그 옆 아기침대에는 이제 태어난 지 반년이 된 1살 연서가 잠들어 있다. 미선이 민아의 엉덩이를 탁탁 때리며 깨운다.

"일어나. 얼른."

"으응…."

민아가 눈을 부비며 느릿느릿 몸을 일으킨다. 그 소리를 들은 연서가 울음을 터뜨리기 시작한다.

명순이 세 번째 공기에 밥을 담고 그것을 미선이 식탁 위로 옮길 때 계단에서 터벅터벅 내려오는 발소리와 연서의 울음소리가 겹쳐 들린다. 민아는 연서를 품에 안고서 의자를 당겨 식탁 앞에 앉고 잔뜩 갈라진 목소리를 낸다.

"나 지금 입맛 없는데….."

"그래도 지금 먹어. 이따 연서 젖 멕여야지."

네 사람이 식탁에 모두 모여있다. 된장국 위에 김이 모락모락 피어나고, 수저와 그릇들이 짤랑이며 부딪히는 소리가 들린다. 반찬을 씹는 소리와 민아가 연서의 작은 등을 빠르게 토닥이는 소리도 들린다.

명순은 가끔 생각한다.

60대 초반의 나이에 증손녀라니.

명순은 열아홉에 임신하여 스무 살에 첫 아이를 낳았다. 상대는 명순보다 여덟 살이 많은 남자였다. 그는 원래 첫째 오빠의 동네 친구였기에 그가 오빠를 따라 집에 종종 놀러온 적이 있었다. 열 살의 명순이 그를 처음 보았을 때 교복을 입은 열여덟 살 고등학생이었던 그는 '명순이 안녕. 나는 너네 오빠 친구 성택 오빠야' 하고 다정한 얼굴로 현관에서 자신을 소개했다. 큰 키에 훤칠한 외모, 다부진 턱이 소녀 명순의 어린 마음을 사로잡았다. 명순은 그날부터 그를 마음에 두기 시작했다. 명순은 종종 첫째오빠에게 '성택이 오빠는 또 언제 놀러 와?' 하고 물으면 옆에 있던 둘째오빠는 '너 성택이 형 좋아하냐?'하고 놀려댔다. 그러면 명순은 성을 내며 말했다. '안 좋아하거든! 그냥 물어보는 거야!'

그리고 명순이 중학교에 입학했을 때 그가 군복을 입고서 집에 놀러온 적이 있었다. 휴가를 맞이해 오랜만에 첫째오빠를 보러 찾아온 것이었다. 첫째오빠는 어릴 적 농기계에 오른쪽 엄지손가락이 빨려들어가 군대를 면제받았다. 그날도 그는 명순에게 '명순이 많이 컸네. 잘 지냈어?' 하고 다정한 얼굴과 목소리로 인사해주었다. 그의 어깨는 더욱 넓어져있었고, 더욱 근육이 잡혀 있었고, 턱은 더욱 다부져 보였다. 첫째오빠는 명순을 보더니 '얘 얼굴 왜 저렇게 빨개져?'하고 웃었다. 중학생 명순은 부끄러워 방으로 잽싸게 들어갔지만, 이어서 방문에 귀를 대고 첫째오빠와 그가 거실에서 나누는 대화를 엿들었다. '명순이가 많이 컸네.' 그의 말에서 자신의 이름이 들렸을 때 명순은 두근거림을 느꼈다.

명순이 갓 고등학생이 되었을 때 그는 스물다섯이었다. 군대에서 제대하고 취업준비를 하는 와중에도 그는 여전히 명순의 집에 놀러왔다. 그리고 그가 집으로 돌아갈 때, 명순에게 잠시 대문 앞으로 나와 보라며 손짓했다. 그리고 갈색 머리핀 하나를 명순의 손에 쥐어주었다. 그날을 계기로 명순과 그는 연인사이가 되었고, 명순이 고등학교를 졸업하기 직전 첫아이를 가졌다. 그가 혼자 살던 열 평 남짓한 방은 두 사람의 신혼집이 되었다.

명순의 배가 터질 듯 불러있을 때였다. 집에 전화가 걸려와 받아보니, 어떤 여자의 목소리가 들렸다. '여보세요? 거기 조성택 씨 집 아닌가요?' '네, 맞는데요.' '아, 예.' 전화는 금방 끊겼다. 그 순간부터 명순은 불길한 예감을 떨칠 수 없었다. 그것은 직감이었다. 퇴근하고 집으로 돌아온 그에게 이런 전화가 있었다고 말하자, '그냥 회사에서 온 전화겠지.' 하는 대답이 돌아왔다. 그러나 결국 그 찝찝한 예감은 들어맞았다. 얼마 지나지 않아, 술집에서 일하는 친구로부터 그가 낯선 여자와 여관방이 즐비한 거리를 함께 걷고 있었다는 말을 전해 들은 것이다. 집으로 돌아온 그에게 추궁하자마자 그는 별 대꾸도 없더니 명순을 두고 집을 나가버린 후 자취를 감추었다. 명순은 콱 죽고 싶은 심정이었지만 차마 죽을 수 없었다. 뱃속에 또 다른 사람이 있었기 때문이다. 명순은 잠시 이런 생각도 했었다. 뱃속에 있는 아이를 아빠 없이 키우느니 낳기 전에 지워야 할까. 아니면 낳자마자 입양을 보내거나 고아원에 보내야 할까. 그러다 결국, 우선 낳고 나서 결정하기로 했다. 이미 뱃속의 아이와 많은 대화를 나눠왔기에 차마 없앨 순 없었기 때문이다.

출산 당일, 죽다시피 하며 남편 없이 낳은 아이의 성별은 딸이었다. 명순은 죽을 것 같은 고통에 정신이 혼미한 와중, 자신의 피가 덕지덕지 묻은 아이의 모습과 그 배꼽에 달려있는 희끄무레한 탯줄을 보았다. 간호사가 내민 아이를 품에 안아들고 그 작은 얼굴과 마주한 명순은 아이를 차마 어딘가로 보낼 수 없게 되었다.

참 딱하고 못났다. 얘 나 없으면 어떻게 살까.

명순이 아이에게 처음 느낀 감정은 모성애도 아닌, 동정이었다.

명순이 남편 없이 아이를 낳은 것을 계기로 첫째오빠와 그의 사이도 완전히 단절되었다. 첫째오빠는 그 개놈의 자식, 뒤질 놈의 자식, 어떻게 우리한테 이럴 수 있어, 하며 분노를 참지 못했다. 그리고 그는 자식 얼굴이 궁금하지도 않은지 집에 한번을 찾아오지 않았다. 명순은 생각했다.

혹시 모른다. 나와 아이가 잠든 사이에 창 너머로 엿보고 갔을지.

그런 생각을 한지 얼마 지나지 않았을 때였다. 아이는 우는 것이 깨어있는 시간의 대부분을 차지할 정도로 줄곧 울어댔다. 명순은 어린 아기란 원래 이렇게 주구장창 울기만 하는 존재였나 싶었다. 울음으로 자신의 의사표현을 한다는 것은 익히 알고 있었으나 이 정도로 끊임없이 울 줄은 몰랐던 것이다. 그날은 평소보다 더욱 악을 쓰고 땀을 뻘뻘 흘리기까지 하며 울기에 동네 의원에 갔다. 다행히도 심하지 않은 감기였고, 주사를 맞힌 후 돌아오는 길에는 시장에 들렀다. 집으로 돌아와 보니, 분명 잠그고 간 현관문이 살짝 열려있었다. 그 사이 도둑이 들었나 싶어 얼른 방안을 살폈다. 없어진 것은 집에 남아있던 그의 옷가지들과 신발들이었다. 그가 다녀간 듯했다. 명순은 그날 살림이 조금 줄어든 집에서 아이를 안고 내리 울었다. 어린 명순에게 자상하게 대해주던, 손에 머리핀을 쥐어주던 그 성택오빠가 자신의 아이를 한 번도 보러 오지 않은 그 사람과 같은 사람이 맞는지 헷갈릴 지경이었다.

그래도 명순은 어떻게든 살아야 했다. 엄마마저 없다면 이 조그맣고 불쌍한 아이는 험한 세상을 살아갈 수 없는 노릇이었다. 이 아이를 위해서라도 이 악물고 살아가야 했다. 명순의 사정을 딱하게 여긴 동네 아주머니들은 일자리를 여기저기 알선해 주었다. 명순은 아이를 등에 업고 동네 시장 안 이불가게서 이불과 베개를 팔기 시작했다.

명순은 아주 가끔 남편의 꿈을 꾸곤 했다. 하지만 잠에서 깨고 나면 대부분의 기억이 사라져버리고, 남편이 나왔었구나 하는 정도였다. 애써 잊으려고 했는지도 몰랐다. 하지만 남편이 꿈에 나온 날은 하루 종일 기분이 착잡했다. 명순은 차라리 그가 어딘가에서 죽어버렸으면 싶었다.

아버지 없이 자란 아이는 명순보다 그를 더 많이 닮아있었다. 여자아이치고는 얼굴이 컸고 턱이 다부졌다. 명순은 쌍커풀이 있었고, 그는 없었다. 아이가 쌍커풀이 없는 것마저도 그를 닮아버린 것이었다. 명순에게는 억울한 일이었지만 딸의 외모는 아버지를 닮는다는 말이 그대로 들어맞는다는 것을 여실히 느꼈다. 그래서 아이의 얼굴을 보면 자연히 그가 떠올려질 수밖에 없었다. 그래서 가끔은 아이가 미웠다. 그러다가도 금방 다시 아이가 불쌍해졌다. 그리고 자신도 불쌍하다고 느꼈다. 그러고 보니 자신도 어릴 때 돌아가신 아버지의 얼굴을 그대로 물려받았다는 것을 떠올렸다.

명순은 삼 년 만에 그의 장례식장에서 그의 얼굴과 다시 마주할 수 있었다. 죽어버렸으면 했던 그가 정말로 죽은 것이었다. 눈이 흠뻑 내린 이튿날, 빙판길이 된 다리 위 도로를 빠르게 지나다 미끄러져 가드레일을 뚫고 그대로 강에 추락했다고 한다. 조수석에는 여자가 타고 있었고, 둘은 나란히 저세상으로 갔다. 그 소식은 신문에도 실렸다. 그 시절에는 보험제도 같은 것이 제대로 마련되지 않았던 때였기에 사망보험금 같은 것은 한 푼도 받지 못했지만, 회사 사람들이나 지인들이 찾아와 위로금을 건네주었다. 그와 마찬가지로 삼 년 만에 장례식장에서 마주한 그의 부모는 양심이라도 있었던 모양인지 그 위로금을 전부 명순에게 건네주었다. 자신들의 못난 아들 때문에 고생한다는 것과 손녀를 잘 키워달라는 의미에서인 듯했다.

명순은 계속해서 악착같이 돈을 벌고 아끼며 생활했다. 매달 나가는 월세의 부담이 적지 않았고, 아이를 아버지 없이 키우는 대신 집이라도 장만해야겠다는 결심을 굳혔기 때문이다. 명순은 남편의 부조금에, 그동안 저축한 돈, 그리고 어머니와 형제들의 도움으로 목돈을 마련해갔다. 그나마 세 남매 중에서 가장 형편이 넉넉하며 항상 명순에게 미안한 마음을 갖고 있던 첫째오빠가 큰 도움을 주었다. 명순은 생각했다.

잘못을 저지르면 반드시 대가를 치르게 되어 있다. 또, 그의 죽음을 계기로 나에게 또 다른 목표가 생겼다.

이불가게에서 떡집으로, 떡집에서 식당으로, 식당에서 자신의 식당으로. 명순은 서른의 나이에 자신의 가게를 갖게 되었다. 명순이 일하던 식당은 찌개가 전문이었는데, 주인할머니가 이제 나이가 들어 장사하기가 힘들고 자식들은 이미 다른 일을 하고 있다며 명순에게 가게 인수를 제안한 것이었다. 그 금액이 생각보다 그리 부담되지 않았고, 주인과의 사이도 원만하게 이어왔기에 결국 가게를 인수하기로 했다.

주인이 바뀌어도 장사는 평행선을 유지하며 나름 잘 굴러갔다. 결국 명순은 아이가 중학교에 입학할 무렵, 여태 모은 돈에 대출까지 껴서 서울 변두리에 작은 2층 단독주택을 샀다. 그녀의 나이 서른세 살 때였다. 그곳은 전 주인이 새로 짓고 10년 동안 머물렀던 집이었다. 명순은 전 주인이 떠나가고 텅 빈 그 집을 아이와 함께 쓸고 닦으며 생각했다.

홀로 아이를 키우며 돈을 벌고 또 아끼느라고 내 젊음을 다 허비했다고 생각하지는 않는다. 대신 딸과, 식당과, 이 집이 내 청춘 그 자체다.

◆

어린 미선은 조금 의아했다. 유치원 선생님도 친구들도 왜 항상 엄마와 아빠를 붙여 말하나 싶었다. '엄마아빠께 사랑한다고 말씀드렸나요?' '이거 울 엄마아빠가 사줬어.' '우리 엄마아빠가 갈쳐줬어.' 아빠가 없는 미선에게는 '아빠'라는 단어를 입에 올릴 일이 없었다.

다들 엄마만 있는 게 아니라 아빠도 있나? 엄마가 나를 낳고, 밥을 먹여주고, 씻겨주고, 돈도 벌어오는데 남자인 아빠는 어디에 쓰이는 걸까? 어디에 필요할까? 아기도 여자 혼자 배가 점점 불러오다가 어느 날 빵, 하고 낳는 걸로 알고 있는데.

미선이 초등학교에 들어간 지 얼마 되지 않아 '부모님'의

'부'는 아빠, '모'는 엄마라는 것을 배웠다. 그리고 왜 다들 '엄마아빠'라고 붙여 쓰는지도 알게 되었다. 반 아이들은 대부분 엄마도 있었고 아빠도 있었기 때문이다. 그래서 미선은 어느 날 엄마에게 물었다. '엄마, 우리 가족은 왜 아빠 없어?' '왜? 애들이 뭐라고 해?' '그건 아닌데 다른 애들은 다 아빠 있어.' '우리처럼 아빠 없는 가족들도 많아. 이상한 거 아니야.' 엄마의 대답에서 아빠가 왜 없는지에 대한 이유를 정확히 알 수는 없었지만 어린 미선은 얼추 답을 받아냈다고 느꼈다.

미선은 아빠라는 존재의 부재를 딱히 느끼지 않고 있었다. 그러나 학년이 오르면 오를수록 아빠가 없다는 게 왠지 잘못으로 느껴졌다. 어느 날, 반 선생님이 미선을 교무실에 따로 불러 앉힌 다음 물었다. '미선이는 아버지가 안 계시니?' '네. 엄마만 계세요.' '아버지가 일찍 돌아가셨니?' '몰라요. 그냥 어릴 때부터 안 계셨어요.' '아버지 얼굴은 혹시 기억하니?' '아니요. 사진도 없어요.' '집안에 문제는 딱히 없니?' '잘 모르겠는데⋯ 딱히 없어요.' 왜 선생님이 아빠에 대해 집요하게 캐묻는지 잘 알 수 없었지만 그 시선과 말투에서 왠지 자신을 안쓰럽게 보고 있다는 느낌은 초등학교 저학년의 미선도 충분히 느낄 수 있었다.

그리고 다음 해, 미선과 짝꿍이 되어 새로 친해진 친구의 집에 학교 수업을 마치고 놀러간 날이었다. 그곳은 미선의 집보다 두 배는 넓은 아파트였다. 그 집에서 친구와 그림도 그리고 인형놀이도 하고 텔레비전도 보며 시간가는 줄 모르게 놀았다. 저녁도 먹고 가라는 친구 엄마의 말에 저녁밥을 기다리고 있을 때, 누군가 현관문을 열고 들어왔다. 친구의 아빠였다. 친구는 아빠가 오자마자 현관으로 달려가 그의 허리를 덥석 안았다. 친구의 아빠도 친구를 들어올려 입에 뽀뽀를 했다. 그 모습을 지켜보던 미선도 그에게 천천히 걸어가 인사를 했다. 그러자 그는 친구를 바닥에 내린 후 미선의 정수리를 쓰다듬으며 다정하게 말했다. '네가 우리 ○○이 친구구나. 재밌게 놀고 있었니?' 미선은 친구와, 친구 엄마와, 친구 아빠 사이에 낀 채 밥을 먹었다. 친구의 집에서 이토록 오래 놀아본 것도 처음이었고, 이런 구성원으로 밥을 먹는 것도 처음이었다. 미선은 그 전까지 밥을 같이 먹었던 구성원 중에 어른 남자가 있던 적이 거의 없었기 때문이다. 친구의 부모님은 친절하게 대해줬지만, 왠지 자신이 그 사이에 낀 불청객 같은 느낌이 들었다. 그리고 무엇보다, 친구가 부러웠다. 자신이 갖고 있지 않은, 크고 다정한 남자 아빠를 친구는 갖고 있었으니까. 밥을 다 먹고 나서 얼마 지나지 않아 일을 마친 엄마가 미선을 데리러 왔다. 현관문 앞에서 친구와, 친구 엄마와, 친구 아빠는 미선에게 언제든 또 놀러오라고 했다. 엄마도 허리를 연신 숙이며 친구네 가족들에게 인사를 했다. 엄마 손을 잡고 가로등 불빛을 받으며 집으로 걸어가던 미선은 아빠라는 존재의 의미에 대해 깨달았다.

아빠란 엄마보다 조금 더 크고 성별도 다르지만 비슷한 존재구나, 저런 말투에 저런 행동을 하는구나.

미선은 그날 처음으로 아빠의 부재를 느꼈다.

미선이 초등학교 고학년이 되었을 무렵 엄마는 일하던 식당의 주인이 되었고, 중학교에 입학한지 얼마 되지 않았을 무렵에는 엄마가 집을 샀다. 그 집은 낡고, 좁고, 언덕도 높고, 가장 가까운 버스 정류장이 걸어서 5분 정도 걸렸지만 작은 마당도 있고 1, 2층도 있고, 옥상도 있었다. 짐을 다 옮긴 날, 그 집에서 엄마와 피자를 먹었다. 엄마가 피자를 시켜준 건 미선의 14년 인생 처음이었다. 그런데 엄마가 피자를 먹다 말고 울기 시작했다. 엄마가 서럽게 우니까 미선도 따라서 눈물이 났다. 피자에서 축축하고 짠 눈물 맛이 났다.

얼마 후, 미선은 꿈을 꿨다. 바다인지 강인지, 물속에서 혼자 헤엄치고 있었다. 그런데 물속 저편에서 누군가 이쪽으로 다가오는 것이 보였다. 점점 가까워지는 그 누군가는 어떤 남자였다. 처음 보는 사람이었지만, 왠지 낯설지 않은 느낌이 들었다. 그 남자는 한동안 미선의 얼굴을 빤히 바라보고 있더니 서서히 물 아래쪽으로 잠기며 그 모습이 어둠에 묻혔다. 며칠 후, 미선은 엄마에게 얼마 전에 이런 꿈을 꿨다며 꿈 내용을 말했다. 그 말을 듣고 있던 엄마의 미간에 살짝 주름이 접혔다.

사춘기를 보내고 있던 미선은 거울을 볼 때마다 자신의 얼굴과 턱이 다른 여자애들에 비해 조금 크지 않나 하는 생각이 들었다. 손으로 턱을 가려야 조금 괜찮아보였다. 그리고 엄마가 어린 미선을 보며 자신과 닮은 구석을 찾지 못했듯이, 미선 스스로도 엄마와 닮은 구석을 못 찾아냈다.

여전히 엄마는 미선에게 아빠의 생사 여부를 알려주지 않고 있었고, 미선은 여고에 진학했다. 여전히 그 집에서 살고 있었고, 여전히 30대인 엄마는 계속해서 식당을 운영하고 있었다. 엄마는 다른 친구들의 엄마보다 조금 어린 편이었지만, 나이는 훨씬 들어보였다. 엄마가 왜 제 나이보다 더 들어 보이는지 그 이유를 알 것도 같았던 미선은 학교를 마친 후 가끔 식당 일을 돕곤 했다.

엄마의 식당 바로 앞에 더 크고 종업원이 더 많은 식당이 생긴 이후로 매출은 점점 떨어졌다. 미선은 대학에 진학하지 않고 돈을 벌기로 마음먹었다. 차마 이런 상황에 엄마에게 대학에 보내달라고 할 수도 없는 노릇이었고, 어차피 공부에 별로 흥미도 없었다. 차라리 한 살이라도 빨리 돈을 버는 게 나아보였다. 결국 미선은 3학년에 올라가기 직전에 제과공장에 취직했고, 학교에 자퇴서를 냈다. 그리고 얼마 후 엄마는 식당을 처분하고 지인의 식당에서 일하기 시작했다. '차라리 남 밑에서 월급 받고 일하는 게 더 속편해.' 엄마의 그 말에 미선의 마음은 미어졌다. 식당을 완전히 처분한 그날 밤, 안방에서 엄마가 흐느끼는 소리를 미선이 들었기 때문이다.

공장과 바로 그 옆에 붙어있는 기숙사를 오가며 일한지 3년차가 되었을 무렵, 미선은 모은 돈의 일부를 엄마에게 주고, 대부분을 병원에 지불했다. 큰 턱이 항상 콤플렉스였던 미선이 자신의 턱을 깎아냈기 때문이다. 부기가 어느 정도 가라앉은 자신의 얼굴을 본 미선은 기대했던 것만큼은 아니어도 더 이상 거울을 보며 손으로 턱을 가리지 않아도 되어 나름 만족스러웠다. 물론 사전에 엄마에게 밝히지 않았다. 수술 후 두 달 만에 찾아간 집에서 만난 엄마는 금방 미선의 얼굴 변화를 알아차렸다. 그리고 죽으려고 작정했냐며 미선의 등을 마구 때렸다. '그래도 여전히 니 아빠 얼굴은 좀 남아있다.' 조금 진정된 엄마의 입에서 나온 말이었다. 그리고 그날, 미선은 엄마로부터 아빠의 얘기를 전해들었다. 자신의 아빠가 큰 삼촌의 친구였다는 것, 엄마가 자신을 임신하고 있을 때 그가 바람을 피웠다는 것, 그리고 자신이 네 살 때 아빠는 상간녀와 함께 강에 빠져 죽었다는 것, 그래서 미선이 어릴 적에 말한 꿈 얘기를 듣고 엄마가 섬뜩함을 느꼈다는 것, 이 집은 엄마가 벌어온 것도 있지만 아빠의 죽음값도 어느 정도 있다는 것… 아빠가 살아있는지도 죽었는지도 모르고 살아왔던 미선에게 엄마가 해준 얘기는 모두 처음 듣는 것이었고, 생각보다 충격적이었다.

'미선아, 너는 정말 남편 잘 만나야 된다. 제발 부탁이니까 엄마 팔자 닮지 마.'

엄마는 말끝에 그렇게 덧붙였다.

스물두 살이 된 미선은 공장 관리직으로 온 근형과 사귀게 되었고 그는 미선보다 여섯 살 위였다. 퇴근 후 그의 차를 타고 함께 드라이브를 가거나, 함께 영화관이나 자동차극장에서 영화를 보고, 함께 다양한 메뉴의 식사를 하고, 함께 여러 군데의 숙박업소를 다니면서 만난 지 5개월이 되었을 때 임신 사실을 알았다. 미선은 이 사실을 엄마에게 바로 알릴 수 없었다. 남편을 잘 만나야 한다던 엄마의 말은 신중하게 남자를 만나고 신중하게 결혼하라는 뜻이란 걸 알았기 때문이다. 하지만 미선은 마냥 그가 좋았고, 이미 배에 자리잡은 아이도 보내기 싫었다.

결국 미선은 근형과 함께 엄마가 홀로 살고 있는 그 집으로 가서 임신 소식을 밝혔다. 그 말을 들은 엄마는 근형이 앞에 있는데도 서럽게 울기 시작했다. 그러자 그가 엄마 손을 붙잡고 말했다. '장모님, 제가 잘 하겠습니다. 걱정 마세요.' 하지만 엄마는 쉽게 울음을 그치지 못했다.

미선과 그는 곧바로 혼인신고를 했지만 결혼식은 올리지 않았다. 미선도 그도 형편이 빠듯했기 때문이다. 점점 배가 불러온 미선은 공장 일을 그만두었고, 병원에서 뱃속 아이의 성별이 딸이라는 걸 알았다.

배는 산처럼 불렀고, 출산예정일이 얼마 남지 않을 때였다. 새벽 두 시가 넘어 집에 돌아온 근형은 얼굴이 빨갛고 혀는 잔뜩 꼬여있었다. 요상한 노래를 부르며 씻지 않고 옷도 갈아입지 않은 채 그대로 침대에 누우려는 그의 모습을 보니 더욱 열이 올랐다. 연락도 안 되는 그를 잠도 못 자고 기다리고 있었기 때문이다. 미선이 화를 참지 못하고 그를 타박했다. '만삭 아내 놔두고 어딜 쳐 놀다가 들어와?' 그러자 누워있던 그가 침대에서 벌떡 일어났다. '뭐? 니 방금 뭐라 지껄였냐? 쳐? 쳐 놀다가?' 이어서 그의 손바닥이 미선의 뺨을 세게 후려쳤다. '이 쌍년이. 남편이 돈 벌러 나가서 술 한잔 마시고 온 거 가지고 대들어?' 처음 보는 근형의 모습이었다. 미선은 공포에 온몸이 부들부들 떨렸다. '당신 지금 나 쳤어...?' '그래, 쳤다. 이년아.' 그는 미선을 바닥에 쓰러뜨린 후 모로 누운 그녀의 몸을 발로 차기 시작했다. 그러자 미선은 소리를 지르며 배를 감쌌다. 뱃속의 아이는 어떻게든 지켜야 했다. '돈 버는 게 어디 쉬운 줄 알어? 매일 집에만 있는 게. 씨팔.' 미선은 자신과 뱃속의 아이에 대한 생명의 위협에 계속해서 비명을 질렀고, 계속 이대로 맞고 있다가는 정신을 잃겠구나 싶었다. 정신이 아득해져갈 때쯤, 현관문 너머로 '경찰입니다.' 하는 소리에 그의 행동이 멈췄다. 이웃 누군가가 신고한 모양이었다. 문을 열지 않으면 문을 따고 들어가겠다는 경찰의 말에 그가 순순히 현관문을 열었다. 집안에 경찰 세 명이 들이닥쳤고 남편은 경찰서로, 미선은 배를 움켜잡은 채 병원으로 옮겨졌다.

다행히 의사로부터 아이에게 큰 문제는 없다는 말을 들었다. 며칠 후, 입원해있던 미선에게 그가 과일바구니와 꽃다발을 들고 찾아왔다. 미선의 곁에는 엄마도 있었다. '무슨 낯짝으로 여기까지 찾아와?' 엄마가 그에게 다그쳤다. 그는 여전히 고개를 돌리고 있는 미선을 앞에 두고 무릎을 꿇었다. '장모님, 정말 죄송합니다. 여보. 내가 정말 죽을죄를 지었어.' '자기 아내 때린 걸 기억도 못하는 놈이 무슨 사과를 한다고 그래? 얼른 돌아가.' 엄마는 미선 대신 근형에게 소리쳤다. 미선은 목울대가 뜨거워지는 것을 느꼈다.

근형의 거듭되는 사과에 결국 미선은 그를 용서하기로 했다. 그리고 다시는 술을 마시지 않겠다는 약속을 받아냈다. 정신이 멀쩡할 때에는 한없이 다정한 남자였고, 태어날 아이를 자신처럼 아빠 없이 키우고 싶지 않았기 때문이다. 그리고 예정일보다 이틀 전에 아이를 출산했다. 그리고 미선의 아이를 포함해 그 해에 태어난 아이들은 모두 '밀레니엄 베이비'라는 칭호가 붙었다.

아이는 사랑스러웠다. 미선은 잠든 아이의 얼굴을 볼 때마다 어떻게 이런 예쁜 생명체가 내 배에 생겨나서 자라났나 싶어 신기했다. 그리고 아이의 얼굴에서는 미선 자신보다 엄마 명순의 얼굴이 더 많이 보이는 것도 신기했다. 미선은 매일 아이에게 젖을 먹이고, 남편의 밥을 차리고, 아이를 달래고, 집안을 청소하고, 아이를 재우고, 빨래를 하면서 생각했다.

이 방이 꼭 작은 공장 같다.

그리고 그의 폭력성이 다시 고개를 든 것은 아이가 집안을 기어다니며 여러 물건들을 만지고 입에 넣는 데에 한참 재미가 들렸을 때였다. 그는 공장 동료들과 또 다시 술을 마시고 새벽에 집에 들어왔다. 다시는 술 안 먹기로 약속하지 않았느냐, 하고 다그치는 미선의 뺨을 또 때리고, 쓰러뜨리고, 발로 밟았다. 그 광경을 지켜보던 아이는 옆에서 악을 쓰며 울었다. 또 다시 집에 경찰들이 들이닥쳐 그를 데려갔고 미선은 아이와 함께 병원으로 옮겨졌다.

미선은 똑같은 실수를 반복한 그를 도저히 용서할 수 없었다. 다음 날 정신을 차린 그가 미선의 치맛자락을 붙잡고 울며 잘못했다고 빌고 애원해도 미선은 그의 말을 더 이상 듣고 싶지 않았다. 그라는 존재가 미선 자신의 목숨을 위협하는 공포스러운 존재가 되어버렸기 때문이다. 결국 미선은 그에게 이혼소송을 했고, 아이와 함께 기숙사에 들어가기 전까지 살던 그 집으로 들어갔다. 그 다음해, 스물다섯 살이 된 미선은 완전히 그와 남이 되었다. 하지만 그가 아이의 아빠라는 사실만큼은 없던 일로 할 수는 없었다.

　엄마는 그 집으로 다시 돌아온 미선에게 예전처럼 밥을 차려 먹이고, 빨래를 해주고, 방을 청소해주었다. 깊은 우울감에 시달리는 미선은 할 줄 아는 일이 아무것도 없어진 사람처럼 무기력해졌기 때문이다. 그래도 아이에게 젖을 먹이고, 달래고, 재우면서 엄마의 본분만큼은 어떻게든 해나가려고 애썼지만 가끔씩 아이의 울음소리가 악마의 무시무시한 사이렌처럼 들려올 때가 있었다. 그 소리는 남편에게 맞던 그 순간을 떠올리게 했다. 미선은 그럴 때마다 스스로 이성의 끈을 놓지 않으려고 애썼다. 엄마는 미선에게 '그러게 엄마가 남편 잘 만나라고 했잖니' 따위의 말은 꺼내지 않았다. 이제 와서 그런 타박은 아무런 소용이 없었고, 오히려 미선의 심리 상태를 악화시킬 뿐이었기 때문이다. 그동안의 사정을 알 리 없는 아이는 점점 몸집이 커지며 성장하고 있었다. 혼자 일어서고, 아장아장 걷고, 직접 숟가락을 들어 밥을 먹고, 단어에서 문장으로 말하며 자신의 의사를 표현할 줄 알게 되었다. 하지만 그 아이는 미선 혼자만의 아이는 아니었다. 그는 종종 미선에게 전화를 걸어 아이의 안부를 물어왔고, 아이와 자주 만나고 싶어 했다. 이미 그는 미선에게 떠올리기도 싫고 꼴도 보기 싫은 쓰레기보다 못한 존재가 되었지만 미선은 한 달에 두 번씩 그에게 아이와 만날 기회를 주었다. 법원이 그러라 하니 그래야 했다. 그에게 아이를 데려가고 데려오는 일은 주로 엄마 명순이 도맡았다.

어느 날, 동네에 작은 카페가 생겼다. 아이와 함께 들어가 보니 네 평 정도 되는 아담하고 예쁜 공간이었다. 그 후로 그곳에 자주 드나들게 되자 주인과도 언니동생 하는 사이가 되었다. 주인 언니는 미선보다 세 살 위였지만 아이는 없었다. 언니와 서로의 가정사를 밝히고 고민상담을 주고받으며 둘 사이는 점점 돈독해졌다. 미선은 언니가 살아온 인생이 자신의 인생에 비해서는 평탄한 편이라고 생각했다. 언니는 아버지가 안 계시거나 이혼을 겪었거나 미혼모도 아니었다. 언니의 고민상담 주제는 주로 연애였다.

그리고 두 해가 흘러 아이가 유치원에 들어갔을 때, 미선은 언니로부터 가게를 내놓는다는 얘기를 들었다. 곧 결혼과 이사를 앞두고 있기 때문이라고 했다. '미선이 네가 해볼래? 싸게 넘겨줄게. 권리금 500에 보증금 1000, 월세 30이야. 월세에 공과금 빼고 재료값 빼고 나면 순이익은 매달 평균 100 조금 안 되게 떨어져. 그래도 많이 벌 땐 200 번 적도 있고.

남 같으면 더 불려서 말할 텐데, 미선이 너라서 솔직하게 말하는 거야. 그리고 이거 하려면 바리스타 자격증이 필요한데 커피는 내가 다 가르쳐줄게. 이 카페를 인수하든 안하든 언젠가 필요할 수도 있으니까 자격증은 따놓는 걸 추천해. 아무튼 강요 안 할 거니까 신중하게 고민해 봐.' 미선은 그 말에 꼬박 한 달을 고민했다.

 아무리 언니랑 친하다고 하지만 혹시 사기는 아닐까. 아니야, 장사가 안 되는 건 아니었어. 나랑 언니랑 수다를 떨다가도 손님이 계속 와서 말이 끊길 때가 많았으니까. 아무래도 모르는 사람보다 아는 사람한테 양도받는 게 낫겠지. 지금 양육비는 턱없이 부족하고, 애 키우려면 나도 고정적인 소득이 있어야 하고, 더 이상 엄마에게 금전적으로 기댈 수도 없고. 대학도 안 나오고 공장 다니던 내가 할 줄 아는 게 뭐지? 이대로 능력 없는 싱글맘이 될 순 없어. 멀쩡한 직업이라도 하나 있어야지. 그래, 좀 있어보이게 커피라도 내리자. 요즘 카페사업도 서서히 떠오르고 있으니까.

 결국 미선은 그 카페를 인수하기로 했고, 언니의 도움으로 바리스타 자격증도 따냈다. 그리고 얼마 지나지 않아 언니의 결혼식에 초대받았다. 결혼 상대는 언니와 헤어지고 다시 만나기를 열 번 이상 반복한 사람이었다. 언니는 미선에게 카페를 이어받아줘서 고맙다며, 축의금을 거절했다. 그때 미선의 나이 스물일곱이었다.

어느 날 유치원에서 돌아온 아이가 미선에게 어느 그림책을 보여주며 물었다. '엄마, 이 책에서 엄마랑 아빠랑 서로 사랑해서 내가 태어났대. 그리구 엄마랑 아빠는 한 집에 산대. 진짜야?' 그 질문을 받은 미선은 심장이 쿵 하고 내려앉는 기분이었다. 아이가 내민 그림책을 보니 엄마와 아빠는 서로 사랑해서 아이를 낳았으며 한 집에 살면서 매일 함께 지낸다는 내용이었다. 미선은 아이에게 이렇지 않은 집도 많다고 알려준 다음 아이 모르게 유치원에 전화를 걸었다. '선생님, 안녕하세요. 저 민아 엄만데요. 오늘 민아가 집에 그림책을 가져왔더라구요. 그런데 그 내용이 민아가 이해하기엔 좀…. 선생님, 제 말씀이 무슨 뜻인지 아시겠죠……'

아이가 초등학교에 들어간 해에 미선은 간간이 연락을 이어오던 공장 동료로부터 전남편이 새 가정을 꾸린다는 소식을 전해들었다. 전남편으로부터 양육비는 꾸준히 받고 있었지만 아직 직접적으로 그 얘기를 듣진 못했다. 작년부터 아이와 만나겠다는 연락이 조금 줄어들었나 싶었는데 결국 그렇게 되는 모양이었다. 아무래도 아이 아빠의 재혼 소식은 기분이 썩 유쾌하진 않았다. 하지만 그의 새 여자도 얼마 지나지 않아 그의 본모습을 보게 될 것이라는 예감이 들었다. 그리고 얼마 후 그가 아들을 낳았다는 소식이 들려왔다.

어느덧 미선은 30대 중반이 되어있었고, 아이는 중학교에 들어갔다. 주인 언니에게 물려받은 그 작은 카페는 10년째 미선의 가족에게 버팀목이 되고 있었지만, 미선은 무리를 해서라도 카페를 대로변으로 옮기려는 생각을 예전부터 하고 있었다. 공간을 지금보다 두세 배는 더 넓히고, 상호명도 바꾸고, 더 좋은 위치에서 다시 시작하고 싶었다. 결국 스무 개 이상의 매물을 돌아본 후 한 곳을 택해 그 자리에 카페를 다시 차렸다. 다행히도, 구석에서 바깥으로 나온 만큼 손님도 제법 늘었다. 세월이 흘러 물가가 오르고 자리도 좋아진 만큼 월세는 몇 배로 높아졌지만, 감당해낼 자신은 있었다. 미선은 계속해서 음료를 팔았고, 가끔은 아이가 도와주곤 했다. 하지만 언니와는 더 이상 연락하지 않고 있었다. 언니는 서울에서 교육열이 높다는 동네의 아파트에 살며 초등학생 아들의 교육에 전념하고 있었고, 회사원인 남편과도 잘 지내는 듯 보였다. 부족함 없이 행복하게 사는 언니와 수다를 떨어봤자 미선에게 남는 것은 자괴감뿐이었다. 그래서 언니와의 연락을 서서히 끊어냈다. 미선이 전화를 받지 않는 횟수가 늘어나자 언니도 전화를 걸어오지 않게 되었다.

아이가 고등학교 2학년이던 해였다. 오랜만에 그에게서 전화가 걸려왔다. '나 곧 캐나다로 이민 가. 애 교육 때문에. 다음달에 1000만원 보낼 테니까 민아 대학교 갈 때 보태. 그리고 이제 더 이상 양육비는 보내기 힘들어.' 캐나다로 가는 것이 그의 뜻은 아닐 게 분명했다. 그의 새 여자는 아무래도 자녀교육에 욕심이 꽤 많은 모양이었다.

아이를 낳고, 이혼을 하고, 홀로 아이를 키우며 미선은 항상 생각했다.

아무래도 나는 엄마가 걸었던 발자국을 그대로 뒤따라 밟고 있는 것 같다. 엄마는 여태 정말, 딱, 이런 심정으로 날 길렀겠구나.

◆

어린 민아는 이 세상 모든 엄마와 아빠는 원래 따로 떨어져 사는 건 줄로만 알았다. 그 그림책을 읽기 전까지는. '엄마와 아빠가 서로를 만나고, 서로를 사랑해서 내가 태어났어요. / 엄마와 아빠와 나는 한 집에 살면서 매일 함께 시간을 보내요. / 매일 서로의 얼굴을 보고, 같이 밥을 먹고, 같이 여행을 다녀요. 우리는 가족이에요.' 민아는 그 동화책을 들고 유치원 선생님에게 다가가서 페이지를 펼쳐보이며 물었다. '선생님. 원래 엄마 아빠는 같이 살아요?' 선생님은 잠시 동화책을 훑더니, 이렇게 대답했다. '같이 살 수도 있고 따로 살 수도 있어요. 가족마다 달라요.' 아마 민아의 사정을 대충 알고 있는 모양이었다. '선생님, 저 이 책 빌려가도 돼요?' 민아가 묻자 선생님은 난처해졌다. '어… 그래요. 대신 다 읽으면 꼭 유치원에 돌려줘야 해요.'

그날 유치원에서 돌아온 민아는 엄마에게 동화책을 펼쳐보이며 물었다. '엄마, 이 책에서 엄마랑 아빠랑 서로 사랑해서 내가 태어났대. 그리구 엄마랑 아빠랑 나랑 한 집에 산대. 진짜야?' 그러자 엄마의 얼굴이 순간 굳어지는 것이 보였다. 엄마는 동화책을 건네받고 조금 살펴본 다음 민아에게 물었다. '이 동화책 어디서 났어?' '유치원에서 빌려왔는데.' '엄마랑 아빠랑 같이 사는 집도 있고 안 그런 집도 많아. 민아는 아빠 대신 할머니가 계시는 거지.' 다음 날 민아는 동화책을 유치원에 돌려놓았지만 그 책은 책장에 다시 꽂히지 않았다.

가끔 민아는 밖에서 아빠를 만나고 집으로 돌아왔다. 한 달에 두 번 정도 만나는 아빠와 차를 타고 짜장면집에 가고, 돈까스집에 가고, 스파게티집에 가고, 놀이동산에 가거나, 수족관에 가거나, 강가나 바다에 가곤 했다. 아빠와는 주로 맛있는 것을 먹거나 신나는 곳, 평소에 엄마와 잘 가지 않는 곳으로 갔다. 그리고 그날 하루를 아빠와 실컷 보내고 나면 아빠는 민아를 그 집 바로 앞에 내려주었다. 그리고 내리려는 민아에게 맛있는 거 사먹으라며 만원을 쥐어주었다. 항상 그랬다. 민아는 왜 아빠는 엄마가 일하는 카페와, 자신과 엄마와 할머니가 살고 있는 집에 들어오지 않는지 궁금했다. 그리고 아빠도 그 집에서 함께 살았으면 좋겠다고 생각했다. '아빠, 오늘은 이 집에서 같이 자고 가.' 민아가 그렇게 말하면 아빠는 그저 웃음을 지어보이며 이렇게 대답할 뿐이었다. '아빠 집은 따로 있잖아. 열세 밤 자고 아빠랑 또 만나자. 얼릉 들어가.' 어린 민아에게 아빠는 항상 다정하고, 예뻐해주고, 잘 놀아주고, 용돈을 주는 존재였다. 그래서 민아는 아빠가 좋았다.

민아는 초등학생이 되었다. 창고였던 2층의 작은 방은 민아만의 방이 되었다. 아빠와는 여전히 주기적으로 만났지만, 한 달에 두 번 만나던 것이 한 달에 한 번이 되어있었다. 그날은 아빠와 삼겹살을 먹고 아이스크림 가게에서 아이스크림을 나눠먹고 있는데, 아빠가 우물거리면서 말을 꺼냈다. '민아야, 아빠 결혼해.' '아빠가? 아빠 이미 결혼했잖아.' '민아 엄마 말고 새로운 아줌마랑 해. 그리고 민아한테 동생이 생길 수도 있어.' 아직 어린 민아는 그때 그 말을 하는 아빠의 감정이나 기분을 쉽게 읽을 수 없었다. 아빠가 기뻐하는 건지, 미안해하는 건지, 아니면 별 감흥이 없는 건지. 민아는 집 앞에 도착해 차에서 내리기 전에 아빠에게 물었다. '그럼 아빠 이제부터 나랑 잘 안 보는 거야?' 아빠는 그런 민아에게 만원을 쥐어주며 대답했다. '당연히 아니지. 아빠랑 다음 달에 또 놀자. 얼릉 들어가.' 집에 돌아온 민아는 아빠의 결혼 소식을 엄마와 할머니에게 말했더니, 이미 알고 있다는 대답이 돌아왔다. 그날 밤, 잠에 들려는데 이상하게도 눈물이 비집고 나와서 볼을 간질였다. 엄마와 할머니는 이미 잠들어서 민아가 울고 있는지 몰랐고, 민아는 자신이 왜 우는지 잘 몰랐다.

몇 년 후, 좀 더 자란 민아는 아마도 그 눈물의 의미는 아빠에게 느낀 배신감이 아니었나 하는 생각을 했다.

민아가 중학생이 된 해에 엄마는 여전히 30대였고, 카페는 대로로 옮겨졌다. 민아도 커피를 내리거나 웬만한 음료는 거의 만들 줄 알았다. 가끔 엄마를 졸라 스무디를 만들어 먹었고, 엄마가 잠시 자리를 비울 땐 대신 가게를 보기도 했다. 그리고 초등학생때까지도 한 달에 한번은 만나던 아빠와는 1년에 두세 번 정도 만나고 있었다. 여전히 아빠와 외식을 했고, 용돈을 받았다. 그리고 민아는 주변 친구들이나 건너건너 아는 애들의 얘기를 들으면서 알게 된 것이 있었다. 학교에 다니는 애들 중 부모 중 한 사람이 이미 돌아가신 집도, 이혼한 집도 생각보다 적지 않다는 것이었다.

고등학생이 된 민아는 대학에 갈지, 아니면 커피를 배우거나 다른 일자리를 찾을지 생각해보았다. 학교에 다니는 아이들 대부분이 대학을 목표로 했기 때문에 자신도 아마 남들 가는 대로 대학에 가게 되지 않을까도 싶었지만, 공부에는 흥미가 없었고 성적도 매번 그럭저럭이었다. 차라리 엄마의 카페든 남의 카페든 카페에서 일하면서 바리스타 자격증을 따고 엄마와 카페를 같이 운영하거나, 2호점을 내는 것도 좋겠다 싶었다. 민아는 그 계획을 엄마에게 말했다. '우선 대학부터 가고 얘기해. 너는 엄마랑 할머니 팔자 닮으면 안 돼.' 엄마의 대답이었다.

그리고 이듬해, 아빠와 거의 1년 만에 다시 만났다. 아빠의 표정과 말투는 평소보다 조금 가라앉아보였다. 밥을 다 먹고 난 다음, 아빠는 잠시 멍하니 앉아있더니 곧 이런 말을 꺼냈다. '민아야. 이제부터 아빠 자주 못 봐. 이제 아빠는 새엄마랑 남동생이랑 캐나다에 가기로 했어.' 그 말을 들은 민아는 다시 옛날로 돌아간 느낌이 들었다. 아빠의 결혼 소식을 들은 그 순간과 비슷한 감정이었다. 하지만 딱히 서운하거나 슬프지 않았다. 이미 아빠는 자신과 놀아주는 사람이 아니었고, 자주 만나는 사람도 아니었다. 민아는 아빠가 새 가정을 꾸린 그 후부터 왠지 아빠와 만나는 시간이 점점 불편하게 느껴진 지 오래였다. 실은 아빠와의 마지막 만남이 될 수도 있던 그 날도 민아는 아빠가 불편했다. 자리에서 일어난 다음, 아빠는 차로 민아를 집 앞까지 바래다주었다. 아빠는 내리려는 민아에게 5만원 지폐 두 장을 쥐어주며 말했다. '아빠가 가끔 전화할게.'

고3이 된 민아는 엄마와 할머니의 강요로 대학입시를 준비했다. 딱히 좋아하는 과목도, 잘하는 과목도 없었기에 언젠가 카페 운영에 도움이나 되라는 생각으로 경영학과를 지원하기로 했다. 그래도 막바지에는 정신을 붙잡고 매일 독서실에 들락거리며 공부를 게을리 하지 않았던 탓에 수능성적은 생각보다 나쁘게 나오지 않았다. 운 좋게도, 지원한 세 학교 중에 가장 가능성이 없어보였던 곳에도 붙을 수 있었다. 다른 학교들은 집에서 거리가 꽤 멀었지만, 이 학교는 집과도 그리 멀지 않다는 것도 큰 장점이었다. 합격소식을 알게 된 그날, 엄마와 할머니는 엉엉 울었다. 그리고 다 같이 옷을 챙겨입고 집 근처 번화가로 가서 소고기를 먹었다. 민아는 그날 고깃집에서 처음으로 맥주를 마셨다. 사람들이 왜 이걸 마시는지 잘 알 수는 없었지만 알딸딸하니 기분이 더 좋아졌다.

집에서 마을버스를 타고 전철역까지 간 다음, 네 개의 역을 지나고, 다시 마을버스를 타고 언덕을 오르면 대학교에 도착했다. 두 번을 갈아타지만 한 시간도 안 되는 거리였다. 새내기가 되어 수업에 따라 캠퍼스 건물을 이리저리 오가던 중, 벽보에서 '교내 카페 아르바이트생 모집' 전단을 발견했다. 민아는 바로 그곳에 적힌 전화번호로 전화를 걸었고, 그 다음 날 면접을 보면서 이렇게 말했다. '어머니가 카페를 하고 계셔서 저도 어릴 때부터 음료를 만들었기 때문에 일은 잘할 자신 있어요.' 민아는 그 자리에서 바로 내일부터 출근하라는 말을 들었다. 그곳에서는 평일 주4회, 4시간씩 일하면 달에 55만원 정도를 벌 수 있었다. 민아는 자신의 학교가 좋았다. SKY처럼 유명한 학교는 아닐지라도 지원한 학교 중에서 가장 입결이 높고, 이 학교의 합격 소식을 듣고 엄마와 할머니가 기뻐하며 울었고, 집과 멀지 않고, 처음으로 일자리를 구했고, 좋아하는 카페 일을 하며 용돈을 벌 수 있었고, 다양한 동네와 지역의 친구들을 만날 수 있었고, 처음으로 남자친구를 사귈 수 있었기 때문이다.

민아의 남자친구가 된 사람은 여섯 살 위의 같은 학과 선배인 재욱이었다. 학과 내 영어회화 동아리에서 알게 된 그 사람은 처음부터 민아에게 호감을 드러냈다. 매점에 같이 가자고 하며 아이스크림을 사주거나, 학생식당에서 같이 밥을 먹자고 하거나, 교내 카페에 민아를 보러 자주 찾아왔기 때문이다. 민아 역시 그에게 호감을 느끼고 있었다. 민아에게 재욱은 자신을 예뻐해주고 다정하게 대해주는, 어린 시절의 아빠 같은 사람이었다. 얼마 지나지 않아 둘은 연인이 되었다. 민아의 첫 학기가 재욱에게는 마지막 학기였기에 그는 곧 졸업했다.

2학기 중간고사를 앞둔 때였다. 그날도 민아는 교내 카페에서 음료를 만들고 있었다. 그런데 요 근래 자주 피곤함을 느끼고, 계속 졸리고, 몸이 으슬으슬 시려오곤 했다. 머핀을 데우고 꺼낸 순간, 그 향에 구역질이 올라왔다. 민아는 입을 틀어막고 화장실로 달려가 변기에 얼굴을 들이밀었다. 입에서는 아무것도 나오지 않고 헛구역질만 몇 차례 더 이어질 뿐이었다. 순간, 생리를 안 한지 두 달 가까이 되어간다는 게 떠올랐다. 다시 카페로 돌아온 민아는 같이 일하는 사람들에게 몸이 좋지 않다고 말하고 조퇴 허락을 받았다. 그리고 학교 근처에 있던 약국을 발견하고 임신테스트기를 샀다. 약국 건물 안 화장실에서 확인한 결과, 두 줄이 떴다. 한 줄은 진했고, 한 줄은 희미했다. 그러나 두 줄이 맞았다. 다시 약국에서 한 개를 더 사서 확인해도 결과는 같았다. 민아는 눈앞이 캄캄하고 정신이 아득해진다는 두 가지의 표현을 동시에 직접 몸으로 느꼈다. 그리고 중얼거리기 시작했다.

내가 임신을 했다고? 내가 지금 임산부라고? 나 이제 갓 스무 살인데? 임신은 결혼한 여자들만 하는 줄 알았는데 내가 임산부라고? 지금 진짜로 내 뱃속에 새로운 생명이 있다는 건가? 보이지도 않고 만져지지도 않는데? 그동안 시험 준비에 알바에 너무 정신이 없었던 탓인가? 왜 이런 일이 나에게 닥친 거야? 아… 그러고 보니 그날 때문인가? 딱 그날만 피임을 제대로 안 했었는데. 아아… 제대로 할 걸. 제대로 하자고 그때 똑바로 말할 걸. 오빠 때문이야. 이게 다 오빠 때문이야. 아, 아닌가… 무조건 오빠 때문만은 아니구나… 난 이제 뭘 어떻게 해야 하는 거지? 임신이 이렇게 쉽게 되는 거였나? 엄마랑 할머니가 알면 어떡하지? 아마 날 때려죽이려고 할 텐데. 우선 오빠한테 말해야 할까? 아… 진짜 미치겠다. 어떡하지? 제발 이 상황이 꿈이었으면 좋겠다. 제발…….

건물에서 나온 민아는 재욱에게 전화를 걸었고, 학원에 있던 재욱은 곧장 민아에게 왔다. 두 사람은 약국 근처에 있는 카페에서 마주보고 앉았다. 한 사람은 흐느끼고 있었고, 다른 한 사람은 심각한 표정을 짓고 있었다. '…진짜 임신이야?' 재욱이 물었다. '아까 테스트 해봤는데 임신 떴어. 두 번 해도 똑같아. 나 이제 어떻게 해? 우리 엄마가 알면 나 죽어.' 민아의 대답에 재욱은 한숨을 크게 내쉰 다음 말했다. '…미안해. 어떻게 하면 좋을지 지금은 나도 진짜 모르겠다.' '답이 안 나와. 나 이제 1학년인데.' '나도 이제 막 취준 시작했고….' '우리 어떡하지. 오빠. 나 어떡해? 나 너무 무서워.' 두 사람은 비슷한 말만 반복했다. 어떡하지. 어떻게 하면 좋을까. 모르겠다. 그렇게 한참을 반복한 끝에 재욱이 말했다. '나도 그렇고 너도 그렇고 우리가 지금 당장 애를 낳고 같이 키울 수 있는 그게 안 될 것 같다. 만약 수술을 한다면 나도 친구나 부모님한테 돈을 빌려야 되는 상황이야. 그래도 어떻게든 구해볼게.' 그 말을 듣고 있던 민아는 심장이 한층 내려앉는 느낌이 들었다. 일단 아이를 낳자고, 자신이 어떻게든 해보겠다고,

그리고 어느 정도 안정이 되면 결혼하자고, 재욱이 그렇게 말해주기를 내심 기대했기 때문이다. 하지만 그의 입에서 그런 말은 나오지 않았다. 민아는 절망을 느꼈다.

이 사람은 모든 걸 감수할 만큼 나를 사랑하지 않는구나.

민아는 고민하고 또 고민하고 계속 고민했다. 중간고사도, 기말고사도 어떻게 준비하고 시험을 쳤는지도 모르게 지나갔다. 얼이 빠진 상태로 카페 일을 하다 보니 실수도 점점 잦아졌다. 그러는 사이 배는 점점 불러왔다. 전신거울 앞에 서서 자신의 옆모습을 보면 아랫배가 똥배처럼 살짝 나온 것이 보였다. 아직 엄마와 할머니는 이 사실을 모르는 듯했다.

민아는 재욱에게 임신 소식을 알린 그날 이후부터 왠지 그의 연락이 점점 뜸해지는 것 같은 느낌이 들었다. 그럴수록 그가 자신을 버리지 않을까 하는 불안함도 점점 커져갔다. 전화를 걸면 그가 받기는 했지만 하는 말이라고는 이런 말들뿐이었다. '결정했어?' '어떻게 하기로 했어?' '더 크기 전에 빨리 결정해야 하는데…' 그의 말은 아이를 지우는 것을 종용하고 있었다.

학교는 방학을 했고, 근무시간이 절반으로 줄었지만 민아는 카페 일을 여전히 이어가고 있었다. 생김새도 모를 뱃속의 아이도 매일 조금씩 몸집을 불리고 있을 게 분명했다. 여전히 민아는 결정을 내리지 못한 채 새해를 맞았다.

그리고 얼마 후, 갑자기 민아의 계좌로 100만원이 입금되었다는 알림이 휴대폰 화면에 떴다. 보낸 사람은 재욱이었다. 이어서 장문의 메시지가 도착했다. '그동안 연락 잘 못해서 미안해. 나도 이 현실을 벗어나고 싶었나 봐. 고민도 많이 하고 걱정도 많이 했지만 아무리 생각해봐도 지금은 때가 아닌 것 같아. 너는 아기를 낳고 키우기에는 아직 너무 어리고, 나는 지금 정말 중요한 시기야. 나도 아직 애를 키울 자신이 없어. 그래서 난 솔직히 애가 뱃속에서 더 크기 전에 지웠으면 해. 그런데 민아 네가 쉽게 결정을 못 내리고 있는 것 같아서 나도 걱정이 돼. 결국 내가 하고 싶은 말은 얼른 결정을 내리자는 거야. 그리고 친구한테 힘들게 빌려서 수술비 마련했어. 일단 100만원 계좌로 보냈다.' 메시지를 읽은 민아는 또 다시 심장이 내려앉는 기분을 느꼈다. 곧바로 재욱에게 전화를 걸었으나 그는 받지 않았다. 그리고 그 다음 날도, 다다음 날도 그는 여전히 연락을 받지 않았다. 그렇게 일주일이 지나서야 민아는 자신이 더 이상 재욱과 연인사이가 아니라는 것을 실감했다. 온갖 쌍욕과 그를 증오하고 저주하는 메시지를 보내도 그는 계속 읽지 않았고, 그에게 직접 찾아가서 욕을 퍼붓고 싶어도 그는 이미 졸업생이었고, 그가 사는 집 주소도 알지 못했다. 새내기였던 민아에게 매점에서 자주 과자와 아이스크림을 사주고, 만나러 카페에 자주 찾아오고, 사랑한다고 속삭여주던 재욱이 이렇게 연락을 무시하고 숨어버린 그 사람과 같은 사람이 맞는지 믿기지 않았다. 난생 처음 겪는 이별의 고통은 마치 몸 구석구석에 자리잡은 세포들이 하나하나 파괴되고 썩어가는 것 같은 끔찍한 기분이었다. 그중 가장 격하게 파괴되는 듯이 느껴지는 곳은 가슴 언저리였다. 엄마와 할머니는 민아가 남자친구를 사귄 것도 몰랐으니 이별한 것도 몰랐다. 민아는 밤마다 자신의 방에서 소리를 죽이며 울었다. 그리고 자신이 이 정도로 슬프고 괴로워하고 있다는 걸 뱃속의 생명도 느끼고 있다면 알아서 소멸해주길 바랐다.

그날도 일을 마치고 동네로 돌아오니 밤 열 시가 지나 있었고, 손가락이 깨져서 떨어져나갈 것만 같은 영하의 날씨였다. 그러나 민아는 집으로 곧장 들어가지 않고 집 근처에 있는 작은 공원으로 힘없이 걸어들어갔다. 벤치에 앉은 민아는 자신의 배를 어루만져보았다. 겉으로 보면 티가 잘 안 났지만, 만져보면 확실히 배가 동그랗게 부풀어오른 것을 느낄 수 있었다. 배에 손을 올린 채 한동안 허공만 바라보던 민아는 갑자기 자신의 배를 주먹으로 내리치기 시작했다. 악, 악, 하고 고통에 신음소리를 내다가 결국 바닥에 쓰러지듯 주저앉았다. 결국 민아는 배를 부여잡고 울음을 토했다. 대체 이 아이를 어떻게 해야 할지 아무리 고민해도 답은 쉽게 나오지 않았다. 민아는 계속 흐느꼈다. 그 공원에는 민아와 뱃속의 아이 말고는 아무도 없었다.

결국 민아는 뱃속의 생명을 포기하기로 결심했다. 인터넷에 산부인과를 검색해서 닥치는 대로 전화를 걸어 낙태수술이 가능한지 물었다. 그러나 대부분 그런 수술은 하지 않는다며 차갑게 말한 후 전화를 끊어버리기 일쑤였다. 전화를 걸고 또 걸기를 반복한 끝에 수술이 가능하다는 한 곳을 찾았다. '태아 몇 주차세요?' 수화기 너머의 질문에 민아는 손가락으로 천천히 개월 수를 세며 대답했다. '어… 몇 주차인지는 모르고… 아마 5개월 정도 되지 않았을까 싶은데요….' '5개월이시면 태아가 이미 많이 커서 수술 어려우세요.' 전화는 이번에도 뚝 끊겼다.

민아는 휴학신청을 하고 교내 카페 일도 그만두었다. 집에서는 부른 배를 들키지 않도록 최대한 펑퍼짐한 옷을 입었다. 수술을 하기에는 이미 너무 늦어버렸기 때문에 어쩔 수 없이 아이를 낳아야만 했다. 민아는 인터넷을 통해 알게 된 미혼모 보호시설에 전화를 걸어 입소 문의를 했다. 민아의 사정을 들은 시설 직원은 조만간 찾아오라고 하며 전화를 끊었다. 민아는 배가 여기서 더 부풀어오르기 전에 이 집을 떠나야겠다는 계획을 세웠다.

꼭 일해보고 싶은 예쁜 카페가 부산에 있어서 앞으로 반년 정도 부산에 머무를 예정이다, 다음 학기에 휴학을 신청한 것도 그 이유 때문이고, 이미 전화로 면접을 보고 합격한 상태다, 이렇게 엄마한테 말을 해둬야겠다. 그리고 애가 태어나기 전까지는 시설에 머무르다가 애가 태어나면 고아원에 보내자. 그리고 아무 일 없었던 것처럼 다시 집으로 돌아오자.

민아가 계획의 일부를 말하자 엄마는 한숨을 푹 쉬며 물었다. '거기까지 꼭 가야겠니?' '응. 가고 싶어. 꼭 갈 거야.' '그동안 어디서 머무르게?' '여성전용 고시원 알아보려고.' '언제부터 갈 건데?' '바로 다음 주부터.' '너는 엄마한테 허락도 안 받고 참 빨리도 말한다. 이왕 가는 거 잘 배우고 돈도 많이 벌어서 와. 그리고 매일 엄마한테 전화해. 전화 안 받기만 해. 바로 부산 찾아간다.' 예상한 것보다 엄마는 순순히 허락했다. 하지만 민아는 무서웠다. 앞으로 엄마와 할머니와 떨어져 지낼 수 있을지, 시설에 들어갈 수는 있을지, 혼자 출산할 수 있을지, 혹시 낳다가 자신도 아이도 죽는 건 아닐지, 아이를 무사히 낳을 수 있을지, 아이의 존재를 들키지 않을지, 아이가 자라서 나중에 자신을 찾지 않을지… 앞으로 닥쳐올 일들을 생각하면 무섭고 불안해서 당장이라도 울음이 터져나올 것 같았지만 꾹 참아내고 엄마를 속이는 데 성공했다. 할머니도 딱히 말리지는 않았다. 임신한 사실도, 아이가 태어날 일도 엄마와 할머니에게 절대로 알리고 싶지 않았다. 두 사람만큼은 꿈에서도 몰라야 했다. 민아는 혼자 방에서 짐을 싸며

소리를 죽이고 울었다. 그리고 일은 그 집을 나오기 이틀 전에 터졌다.

'민아야, 민아야. 너 얼른 일어나 봐.' 민아는 다급한 엄마의 목소리에 눈을 떴다. 한밤중이었다. '설마. 아닐 거야.' 엄마는 그렇게 중얼거리며 누워있던 민아의 배를 만지려고 했다. 순간, 민아는 엄마의 팔을 쳐내고 몸을 움츠리며 짜증을 냈다. '아, 갑자기 왜 이러는데.' '민아야. 혹시 너 무슨 일 생겼니?' '아무 일도 없어. 왜.' 순간, 엄마의 손이 민아의 배 위에 올려졌다. '아아악! 왜 이러냐고!' 엄마는 민아의 저항에도 아랑곳않고 배를 쓰다듬었다. 마치 무언가의 존재를 확인하듯이. '아, 세상에… 세상에….' '진짜 왜 이래!' '…민아 너 임신했구나.' 임신을 부정하기에는 민아의 팔다리는 너무 가늘었고, 배는 그와 어울리지 않게 부풀어 있었다. 그날 밤, 민아는 통곡하며 그동안 있었던 일을 엄마에게 털어놓을 수밖에 없었다. 갑작스러운 홍수처럼 쏟아지는 민아의 말에 엄마는 한동안 충격을 감당하지 못한 듯 멍하니 있다가 이내 울부짖기 시작했다. 그 소리에 잠에서 깨고 2층으로 올라온 할머니도 곧 모든 사정을 알게 되었다. 조금 진정이 된 엄마가 울음 섞인 목소리로 말했다. '꿈에서 우리 집 거실 소파에 어떤 남자가 떡하니 앉아있었어. 내가 누구시냐고 물었지. 근데 대답도 없고 아무 표정도 없이 나를 가만히 보고 있는 거야. 좀 오싹했는데 왠지 옛날에 본 것 같은 낯익은 느낌이 들었어. 그런데 그 사람이 아무 표정 없이 팔을 들어 위층을 가리키면서 이렇게 말하는 거야. 애를 멀리 보내지 말아라. 집에서 잘 보살펴라. 안 그러면 애를 둘 다 잃을 수 있다. 그래서 내가 그 말 듣고 깜짝 놀라서, 애한테 무슨 큰 병이라도 있어요? 하고 물었어. 그랬더니 이렇게 말하더라. 절대 다그치지 말아라. 품어줘라. 그러는 거야, 그 사람이…' 민아는 옆에서 계속 울고만 있었다. '내가 널 어떻게 키웠는데… 어떻게 혼자 이 악물고 키웠는데….' 엄마는 결국 다시 울음을 터뜨렸다. 할머니도 가만히 앉아 눈물을 흘리고 있었다. '일단 낳자. 낳고, 시설에 보내든지 입양을 보내든지 하자.' 엄마는 그렇게 말했지만 엄마 자신 역시도 아이를 다른 곳으로 보내지 못했다는 것을 기억하고 있었다. 그날 밤, 세 사람은 민아의 방에서 함께 울었다.

어느새 민아의 배는 터질 만큼 불렀고, 그해 초여름에 아이를 낳았다. 간호사가 건넨 아이는 퉁퉁 불은 채 마구 울고 있었다. 자신의 품에 안긴 아이를 보며 민아는 생각했다.

어떡해. 너무 불쌍해서 아무데도 못 보낼 것 같아.

결국 민아는 아이를 데리고 그 집으로 돌아왔다. 그리고 직접 아이의 이름을 지었다. 출생신고는 아직 하지 않았다.

◆

엄마는 카페, 할머니는 식당으로 일하러 가고 없다. 집에는
민아와 연서가 단둘이 남아있다. 연서는 계속 운다. 젖을 물
려도, 분유를 먹여도, 안고 토닥여줘도 울음을 멈추지 않더
니 결국 그 작은 성대가 쉬어버리기까지 한다. 그 갈라진 울
음은 마치 어린 악마의 신음 같다. 그 소리를 계속 듣고 있다
보면 머리가 어질어질하고 고막이 찢어질 것만 같다. 그래도
아이가 새근새근 잠들어있을 때는 꼭 천사가 내려온 것 같다.
방긋 웃을 때에는 그렇게 사랑스러울 수 없다. 그러나 얼굴이
빨갛게 달아오른 채 주름을 마구 일그러뜨리며 울 때는 작은
악마처럼 보인다. 그런 생각을 할 때마다 민아는 자신이 이상
해졌다고 생각한다. 미쳤다고 생각한다. 자신도, 이 아이도
가엾다고 생각한다. 이윽고 눈가에 눈물이 맺힌다. 그런 감정
변화의 반복을 수도 없이 한다. 아이를 보며 매일 천국과 지
옥과 현실을 오간다.

계속 안아주는데 뭐가 이렇게 불만이니. 연서야.

연서를 토닥이고 있던 민아의 눈이 스르르 감긴다.

민아는 화장대 거울 앞에 앉아있다. 멍하니 자신의 얼굴을
바라보고 있다. 연서는 그 뒤에서 계속 운다. 끊임없이 운다.

표정 없는 민아의 눈에서 눈물이 뺨을 타고 흘러내린다. 민아의 얼굴은 곧 일그러진다.

너 때문에 내가 잠도 제대로 못 자. 인간답게 살 수도 없어. 네가 생겨난 순간부터 내 인생은 뒤틀렸어. 나를 버리고 간 그 자식의 씨. 너를 집으로 데려오지 말았어야 했어.

연서는 계속 운다. 민아는 그 소리가 자신의 고막을 칼질하는 것만 같다. 곧이어 민아는 내면의 무언가가 툭, 하고 끊어지는 듯한 느낌을 받는다. 고개를 돌려 연서에게 다가간다. 그리고 우는 연서를 들쳐안고 방 옆 욕실로 향한다. 민아의 눈동자는 초점이 없다. 민아는 물을 버리지 않은 아기욕조에 연서를 넣는다. 그리고 손아귀에 힘을 준다. 여전히 눈동자는 초점이 없다. 울음소리가 물에 잠긴다. 버둥거리는 움직임을 느낀다. 그 작은 것은 살고자 했다.

민아는 퍼뜩 눈을 뜬다. 그리고 이런 꿈을 꾼 자신이 정말 미쳐버렸다고 생각한다. 죄책감이 소리 없는 해일처럼 몰려와 울음이 터진다. 민아는 어린아이처럼 울며 연서를 안아주려고 팔을 뻗는다. 그러나 옆에는 아무도 없다. 연서의 모습이 보이지 않는다. 집안은 이상하리만치 고요하다.

"설마, 아니야, 아니야, 꿈이야."

민아는 얼른 몸을 일으켜 욕실로 뛰쳐간다.

"꿈이야."

연서는 아기욕조 안에서 미동도 없이 잠겨있다.

"나 지금 꿈 꾸는 거야."

눈도 감지 못한 채.

"아니야… 아니야…"

민아의 얼굴에 붙은 입술이 부들부들 떨리고, 손에 달린 손가락들도 바들바들 떨리고, 몸을 지탱하고 있는 두 다리도 후들후들 떨린다. 이어서 민아는 욕실 바닥에 털썩 주저앉는다. 곧이어 터져나오는 비명이 집안의 고요한 공기를 찢어발긴다.

명순은 현관문을 열고 집안으로 들어온다. 한쪽 손에는 반찬이 든 검은 비닐봉투가 들려 있다. 식탁에 그 봉투를 올린 다음 반찬통을 하나씩 꺼내 냉장고에 넣고 있는데 위에서 심상치 않은 소리가 들려온다. 흐느끼는 소리다. 명순은 불길함을 느끼고 황급히 2층으로 올라간다. 그 소리가 점점 가까이 들려오고, 민아의 방문이 살짝 열린 것이 보인다. 문을 열자 연서를 안고서 방바닥에 쪼그려 앉은 민아가 할머니를 올려다본다. 그 얼굴은 눈물과 두려움과 절망으로 범벅이 되어 있다.

"할머니… 나 어떡해…? 내가 우리 연서 죽인 것 같아…"

민아의 품에 안긴 연서는 이미 창백하게 굳은 채 더 이상 울음을 내지 않는다.

　명순의 전화를 받은 미선도 하던 일을 뒤로 하고 황급히 집
으로 돌아왔고, 지난번처럼 모두 민아의 방에 모여 있다. 민
아는 여전히 연서를 안고서 계속 같은 말을 중얼거리고 있다.

　"나 자수할 거야… 경찰서 갈 거야… 죗값 치를 거야…"

　"……."

　"……."

　명순도 미선도 아직 이 상황을 믿을 수 없고, 혼란스러움에
머릿속이 아득하다. 침묵 속에 민아의 중얼거림만이 이어지
고 있다.

　얼마 후, 명순이 흐느끼기 시작한다. 한참을 울더니, 미선을
바라보며 입을 연다.

　"실은 말이야… 미선이 네가 갓 태어난 지 얼마 안 됐을 때
야. 네가 울고 울고 계속 울다가 기력이 다 빠졌는지 눈이 위
로 뒤집히는 거야. 순간 큰일 났구나 싶어서 병원으로 가려다
가, 아니야, 이 참에 애를 어딘가에 묻어서 숨겨버려야겠다는
생각이 들었어. 그때 엄마는 제정신이 아니었다. 완전히 미쳐
버렸어. 그리고 나도 죽자, 애를 죽이고 나도 콱 죽어야겠다
는 생각이었어. 배는 남산처럼 불러서 곧 애기가 나올 마당에
남편은 바람나서 집 나가버렸지, 애 얼굴 보러 한 번을 안 오

다가 집을 잠깐 비운 사이에 지 물건들만 딱 가지고 날라버렸지, 울고 싶은 건 난데 너는 매일 빽빽 울기만 하지, 아무도 나를 다독여주는 사람은 없지, 내 인생이 완전히 나락으로 꺼진 것 같은 거야. 그래서, 손전등 하나를 챙기고 정신을 잃은 너를 안고서 택시를 잡아타고 동네에서 떨어진 산에 갔어. 그리고 어두워서 아무것도 안 보이는 산속을 헤치면서 깊이깊이 들어갔어. 너무 무서웠는데, 그 순간에는 죽어가는 애를 이 깊은 산 속에 묻으려고 하는 내 자신이 귀신보다 더 무섭더라. 그리고 맨손으로 땅을 팠어. 계속 파다가 이 정도 깊이면 되겠다 싶을 때 멈추고, 그곳에 너를 넣었어. 혹시 네가 정신을 차리더라도 입에 흙이 들어가지 말라고 포대기로 얼굴까지 돌돌 쌌어… 그리고 그 위에… 흙을 다시 올리고… 그리고… 너를 뒤로 하고 다시 한치 앞도 안 보이는 숲을 헤치면서 돌아가려고 하는데 뒤에서 아기 울음소리가 희미하게 들리는 거야. 그때 내가 딱 정신을 차렸어. 아, 내가 정말 미쳤었구나. 묻은 곳으로 다시 달려가서 미친 듯이 흙을 팠어. 그러면 그럴수록 울음소리가 점점 더 잘 들려왔어. 살아있구나, 우리 아기 살아있구나. 결국 다시 너를 흙 속에서 꺼냈어. 그리고 숨넘어갈 정도로 내리 울면서 너를 다시 집으로 데려왔어… 미안해… 미안해 미선아… 네 엄마가 너한테 그런 끔찍한 짓을 했어… 정말 미안해… 정말 죽을죄를 졌어…"

고개를 떨군 채 흐느끼며 말하는 명순의 얇은 입술이 파르르 떨린다. 그 말을 잠자코 듣고 있던 미선의 눈에도 하염없이 눈물이 흐르고 있다. 민아도 이미 차갑게 식어버린 연서를 안고 줄곧 눈물을 흘리고 있다.

얼마 후, 미선도 붉게 물든 눈으로 민아를 바라보며 입을 연다.

"...민아야. 사실 나도 너를 죽이려고 한 적이 있어… 엄마도 딱 할머니랑 똑같은 심정이었어. 너도 죽이고 나도 죽어버리려고… 네가 아직 갓난아기일 때, 아무리 어르고 달래도 자꾸만 울어대니까 엄마도 잠깐 머리가 완전히 어떻게 됐었나봐. 그래서 네 목을 졸랐어… 네가 더 이상 울지 않을 때까지… 그 가녀린 목을… 그러다 네가 칵칵대면서 눈동자가 뒤집어지는 얼굴을 보고 정신이 확 돌아왔어… 미안해… 민아야… 그때 엄마가 정말 잘못했어… 엄마도 죽을죄를 졌어…"

미선이 민아의 다리를 부여잡고 통곡한다. 민아는 연서를 안고 계속 흐느끼고 있다. 명순은 민아의 품에 안긴 연서의 차가운 얼굴을 쓰다듬는다. 그리고 눈물이 가득 묻은 목소리로 말한다.

"연서는 우리 가족만 기억하는 아이로 하자. 그리고 이제 여기서 끊자. 이런 기구한 팔자는 여기서 끊어버리자…"

세 여자의 통곡과 눈물을 머금은 공기가 네 평 남짓한 방에 가득 메워지고 있다.

세 여자는 작은 마당 앞에 서있다. 자정을 한참 넘긴 새벽이다. 이웃집들의 불은 모두 꺼져있고, 골목 곳곳에 희미한 주황빛이 길을 밝히고 있다. 그 빛은 너무 희미해서 그 집까지는 밝히지 못한다.

민아가 삽으로 흙을 파기 시작한다. 이웃집에 들리지 않도록 조용히 울음을 삼키고 있다. 삽질에 잡초와 흙이 마구 떨어져나간다.

얼마 지나지 않아 작은 구덩이가 생겨났다. 민아는 그 안에 흰 솜이불로 곱게 싸인 연서를 조심스럽게 넣는다. 그리고 다시 흙을 메우고, 그 위에 꽃무릇씨를 심었다. 그 모습을 명순과 미선이 가만히 바라보고 있다.

뜨거웠던 공기가 선선한 바람으로 바뀌어갈 때쯤 그 자리에 조금씩 싹이 트기 시작하더니, 완연한 가을이 되자 봉오리를 맺고 꽃이 피어났다. 씨앗이 한줌도 안 되는 양이었는데도 꽃들은 흐드러지게 피어 마당의 한가운데를 차지하고 있었다.

그 집에는 네 명의 여자가 살고 있다.

아홉 번째 이야기

연애상담

[저 다시 연애해요! 축하해주세용ㅎㅎ]

작성자 : 미니엔젤

2. 27. 수. 00시 35분 작성

2년 전쯤에 오래 만나던 전남친한테서 일방적으로 이별통보

받고 그 당시 여기 연애이야기 게시판에서 위로를 참 많이 받

았었는데요..

거의 딱 2년만에 다시 연애를 시작하게 됐어요.

그래서 오랜만에 여기에 글 올려봐요ㅎㅎ

상대는 대학생때 제가 잠깐 호감 갖고 있던 선배 오빠였어요.

키 크고 제 이상형이라서 제가 잠시 좋아했었거든요.

며칠 전 우연히 서로 연락이 닿아서 근황토크 하다가

오빠가 퇴근하고 오랜만에 만나자고 해서 오늘 술집에서 만났어요. 근데 대학시절때 제가 오빠한테 마음 표현을 하지는 않았기 때문에 오빠는 제가 자기를 좋아하는 걸 여태 모르고 있었다네요ㅋㅋ

암튼 오늘이 8년 만인가 9년 만에 엄청 오랜만에 만난 건데 바로 오늘부터 오빠가 사귀자고 해서 저도 응했어요.

근데 오케이하기도 전에 입술 박고;; 오케이 하고나서 또 입술 박는 거 무슨일ㅋㅋㅋ 좀 놀랐지만 그래두 좋았어요 헤헤 근데 제 허벅지를 막 만지는 건 조금 당황스럽더라구요ㅠㅠ 그치만 저희 둘 다 30 초반이니 뭐 굳이 진도 천천히 뺄 거 있나요ㅋㅋ 오랜만에 하는 연애라 사랑을 어떻게 하는 건지 다 까먹었지만 지금 엄청 설레네요.ㅎㅎ

2년 동안 남자 만나보고 싶었는데 참 어렵더라고요..

그동안 많이 외로웠어요. 친구들을 자주 만나도 해소되지 않는 그런 공허함이 있었죠ㅠㅠ 애인 있는 친구들 보면 참 부럽더라구요. 아무튼 저도 행복해지고 싶어요..

이제부터는 행복해져도 되겠죠? 축하해주세용!♥

[애인이 있다는 거 넘 좋네요]

작성자 : 미니엔젤
2.28. 목. 23시 21분 작성

만난 지 2일째... 죽었던 연애세포가 조금씩 다시 살아나는 느낌이에요. 어제부터 사귀기로 했는데 오늘 마침 오빠도 오늘 회사 쉬는 날이고 오늘도 오빠랑 만나고 싶어서 오빠보고 오전부터 같이 데이트하자고 했어요.

둘이 레스토랑에서 밥 먹고, 카페 갔다가 손잡고 같이 공원 걷고... 엄청 즐겁고 행복했네요.ㅎㅎ

저녁에 다른 친구랑 선약이 있어서 낮에 헤어졌는데 저는 너무 아쉬워서 "그냥 걔랑 약속 취소할까?" 하고 오빠한테 얘기했는데 오빠는 그러면 안 된다고, 우리는 곧 다시 만나면 되니까 친구 약속 장소에 차로 저 내려다주고 자기 집 갔어요. 조금 서운하지만 듬직한 느낌?ㅋㅋㅋ

아무튼 이런 설렘설렘 간질간질한 맛으로 연애하나 봐요ㅎㅎ

저도 이제 남자친구 다시 생겨서 넘 좋아요ㅠㅠ

[연애초반에 전 애인 기억나는 건 어쩔 수 없나봐요..]

작성자 : 미니엔젤

3. 2. 토. 01시 51분 작성

연애 시작 3일째에서 4일째로 넘어가는 새벽...

제가 감수성이 좀 풍부한 편이라 새벽에 생각이 많아져요.

혼자 주절주절 써보는 거라

그냥 안 읽고 지나가셔도 돼요...ㅎㅎ

2년 전에 헤어진 그 남자 생각이 어렴풋이 떠올려지네요. 이건 새로 연애를 다시 시작했으니 어쩔 수 없는 것 같아요..

그냥 뭐랄까... 지금 만나는 새 사람과 조금씩 알아가면서, 그때 그 사람과 연락을 시작하고, 첫 데이트, 처음 손잡은 날, 고백 받은 날, 그 사람과 쌓았던 추억들... 이런 것들이 새록새록 생각이 나더라구요. 그렇다고 해서 제가 그 사람을 그리워하고, 미련을 갖고 그런게 아니라는 건 잘 아시죠?ㅋㅋㅋㅋ

저도 이제는 안주할 사람이 생겼으니 이젠 안심하고 옛사람을 떠올려도 될 것 같아요. 아니, 떠올리기보단 그냥 행복했던 과거, 추억으로 남겨두려구요. 둘 다 어렸을 때, 서로 정말 많이 사랑했지만 어렸던 만큼 철이 없었기에... 후회되는 일이 많아요. 그래도 그 사람과의 연애 경험을 발판으로 새로운

연애를 다시 잘 할 수 있을 것 같아요^^

그 사람이 지금 어디에 사는지, 어디에서 뭘 하는지 대충 알고는 있어요. 그렇지만 우리가 다시 만나 대화를 나눌 일은 없겠죠...

아무튼 기분이 좀 싱숭생숭ㅋㅋ 저만 이런 거 아니죠?ㅎㅎ

[이거 좀 빠른 건가여...?]

작성자 : 미니엔젤

3. 3. 일. 23시 40분 작성

오늘 세 번째로 데이트 했는데요...

저희 아까 낮에 카페 갔다가 저녁식사 같이 하고 이제 어디 갈까 얘기했거든요

그런데 남친이 요즘 코로나땜에 카페도 다 일찍 닫고 하니까 방으로 들어가자는 거예요

그래서 저도 뭐 딱히 싫진 않고 나이도 이제 어린 나이가 아니라ㅋㅋ 그냥 방 잡고 들어갔어요.

그리고 둘이 같이 침대에서 꽁냥꽁냥 하구 영화도 같이 보다가 둘이 눈 맞아서 스킨십 하고 결국 사랑도 나눴어요...

그땐 분위기에 취해서 마냥 좋으니까 에잇 몰라 하구 그냥 저질러버렸는데...

집에 오니까, 아 너무 빨랐나? 내가 너무 빨리 내 몸을 허락했나? 하고 걱정이 되는 거 있죠 ㅠㅠ

남친의 목적이 내 몸은 아니었을까, 앞으로도 나를 변함없이 좋아해줄까 하고 불안한 마음이 드네용...

뭐 둘 다 어른이니까 괜찮겠죠? 좀 부끄럽지만...ㅎㅎ

[잔다는 연락 없이 그냥 자버리는 남친ㅠㅠ]

작성자 : 미니엔젤

3. 5. 화. 00시 13분 작성

남친이랑 톡하다가 남친이 갑자기 말이 없어져서 톡이 끊기는 경우가 몇 번 있었는데요...

아마 그게 잠들어버려서 그렇게 되는 것 같아요.

아침 일찍 일어나는 직장인이라 밤 11시 반~12시 반 사이에는 꼭 자더라구요.

그래도 잠들기 전에 나 이제 잔다, 이걸 저한테 말해주는 게 그렇게 어려운 일일까요ㅠㅠ 오늘도 데이트 마치구 각자 집에 돌아와서 톡 좀 하다가 갑자기 끊겼어요.

잘 시간 되니까 먼저 잠든 거겠죠...?

저는 남친이랑 하루의 시작과 끝을 서로 공유하면서 맞이하고, 마무리하고 싶은데...

남친한테 한번 얘기해봐야겠어요~

[커플분들 일주일에 몇 번씩 만나세요?]

작성자 : 미니엔젤

3. 5. 화. 22시 35분 작성

다른 커플들은 일주일에 몇 번씩 만나세요?

30대 초반 기준으로요..

저희는 연애 초반의 풋풋한 커플인데 제가 연애가 오랜만이다 보니 데이트 횟수가 어느 정도가 좋을지 감이 안 와요.

남친이랑 구는 다르지만 같은 지역이구 남친은 직장인, 저는 지금 잠깐 일 쉬고 있는데요..

마지막 만남이 지난 일요일이었구, 이번주 일요일에 데이트 하기로 했어요. 근데 일주일에 한 번은 넘 적지 않나요ㅠㅠ 다른 지역도 아닌데...

글구 매번 제가 언제 시간 되냐고 만나자고 묻는 편이에요..

남친이 먼저 "우리 언제 볼까" "언제 시간 돼?" 이렇게 물은 적 거의 없어요ㅋㅋㅋㅋㅋ

저는 매일 보고 싶은데ㅠㅠ 매일매일 보면 또 애틋함이 없어지겠죠? 일요일까지 못 참는뎅... 그 전에 평일 저녁에도 먼저 보자고 하고 싶은데 제 입으로 말은 못 하겠구...

남친이 저보다 저를 더 보고싶어해줬으면 좋겠어용...ㅠㅠ

오늘이 화요일이니까 목요일 저녁에도 보자고 해볼까요?

[저만 남친 보고 싶은가 봐요 휴ㅠㅠ]

작성자 : 미니엔젤

3. 5. 화. 23시 49분 작성

일요일 데이트까지 기다리기 힘들어서

낼 모레 목요일 저녁에 보자고 남친한테 얘기해봤는데요

수요일은 야근 예정이고 금요일은 친구들 선약 있고

토요일에는 저녁에 가족끼리 뭐 먹으러 간대서

목요일 그날은 무조건 헬스장 가야하는 날이라 그냥 일요일

에 보자고 하네요ㅠㅠ 목요일도 빠지면 이번 주 헬스장 가는

날이 오늘 하루밖에 없다며...

그래서 제가 "오빠는 나를 별로 안 좋아하나봐.." 하고 서운한

티를 냈더니, 그러면 그날 헬스 마치고 저녁 9~10시에라도

잠깐 보자고 하는데...

빈정 상해서 제가 그냥 됐다고 했어요...

아무리 운동도 중요하다지만 연애 초반이면 여친이 보고 싶

다고 하면 바로 만나는 게 정상 아닌가요ㅠㅠ 좀 서운하더라

구요...

제가 너무 안달났나요?ㅠㅠ

[오늘 남친 만났어용ㅎㅎ]

작성자 : 미니엔젤

3. 7. 목. 23시 57분 작성

지난번에 제가 목요일에 남친 보고 싶다고 했더니 자기 헬스 가야된다면서 데이트 까였었는데요ㅋㅋㅋㅋㅋ

남친이 오늘 퇴근하고 시간 되냐고 하더라구요~

그래서 시간은 되는데 오빠 헬스 안가냐고 했더니

제가 보고싶어했는데 못 봐서 서운해하는 거 같아서 오늘 그냥 헬스 뺐다고 하더라구요ㅎㅎ

그래서 오늘 남친이랑 맛난 거 먹고 서로 꽁냥꽁냥 하면서 데이트 잘 하고 돌아왔어요.

제가 서운해할거 생각하면서 결국 운동 뺀거 보면 사랑꾼 기질 살짝 있는 듯...ㅋㅋ

아무튼 앞으로는 남친 자기관리 시간 뺏지 않으려구용~

[직장인들 주말에 일어나는 시간,,]

작성자 : 미니엔젤
3. 9. 토. 12시 06분 작성

저는 지금 일을 쉬고 있지만

이전 직업이 간호사여서 3교대였어요

그래서 휴일이 좀 뒤죽박죽이었죵ㅠㅠ

남친은 월~금 나인투씩스 직장인인데요

지금이 토요일 오전 열한시쯤이잖아요...?

근데 어젯밤 이후로 여태 제 카톡을 안 읽네요;;

어젯밤 11시 반쯤인가 서로 자기 전에

오빠한테 톡으로 좀 애정표현을 했거든용...

막 '난 오빠가 너무너무 좋아 잘자 내사랑♥'

이렇게 남겼는데...

제 카톡을 반나절 넘도록 안읽고 있어요...

지금 낮 열두시 넘었는데...

자는 건가요? 늦잠 자고 있는 거겠죠ㅠㅠ

일부러 제 톡 무시하는 건 아니겠죠... 답답해용ㅠㅠ

[남친 답장 왔는데 서운해요...ㅠㅠ]

작성자 : 미니엔젤

3. 9. 토. 13시 25분 작성

남친한테 애정표현해봤는데 답이 없다고 한 글쓴이에요

이제서야 답장 왔는데

"늦잠자서 이제 봤넹ㅠㅠ고마워~^^"

이렇게 답장이 온 거예요;; 너무 뜨뜻미지근...

저는 애정표현 많이 해주고 싶어서 조금 민망한 거 무릅쓰고

한 건데...ㅠㅠ "고마워" 이 말보다 "나두 사랑해" 이거 말해주

는 게 그렇게 힘든 일인가요?

애정표현을 덜해야할까봐요... 제 마음을 너무 다 보여주지

않는 스킬도 필요한 거겠죠?

그리고 이전 글에 직장인들은 대부분 토요일에는 잠 몰아서

자기 때문에 늦잠잔다는거 댓글로 많이 알려주셔서 감사해

요ㅎㅎ

저는 잠깐 잠수이별 당한 줄 알고 엄청 불안했었거든요ㅠㅠ

[사귄지 일주일 됐는데 연락을 넘 안해줘요

그만하고 싶네요]

작성자 : 미니엔젤

3. 11. 월. 18시 52분 작성

지금 저녁 7시 다돼가는데 오늘 한 톡은 오전 11시 반쯤이 마지막이에요

일요일날 데이트도 꽁냥꽁냥 잘 했었구..

이따 점심밥 잘 챙겨먹으라고 보냈는데... 아직 안읽었네요;;

오늘 외근 일정 여러 개 있는 걸로 알고 있는데

아무리 바빠도 중간에 이동하면서 연락 주는 게 그렇게 힘든 일일까요...

혼자 연락 기다리다가 생각이 많아져서

나한테 별로 맘 없으면 우리 그냥 빨리 정리하는게 낫지 않겠냐고 톡 보내놓고 싶네요.. 지금 한창 연애 초기인데..ㅠㅠ

예쁨 받고 사랑받는 기분이 너무 안들어요...

그 톡 보내기 전에 이성 되찾고 싶어서 여기다 글 남기네요...

[계속 그 사람 연락만 기다리게 되네요ㅠㅠ]

작성자 : 미니엔젤

3. 11. 월. 21시 58분 작성

이전 글에 오늘 오전 11시 반 이후로 연락 없다고 쓴 사람입니다. 지금 밤 10시 다 됐는데 여전히 연락 없네요...;;

하루종일 손에 아무것도 안잡혀요.ㅠㅠ

왜 연락을 안 주는 걸까요... 연락은 애정과 관심에 비례한다고 하는데... 저한테 벌써 마음 뜬 걸까요...

그렇다고 먼저 어디서 뭐하냐고 물어보기도 좀 그렇구...

혹시나 집착하는 여자로 볼까봐여ㅠㅠ

착잡하구...답답하네요... 어떡해요 저ㅠㅠ 미치겠어요...

[남친 이제 답장왔어요]

작성자 : 미니엔젤

3. 12. 화. 02시 21분 작성

오전 열한시 반 이후로 연락 없던 남친

방금 연락 왔어요;;

톡으로 '술 먹고 이제 집 왔어 자기야ㅠㅠ피곤행' 이렇게 왔네요

저는 그동안 연락만 기다리면서 아무것도 못하고 불안해 미칠 것 같았는데ㅠㅠ

이제 집 왔다는 연락에 마음이 다시 사르르 녹아요...

'자기 내일 출근인데 얼릉 자 내일 연락해' 하구 보냈는데 자는지 답은 없네요...

근데 연락이 늦었으면 미안하다고 좀 해주지...ㅠㅠ 넘 무심하네요.

이 사람 성향이 원래 이런가보다 하고 이해해 보려구요.

그래도 답장이 오니 마음이 좀 차분해졌어요.ㅎㅎ

[30대 초반 남자들 연락 텀이 어떤가요?]

작성자 : 미니엔젤

3. 14. 목. 19시 30분 작성

사귄지 2주 다 돼가는 커플인데요

어제 저녁에 같이 밥 먹구 방 들어가서 데이트는 잘 했는뎅...

남친이 여전히 연락을 잘 안 해주네요ㅠㅠ

사람마다 성향이 다르고 직장인이라 그렇다 치지만

답장 텀도 좀 느린 편이에요

바로바로 볼 때도 간혹 있는데 막 2~3시간 있다가 오는 경우도 더러 있구요... 전화도 제가 먼저 하자고 해요. 제 전화 안 받을 때도 종종 있고... 그럴 때마다 서운하지만 이해하려고 노력하고 있어요ㅠㅠ 저는 다른 연애 초반의 풋풋한 커플들처럼 서로 시도 때도 없이 톡 주고받고 전화도 매일 하고 그러고 싶은뎅... 그런 건 20대 초중반 커플이나 그런 거겠죠?

30대는 대부분 다들 자기 일이 1순위니깐... 일 없는 제 신세를 탓해야죠 뭐.ㅠㅠ

이렇게 아쉽고 서운해하다가도 연락 오면 바로 또 좋아 죽어요;; 제가 남친을 너무 좋아하나 봐요ㅠㅠ 어떠케요...ㅠㅠ

[내일 남친 생일인데 헤어지자고 할까 싶어요]

작성자 : 미니엔젤

3. 16. 토. 22시 04분 작성

또 또 반복이에요. 저 진짜 이 사람이랑 끝내야 할 것 같아요.

저만 너무 힘들고 미치겠어요ㅠㅠ

친구 집들이 간다더니 오늘 또 반나절 이상 연락 없네요...;;

제가 낮에 "오빠 오늘 집들이 잘 다녀왕~" 하고 톡 보낸 게 마지막이에요. 남친은 읽씹이구요^^;;

어떻게 이러죠? 지금 제가 연애하는 것처럼 보이시나요?

그래서 방금

"오빠 나 힘들어... 행복하지가 않아... 우리 그냥 정리할까"

이렇게 보냈어요.

보낼까 말까 진짜 고민 많이 했는데...

저도 서로 좋아 죽는 행복한 연애 하고 싶단 말이에요ㅠㅠ

너무너무 힘들어요...

진짜 그만하고 싶어요... 몸에서 사리 나올 것 같아요;;

아무리 제가 남친을 사랑해도 이건 아닌 것 같아요ㅠㅠ

[저희 계속 다시 만나요...]

작성자 : 미니엔젤

3. 17. 일. 01시 42분 작성

남친 연락 잘 안된다고 쓴 사람이에요

이 사람 연락 기다리는 게 너무 힘들어서

정리하잔 식으로 톡 남겼거든요

그랬더니 아까 새벽 한시쯤 전화가 온 거예요

평소에 먼저 전화 걸지도 않는 놈이 이럴 때만 먼저 걸드라구요... 전화 와서 하는 말이...

"미안해... 많이 힘들었어? 내가 너무 무심했나 보다

앞으론 진짜 잘할게 그러니까 한 번만 용서해 주라"

이렇게 말하면서 붙잡는 거예요...ㅠㅠ

진짜 맘 정리 다 했는데 잘하겠다고, 용서해달란 말에 또 마음이 녹아버렸어요.ㅠㅠ

앞으로 남친이 잘 하겠죠...?

이제 일요일로 넘어갔는데 예정대로 오늘 만나서 데이트 잘하기로 했어요

아무튼 진짜 이제 남친놈 저한테 잘 하는지 지켜볼거에요-_-

댓글로 걱정 많이 해주셔서 감사했습니다ㅠㅠ

[악몽 꿨어요ㅠㅠ]

작성자 : 미니엔젤

3. 20. 수. 15시 38분 작성

방금 집에서 혼자 낮잠 자고 있었는데요

꿈에서 악마가 나타났어요;;

얼굴은 시뻘겋고 머리에 뿔이 달려 있었는데 몸은 없고 머리만 제 주변을 막 돌아다니면서 겁을 막 주더라구요

꿈에서 깨고 나니 그 악마가 무슨 말을 했는지도 생각이 잘 안 나고 기억이 거의 날아가버렸는데

서양 악마 같기도 하고, 일본에 있는 무슨 눈 크고 뿔 달린 가면 같은 얼굴 같기도 하고... 무튼 악마였어요ㅠㅠ

뭔가 좀 불길하네요;; 살면서 꿈에 악마가 나온 건 처음이거든요...

오늘은 남친 연락이 아침부터 아예 없어서 연락 기다리면서 초조해하고 있었는데... 일어나보니 여전히 답은 없네요. 이따 저녁 6시쯤 데이트 있거든요

앞으로 잘 하겠다면서 잘 하긴 개뿔ㅋ

먼저 연락하기 싫어요. 언제 연락 오나 두고 볼 거예요^^

[데이트에 늦은 남친...^^]

작성자 : 미니엔젤
3. 20. 수. 19시 51분 작성

오늘 남친 퇴근하구 7시에 만나기로 했었는데요

여태 연락이 없길래 제가 7시 넘어서 참다참다 전화해보니깐

참나.. 집에서 자고있던거에요...^^;;

전화는 안 받고 곧바로 톡이 왔는데 "깜빡 잠들었네ㅠㅠ금방

준비하고 나갈게!" 이렇게 답이 와서 미안하단 말도 없길래

순간 화가 나서 다시 전화를 걸었어요

"오늘 나 만날 생각은 있어? 그렇게 피곤하면 안 나와도 돼.

그냥 더 자" 이렇게 쏘아붙였더니 엄마한테 혼난 애 마냥 암

말도 안 하는 거에요;; 그래서 한동안 정적이 흐르다가 제가

꾹 참고, "화내서 미안.. 오빠도 퇴근하고 피곤했을 텐데 잠깐

잘 수도 있는 거지.. 얼른 준비하고 이따 보자" 하고 말했죠...

그랬더니 그제야 미안하다고 하더라구요

약속시간 7시였던거 8시로 늦추고 저는 카페에서 기다리고

있네요... 그래도 곧 얼굴 보면 좋아 죽겠죠 뭐ㅠㅠ

이전 댓글에 '그거 님 별로 안 좋아해서 그래요' 라는 댓글 있

던데 저는 제가 남친을 좋아하는 만큼 남친이 절 덜 좋아해도

돼요.. 그냥 잘 해주고 좀 참고 맞춰주면서 어떻게든 이 관계

지키고 싶어요...ㅠㅠ 남친이 너무 좋으니깐요...흑흑ㅠㅠ

[저 또 서운해요ㅠㅠ]

작성자 : 미니엔젤

3. 21. 목. 15시 20분 작성

어제 남친이랑 같이 숙박하고 아까 오전 11시에 체크아웃 했는데요

어제까진 서로 러브러브하고 정말 좋았어요

오늘 남친은 월차여서 회사 안 가도 됐구요

근데 숙소 나와서 같이 점심 먹고 카페를 갔는데

카페에 온지 30분도 안돼서

피곤하다면서 집에 가자는 거예요...

보통 사랑하는 사람이랑 있으면 30분도 더 같이 있고 싶어 하지 않나요?ㅠㅠ 어차피 월차인데 더 데이트해도 되는 거고...

그래서 너무 속상했지만 피곤해보이니 그냥 집에 보냈어요

저도 집으로 돌아왔는데 계속 서운한 거 있죠ㅠㅠ

집에 와서 할 것도 없구ㅠㅠ

계속 연락도 없네요. 아마 자고 있겠지만...

제가 지금 서운한 게 당연한거죠?

[저도 사랑받는 연애 하고 싶어요...]

작성자 : 미니엔젤

3. 22. 금. 23시 11분 작성

제 남친... 연락도 잘 안해주구

전화도 제가 하자면 하고

만나는 것도 제가 이날 만나자 해야 만나고...

연애를 하는데도 항상 외로워요

만나면 또 좋은데 떨어져있으면 확 외로워져요...ㅠㅠ

남친한테 엄청 사랑받고 알콩달콩하게 연애하는 친구들 보면

넘 부러워요...

결혼하는 친구들도 부럽고...

제 연애는 왜 이럴까요

제가 너무 사랑해서 이런 걸까요

좀 덜 사랑해야 하나요

그렇다고 덜 사랑하긴 힘들어요ㅠㅠ

친구들은 좋아하는 티 좀 덜 내라고, 밀당 좀 하라고 하는데

제가 그 사람을 좋아하는데, 넘넘 사랑하는데 그 감정을 숨기

기가 넘 어려운 성격이에요ㅠㅠ 어떡해요...

[전 남친 프사 봐버렸어요]

작성자 : 미니엔젤
3. 23. 토. 02시 33분 작성

갑자기 새벽감성 돌 때 있죠...

어쩌다 옛사람 생각나고 그럴 때...

지금 남친은 저에게 좀 무심한 편이에요

그러다보니 20대 풋풋할 때 만난 전남친 생각이 나더라구요

그 사람은 저한테 정말 다정하게 대해줬어요

저 밖에 몰랐고, 제가 1순위였어요

연락도 꼬박꼬박 잘 해주고, 먼저 보고싶어 해주고...

보고싶다고 하면 시간 상관없이 먼길도 달려와주고...

그래서 제가 너무 쉽게 생각했죠

엄청 막 대했어요 제가 무슨 여왕이라도 된 마냥...

그래서... 결국 전 그 착했던 사람에게 버려졌어요

3년이라는 시간이 무색하게, 어느날 갑자기 저한테 톡으로

그만하자고 하더라구요

믿을 수가 없었어요 울며불며 바짓가랑이 붙잡고 매달렸어요

어떻게 그럴 수가 있냐며... 애원했죠...

그래도 그동안 많이 지쳤는지, 절대 붙잡히지 않더라구요...

그래서 제가 말했죠

마지막으로, 우리 집에 와줄 수 없냐고...

우리 집에서 나와 마지막 밤을 함께 보내주면, 그러면 나는 너에게 질척거리지 않고 깨끗이 보내줄 수 있다고 말했죠...

그래도 착한 그 사람은 우리 집에 와 줬어요

그리고 그날 마지막 밤을 함께 보냈죠...

그리고 나서 저는 그 사람을 제 마음속에 묻기로 했어요

한때 정말 사랑했던 사람이었으니까요...

그리고 여전히 그 사람의 번호를 기억하기에 그 사람의 프사를 찾아봤어요. 그랬더니 2년 전 본인 사진 그대로인거예요. 2년이란 시간이 짧다면 짧고 길다면 길지만 어쩜 그 모습 그대로, 그 사진 그대로인지... 그 사진을 보고 많이 울었네요. 항상 제 손을 잡아주던 그 손, 항상 저에게 입맞춤해주던 그 입술, 그리고 항상 제가 쓰다듬던 머리, 제가 꼬집던 그 볼... 여전히 바뀌지 않은 그 사람의 사진을 보며 얼마나 펑펑 울었는지 몰라요... 그래도 옛사람은 옛사람이니, 마음속에만 담아둔 채 잊을 거예요.

그래도 지금 새 사람이 있으니까요...

얘기가 길어졌네요. 혼자 센치해져서 주절주절 해봤어요ㅠㅠ

[저 그냥 바람 피울까봐요]

작성자 : 미니엔젤

3. 23. 토. 15시 20분 작성

원래 오늘 데이트하는 날인데 남친이 갑자기 친구 결혼식 가야 한다면서 약속을 내일로 미뤘어요ㅠㅠ 근데 미안하단 말한 마디도 없네요. 친구끼리도 이러진 않을 텐데... 너무 속상해요. 전 오늘만 기다렸는데ㅠㅠ휴

자꾸만 서운하고 속상한게 쌓이고 있어요.

저 그냥 바람이라도 피울까봐요...

차마 남친을 버리진 못하겠고...

옛날에 절 좋아하던 사람이 있었는데 그 사람한테 한번 연락해볼까 싶어요. 술 한 잔 하자구...

외로우니 별 짓을 다 하네요.ㅠㅠ

[바람 포기..ㅋㅋㅋㅋㅋ]

작성자 : 미니엔젤

3. 24. 일. 00시 13분 작성

남친이 데이트 약속 당일취소했다고 쓴 사람이에요..

옛날에 절 좋아하는 친구한테 연락해봤더니, 애인이 없는지 당장 오늘 가능하다고, 만나자고 하더라구요. 그래서 오늘 만나고 왔어요. 물론 남친 있는 건 말 안 했구요.

근데 역시나 제가 이 친구에게 마음이 안 간 이유가 있었어요...

외모가 너무 제 스타일이 아니네요ㅠㅠ 살도 더 많이 쪘고, 뭔가 너무 아저씨 같은 거예요. 서로 말은 잘 통했는데...

그에 비해 제 남친은 저랑 말은 잘 안 통하는 것 같지만 확실히 멋있고, 완전 제 스타일이라는 걸 오히려 다시 깨달았네요ㅠㅠ

아무리 외로워도 마음이 안 가는 사람은 어쩔 수 없나 봐요.

그냥... 남친이 보고 싶어요.

[남친 연락두절...]

작성자 : 미니엔젤

3. 24. 일. 14시 05분 작성

오늘 만나는 날인데 여태 남친 연락 없어요;;

두시에 만나기로 했거든요...

하.............

전화해도 계속 안 받네요

[헤어지자네요...]

작성자 : 미니엔젤

3. 24. 일. 22시 42분 작성

오늘 계속 연락 안 되길래 제가 아까

'나만 오빠 좋아하는 거 같아... 좀 힘드네... ' 이렇게 톡을 남겼어요

그랬더니 몇분 후 전화가 오더라구요

받았더니...

계속 잘 못해줘서 미안하다면서

그냥 여기서 정리하는게 좋을까? 하고 말하더라구요

순간 제 심장이 철렁 하고 내려앉는 것 같은 절망스러운 기분이었어요..

그래도 애써 진정하면서, 왜 그래야 하냐고 물어봤죠

그랬더니 그냥 마음이 잘 안 간대요....

제가 자기를 사랑하는 만큼 절 사랑하지 않는 것 같대요...

그래서 제가, 본인이 만나자고 해놓고 왜 이렇게 무책임한 행동을 하냐고 말했죠...

그랬더니 미안하다고만 하더라구요...

그래서 "그럼 우리 여기서 이렇게 바로 정리하기 보단 잠깐 시간을 갖자, 나는 이렇게 오빠를 쉽게 놓을 수가 없다, 내 마

음은 어떻게 하냐, 만나서 얘기하자" 고 했어요

그랬더니 남친은 그냥 계속 미안하다고만 하는거예요...

거기서 상대방은 이 관계를 지속할 마음이 없구나 하고 딱 느꼈어요. 아무리 내가 매달려봤자 이 사람과는 계속할 수 없겠구나 싶더라구요.. 그래서 제가 말했어요.

마지막으로, 우리 집에 와줄 수 없냐고...

지난 번 이별때처럼요...

"우리 집에서 나와 마지막 밤을 함께 보내주면, 그러면 나는 너에게 질척거리지 않고 깨끗이 보내줄 수 있다"고 이번에도 그렇게 말했죠... 그랬더니 남친이 알겠다고 하더라구요...

당분간은 회사 일 때문에 바쁠 예정이라 다음주 일요일에 저희 집에 오기로 약속했어요... 그리고 일주일동안 자기도 다시 생각해 보겠다네요...

아마도 다시 생각해보겠다는 마지막 멘트는 진심이 아니라 그냥.. 저한테 미안하니깐 그냥 한 말인 것 같아요...

하... 마음이 무너져내릴 것 같아요

전 정말 잘해줬는데... 집착 없이 최대한 맞춰줬는데...

일주일 동안 저는 어떡하죠

너무 사랑한 대가가 결국 이런 건가요

마음이 너무너무 아파요... 죽을 것 같아요...

[남친 회사로 찾아갔었어요]

작성자 : 미니엔젤
3. 27. 수. 23시 54분 작성

지난번 글에 위로 댓글 많이 달아주셔서 감사합니다ㅠㅠ
저 결국 일요일까지 못기다리구 남친 회사 앞으로 찾아갔어
요... 너무 스토커처럼 보일까봐 남친 회사로 들이닥치거나
하진 않구 그냥 그 근처 카페에서 기다리고 있다고 남친한테
메시지를 남겼죠. 그랬더니 퇴근하고 바로 오더라구요
근데 남친 얼굴을 보자마자 눈물이 막 쏟아지는 거예요
그랬더니 남친도 미안했는지... 저를 안아줬어요
그러면서 "너가 나를 사랑해주는 것만큼은 아니겠지만 그래
도 이 관계를 바로 정리하진 않을게" 라고 말하더라구요
조금은 애매한 말이었지만 그래도 그렇게 말해주니 기뻤어요
그리고 오늘 밤 같이 오랜만에 사랑을 나누면서 시간을 보냈
는데, 그랬더니 다시 절 사랑해줄 것 같은 느낌이 좀 들더라
구요. 불안한 와중에도 조금은 안도감이 들었달까요...
아무튼 헤어지구 집으로 돌아와 보니 "잘 들어갔어?" 하고 연
락 와있네요... 이런 연락 하나에도 제 마음은 또 누그러져
요.ㅠㅠ 일요일에는 예정대로 제 집에서 같이 시간 보내기로
했어요. 부디 이 관계가 오래오래 갈 수 있길 기도해 주세요...

[집에 남친 불렀어용ㅎㅎ]

작성자 : 미니엔젤

3. 31. 일. 23시 57분

오늘 남친 집에 초대했어요. 직접 요리한 계란국이랑 김치볶음밥 해줬더니 맛있다면서 엄청 잘 먹더라구요

그리고 둘이 로맨스 영화 한편 보다가 둘이 꽁냥꽁냥도 하구ㅎㅎ 근데 남친이 자꾸 집에 퀘퀘한 냄새 난다고 뭐라고 하더라구요;; 남친 온다고 청소 열심히 했는데... 속상해요ㅠㅠ

그래도 남친이 많이 피곤했는지 지금 제 옆에서 쌕쌕 자고있어용ㅎㅎ 저는 저한테 다시 와준 남친이 넘 사랑스러워서 남친 얼굴도 만져보고... 귀도 만져보고... 어깨도 만져보고 하고 있어요ㅋㅋㅋㅋㅋ 저 변탠가용??ㅋㅋ

근데 자꾸만 남친 폰이 궁금해요ㅠㅠ

실은 어쩌다 남친 폰 패턴 본적 있어서 잠금해제 할 순 있거든요... 너무 사랑해서 남친의 모든 비밀까지 다 알고 싶은 그 심정 아시죠?

어쩔까요... 보지 말까요?

근데 너무 보고 싶어요ㅠㅠ 저좀 말려주세요

[아....... 결국 봐버렸네요]

작성자 : 미니엔젤

4. 1. 월. 01시 03분

보라는 댓글 반, 보지 말라는 댓글 반...

궁금한 건 못 참는 성격이라 보지 말란 댓글이 전부였어도 봤을 텐데요...

와... 저 진짜 판도라의 상자를 열었네요

지금 손 바들바들 떨려요

남친 카톡 보니까 전여친이랑 연락하고 있었네요;;

5년 만나고 차였다더니... 둘이 이미 다시 만나고 있었네요

저랑 안 만난 날은 그년 만나고 있었어요;;

그리고 지 친구들한텐 제가 잠자리용이라고 말하고 다녔네요

심지어 "잠자리용인데 겁나 질척거린다 더 정들기 전에 얼릉 버려야 하는디" 이런 내용도 있네요.........;; 하하......

아... 저 어떡하죠...? 지금 미쳐버리기 일보직전이에요

머리가 핑핑 돌아가는 것 같아요

그래서 나한테 그렇게 연락이 뜸했던 거구나, 그래서 나를 별로 안 만나고 싶어 했던 거구나 하고 이제서야 퍼즐이 다 맞춰지는 것 같네요... 저 진짜 어떡하죠 정말..

그동안 절 갖고 놀았다는 걸 알아버려서..

눈앞이 빙글빙글 돌아가요 지금...

[저희 절대 이별하지 않기로 했어요]

작성자 : 미니엔젤

4. 2. 화. 03시 25분 작성

여태 남친 만나면서 이 사람이 날 사랑하는지 아닌지,

또 다시 이별의 고통을 감당할 수 있을지,

매일매일 불안하고 초조하고 정말 미칠 것 같았는데요...

이제 이별 걱정은 안 해도 될 것 같아요.

앞으로 남친이 제 옆에 꼭 붙어있기로 했거든요.

이제 같이 살기로 했어요! 동거라면 동거랄까ㅎㅎㅎ

저는 요리해주고 챙겨주는 거 좋아하니깐 끼니마다 남친 밥

챙겨주고 돌봐주면 돼요. 남친도 저한테 의지하기로 했구요.

사랑하는 사람과 계속 함께 있을 수 있다는 거 정말 행복하네요!

그동안 여기서 위로와 조언 많이 받았는데 정말 감사했어요..

댓글 하나하나 저에게 다 피가 되고 살이 되었답니다.

우리 모두 행복한 사랑만 해요♥

[생각보다 개그코드가 많이 중요한가 봐요] ...

[남사친 심리가 뭘까요] 쓰리잡러 · 댓글 1

[저 왤케 한심하죠] 매일치킨먹고싶다 · 댓글 0

[선 봐보신 분?] 오리궁둥쓰 · 댓글 3

[남친이랑 돈문제에 대해서 얘기나눠보신 분들? 밍키 · 댓글 2

[제 남친 개싸이코;;] 닉네임뭘로하지 · 댓글 4

[갑자기 보고싶어여ㅠㅠ] 댕댕이 · 댓글 0

[어제 헤어졌어요..] 뼛속까지ISTJ · 댓글 3

[말로만 항상 잘하겠다는 남친놈] 뇌섹녀와뇌청순남 · 댓글 2

[이 연하남 저한테 마음 있어보이나요?] 아가리다이어터 · 댓글 2

[어플로 남자 만나도 괜찮을까요] 호이호이 · 댓글 4

[전남친 물건 처리] 내일지구가망했으면 · 댓글 2

[남친 집안 기독교, 저는 불교집안인데..] 아구찜닭 · 댓글 6

[헤어진지 3주째 카톡프사요] 나는귀여운햄스터 · 댓글 5

[소개팅 애프터 거절 어떻게 하나요ㅠㅠ] 그럼20000총총 · 댓글 5

[남친 입냄새 어떻게 말하죠..] 와방큐트작살 · 댓글 7

[맨날 썸타다 끝나는 이유] 허언증만렙 · 댓글 4

[여러분이라면 이 상황에서 어떻게 하시나요ㅠㅠ] 닭둘기 · 댓글 9

[왜 술먹고 연락올까여] 서글픈한화팬 · 댓글 5

[밖에서 남친이랑 항상 손 잡고다니세요?] 올때메로나 · 댓글 8

[남친 어머니가 절 안좋아하시는거같아요] 1일1치맥 · 댓글 5

[이 남자 심리 뭔가여?] 도비는자유아니에요 · 댓글 4

[다들 지금 남친이랑 헤어지래요..] 존웃존귀존맛 · 댓글 6

[전남친 카톡프사 봐주실 분] 꽃길만걷자 · 댓글 2

[애프터 못받았어요ㅠㅠ] 얼죽아타죽핫 · 댓글 5

[이 남자 회피형인가요] 우울한사축 · 댓글 6

[...헤어지고 온 상대방 ...깨갈김인가요?] ...

국가일보

서울 □□구 ○○동 빌라서 사지절단된 남성과 신원미상 시신 1구 발견돼

이광민 기자 / 입력 2021.04.16. 19:39

[국가일보=이광민 기자] 서울 □□구 ○○동 모 빌라에서 15일 오후 4시 35분쯤 신원미상의 시신 1구와 팔다리가 절단된 남성 한명이 발견돼 경찰이 조사에 나섰다. 경찰은 이날 "건물에서 악취가 난다"는 주민의 신고를 받고 현장에 출동했다.

확인 결과 4층의 한 세대 앞에서 악취가 유독 심하게 났고, 시취로 판단되어 경찰이 문을 강제로 개방한 후 실내로 진입했다. 현장에 거주민은 없었으나 방 안 침대 위에 팔다리가 잘린 채 의식불명 상태로 침대에 묶인 피해자 A씨(남, 32세)를 발견하고 즉시 병원으로 이송했다.

베란다의 김치냉장고 안을 확인한 결과, 악취의 원인으로 파악되는 심하게 훼손된 남성의 시신 1구가 발견되어 감식반이 출동했다. 해당 시신은 부패가 상당히 진행되었으며 신체가 10조각으로 토막 난 상태였다.

현장의 물품과 소지품을 통해 해당 빌라의 거주자이자 가해자로 추정되는 자는 20~30대 여성으로 확인되었으며 도주한 것으로 추측하고 있다. A씨는 현재 여전히 의식불명 상태이며, 감식반은 시신의 신원을 파악하고 있다. 경찰은 인력을 총동원해 가해자의 행방을 추적하고 있다.

[님들 ○○동 사건 뉴스 보셨어요?]

작성자 : 아구찜닭

4. 16. 화. 20시 14분 작성

아까 뉴스랑 기사 보니까 진짜 대박이던데요;;

그 집에서 사지 다 잘리고 간신히 숨 붙어있는 남자랑

죽은 지 2년 됐고 부패된 남자 시체가 발견됐다네요;;

진짜 미친여자인가봐요 너무 무서워요ㅠㅠ

[살인사건 넘 섬뜩해여ㅠㅠ]

작성자 : 소(주)믈리에

4. 16. 화. 20시 19분 작성

저도 기사 보구 왔어요.. 진짜 이게 무슨 일이래여ㅠㅠ

세상이 너무 흉흉하네요,,,,,,,

침대에 팔다리 잘린 남자 발견됐고

김치냉장고에서는 죽은지 2년 넘은 남자 시체가 있었대요.

너무 끔찍해서 상상하기도 싫은데ㅠㅠ

그 팔다리 잘린 사람은 아무리 목숨이 붙어있다지만 앞으로

어떻게 살아가나요ㅠㅠㅠㅠㅠㅠ

너무 불쌍해요... 호러영화같은 일이 실제로 일어난듯요;;

[저도 기사 보구왔어요]

작성자 : 우울한사축

4. 16. 화. 20시 25분 작성

기사 내용 너무너무 잔인한데... 조심스럽게 말해보자면요

남자들이 그만큼 그 여자를 미치게 한 원인이 되지 않았을까

싶네요

저도 쓰레기같은 남자들한테 여럿 뒤통수 맞아봤거든요

그 고통, 그 충격 진짜 말로 표현 못해요

제가 죽든지 상대가 죽든지 아무튼

진짜 죽을 만큼 힘들더라구요

그게 계속 반복되면 진짜 사람 미쳐요

그래도 정상인이라면 토막이랑 시체유기까진 안 가죠...

그 지경까지 간 여자도, 피해자들도 불쌍하네요

(이 글 문제되면 바로 삭제할게요)

[이전글 뭐죠ㅎㅎ;;]

작성자 : 오모나

4. 16. 화. 20시 29분 작성

어이없네요;;

아무리 여기가 거의 여자들만 있는 게시판이라지만

사람 끔찍하게 죽인 살인자한테 감정이입 뭐죠ㅋㅋㅋㅋㅋ

그 여자도 불쌍하다구요?

님도 님을 차버린 남자들을 저렇게 똑같이 하고 싶었나보죠?

그런 잘못된 마음을 갖고 있으니까 남자들이 님이 좀 이상하다는 걸 눈치 채고 계속 찬 거예요;;

저는 항상 제가 차 왔기 때문에 솔직히 그런 고통을 잘 모르긴 하지만...

아마 상대한테 뭔가 문제를 감지했으니까 찬 거겠죠?

차이는 건 다 이유가 있어요

아무튼 그런 발언은 위험해요 얼른 글 내리세요

[완전소름]

작성자 : 닭발사랑꾼

4. 16. 화. 20시 30분 작성

진짜 소름끼치네요

유기된 사체도 전 애인으로 추정된다면서요..

글구 집에 있던 물건들로 보아 가해자가 간호사로 추정된대

요... 저도 간호산데ㅠㅠ;;

가해자가 피해자 남성을 집으로 데려와서 직접 마취시키고,

팔다리 절단하고, 절단면 상처를 직접 봉합한 걸로 추정된다

네요.. 글 쓰면서도 소름돋아요ㅠㅠ

[헐 사건 발생한 곳 저희 동네네요]

작성자 : 젤리덕후

4. 16. 화. 20시 32분 작성

유튜브로 뉴스 보니깐 피해자랑 사체 발견된 곳 동네 나왔는

데 제가 사는 곳 바로 앞 빌라 같아요ㅠ_ㅠ 이렇게 가까운 곳

에서 그런 끔찍한 일이 일어났다니.. 앞으로 잠 못잘거같아요

모자이크 좀 해주지.. 동네망신이네요

[글 지우셨네요]

작성자 : 도레미쳤냐

4. 16. 화. 20시 35분 작성

살인범을 옹호하고 불쌍하다고 하시다뇨

그만큼 상처가 많으셨다고는 하지만

진짜 큰일 날 말씀이에요

지우셨으니 본인이 말실수한건 아시는 듯 하고,,

아무튼 요즘 세상 너무 흉흉하네요

사지절단된 피해자분은 앞으로 어떻게 살아가실까요ㅠㅠ

공포영화에서나 볼법한 일이 실제로 일어나다니;;

너무 무서워요,, 후덜

연애하시는 분들 서로에게 잘 합시다ㅠㅠ

[그 가해자는 지금 어디로 갔을까요]

작성자 : 식탁

4. 16. 화. 20시 41분 작성

여기가 연애나 이별 고민 털어놓는 게시판이다 보니

설마 그 여자도 이 게시판에 글 쓰거나 하면서 버젓이 활동하

진 않았을까요...? 그렇다면 너무 무서울듯ㅠㅠ

[남친이랑 끝낼래요]

작성자 : 미니엔젤

4. 29. 목. 20시 44분 작성

에휴... 얼마 전부터 남친이랑 같이 살기 시작했는데

맨날 잠만 자고 침대에서 일어날 생각을 안하는거예요ㅠㅠ

요즘 좀 피곤하고 아파보이긴 했는데

그렇다고 해도 맨날 잠만 자니... 너무 실망스럽더라구요

맨날 밥도 제가 차려줘야 하고 먹여줘야 하고

병자도 아닌데 심지어 대소변도 제가 치우기도 했어요;;

남친은 항상 누워만 있고... 완전 게으름뱅이가 따로 없었죠

그래서 그냥 그렇게 잠이나 계속 자라 싶어서

그 집에서 뛰쳐나왔어요

절 찾기는 할까요? 아직 연락은 없는데..

넘 서운해요 그 집으로 돌아가기 싫어요ㅠㅠ

이제 헤어졌다고 생각할래요...

[새 남친 생겼어용♥]

작성자 : 미니엔젤

5. 15. 토. 23시 25분 작성

헤헤 오랜만에 행복한 소식으로 글 남겨보네요(>_<)/

저 새로 만나는 분이 생겼어요!

지난주에 혼자 술집에서 술 마시다가 알게 된 사람인데요

술먹다가 만나면 대부분 가벼운 만남이라고 생각하겠지만

이 사람은 좀 다른 느낌이에요!ㅎㅎ

잘생긴데다 진중한 성격에 남자다움까지!

외모도 완전 제 이상형인데 성격도 멋져요

최고에요 제 남친ㅠㅠ여기저기 자랑하고 싶어용

이전 애인들 때문에 속앓이 가슴앓이 정말 많이 했었는데

왠지 이 사람은 절 행복하게만 해줄 것 같아요ㅎㅎ

앞으로 오래오래 예쁘게 잘 만나보려구요♥♥

회원님들도 이 글에서 좋은 기운 받아가셔용!

[저 지금 손떨려요]

작성자 : 미니엔젤

6. 22. 화. 01시 15분 작성

최근에 남친 행동이 좀 수상해서 남친 차 블박 몰래 확인해봤

더니 낯선 여자가 제 남친 차에 자주 탔네요

이거 빼박 바람 맞죠..?;;

일단 영상 첨부했는데 음성 다 나오니까 한번 봐주세요

하....... 손떨림이 안멈추네요

저 어떡하면 좋을까요

열 번째 이야기

유서.m4a

엄마, 이제부터 나 보고 싶을 때 이걸로 내 목소리 들어.

전원은 화면 아래 가운데 동그란 버튼을 3초 정도 누르면 켜져.

그러면 화면에 폴더 하나가 보일 거야.

다시 동그란 버튼을 누르면 그 폴더로 들어가져.

거기에 녹음파일이 다 있어.

다시 버튼을 누르면 첫 번째 파일부터 재생될 거야.

위, 아래로 이동하는 건 화살표 버튼 따라서 누르면 돼.

그리고 헤드폰 줄은 기계 아래쪽 동그란 구멍에 연결하면 되구.

내가 일단 충전해놨는데, 듣다가 mp3 배터리 다 떨어지면

아래 가운데에 있는 네모난 구멍에 코드 꽂아서 충전하면 돼.

하루에 하나씩만 들어줘. 약속 지켜야 돼.

그리고 엄마가 너무 슬퍼하지 않았으면 좋겠어.

엄마에게 사랑한다고 한 적이 거의 없었지만,

나는 엄마를 사랑해. 내가 사랑하는 사람은 오직 엄마 한 사람이야.

안녕. 또 만나자.

—단비가—

　단비의 장례식을 마친 지 삼사일 정도 지났을 무렵이었다. 그것은 딸의 책상을 정리하다 첫 번째 서랍에서 발견한 짧은 편지이자 유서였다. 그리고 그 옆에는 오래된 mp3 기기와 충전기, 그리고 헤드폰이 나란히 놓여 있었다. 작은 핸드폰처럼 생긴 은색의 mp3기기는 검정색의 속 재질이 군데군데 드러나 있어 세월과 생활의 흔적을 남기고 있었다.

　십여 년 전, 중학생이 된 딸은 mp3가 갖고 싶다며 매일같이 노래를 부르며 조르고 졸랐다. 당시 내가 동네 마트 계산원으로 일하던 상황으로써는 항상 생활비가 빠듯했기에 전자기기 한 대를 사는 것은 큰 지출이었다. 그래서 첫 중간고사 평균 85점을 넘는 조건을 내걸었고, 딸은 그에 살짝 못 미치는 결과를 냈다. 그래도 곧 다가오는 생일을 앞두고 있었던 딸에게 결국 mp3를 사주었다. 딸은 몇 년 간은 매일 품에 mp3를 달고 사는가 싶더니, 이번에는 스마트폰을 사달라고 졸랐다. 이미 딸의 또래친구들은 모두 스마트폰을 쓰고 있는 모양이었기에 사 주지 않을 수 없었다. 그 후, 딸은 더 이상 mp3를 사용하지 않았다.

그랬던 그것을, 딸이 나에게 물려주었다. 홀로 남아 외로움과 그리움과 슬픔에 사무칠 나를 위해 딸은 이 안에 자신의 목소리를 남긴 듯 했다.

"이러라고 사준 게 아닌데. 이러라고 사준 게 아니야. 엄마는 네가 이러라고 사준 게 아니야…"

나는 딸의 책상 앞에 앉아 그것을 손에 꼭 쥐고 허리를 숙였다 폈다 하며 한참을 울었다.

아직 너무나 젊고 어린 나이, 고작 스물여섯 살에 단비는 다른 세상으로 떠나버렸다. 마음의 병을 앓고 있던 딸은 이전에도 몇 차례 자살시도를 한 적이 있었다. 다 어디서 보고 따라한 것인지 손목을 긋고, 방에서 목을 매고, 다량의 수면제를 먹고… 그럴 때마다 나는 목숨이 위태로운 딸을 발견해 극적으로 구해냈다. 하지만 마지막 시도는 결국 구할 수 없었다. 딸은 아파트 앞 주차장에서 쓰러진 채 발견되었기 때문이다. 더 이상 이 세상에 머무르지 않겠다는 의지가 매우 강했던 모양이다. 홀로 남을 엄마를 내버려두고, 지면에 닿을 때의 상상도 할 수 없는 고통도 감내한 것을 보면…

어릴 때부터 책 읽는 것과 영화 보는 것을 좋아했던 딸의 꿈은 드라마와 영화 시나리오 작가였다. 하지만 좀처럼 공모전에 입상하지 못했고, 졸업 후 취업도 뜻대로 되지 않았다. 용돈을 벌기 위해 언어과외를 시작했지만 어느 학부모에게 거칠게 클레임을 받은 이후로 그마저도 관두게 되었다. 딸의 영혼에는 상처가 한층 한층 퇴적되어갔고, 주변과 세상에 마음의 문을 조금씩 닫고 있었다. 점점 웃음과 활기를 잃고 우울에 침식당한 딸에게서 친구들도, 애인도 결국 떠나갔다. 병원에 데려가 치료도 받고 약도 먹여봤지만 딸의 슬픔은 쉽게 낫지 못했다. 점점 망가져가는 딸의 모습을 지켜보며 엄마인 나도 비슷한 고통을 느끼고 있었다.

얼굴이 회색빛이 되어 이미 이 세상 사람의 모습이 아닌 것 같은 딸의 충격적인 모습을 여러 번 마주한 적이 있었다. 하지만 많은 피를 흘리고 망신창이가 된 채 완전히 숨이 끊어진 딸의 진짜 죽음은 도저히 감당할 수 없는 것이었다.

계속해서 터져나오는 울음에 점점 기력이 빠져, 침대 위에 모로 누웠다. 눈이 스르르 감겨왔다. 차라리 이대로 영영 깨어나지 않았으면 했다.

병원에서 위세척을 하고 간신히 깨어난 단비가 며칠간의 입원을 마치고 퇴원하던 날이었다. 함께 뒷좌석에 앉아 집으로 돌아가는 택시 안에서 딸이 조용히 입을 열었다.

"...엄마."

"응? 왜?"

"원래 세상은 이렇게 살기 힘든 거야?"

"물론 살아가다 보면 내 뜻대로 안 되는 일이 더 많아. 그래도 그 사이사이 작은 행복을 찾고 그 행복을 느끼면서 살아가는 게 인생이야."

"그럼… 나한테는 왜 그런 작은 행복조차 없을까?"

"이렇게 널 사랑하는 엄마가 곁에 있잖아."

"……."

"어릴 때부터 널 먹이고 재워주고 사주고 키워준 엄마라도 없었어 봐. 그래도 엄마는 없는 형편에도 너 먹고 싶다는 거 갖고 싶다는 거 할 수 있는 선에서 다 해주려고 노력했어."

"……."

"왜? 엄마 말이 틀렸니?"

"...엄마, 미안해. 나는 이 세상에 날 낳은 엄마가 원망스러워. 그리고 편하게 죽지도 못하게 자꾸 붙잡아두는 것도 너무 원망스러워."

그래서는 안 됐지만, 그 말을 듣고 나도 모르게 딸의 뺨을 때리고 말았다. 딸은 자신의 뺨에 손을 대고 멍하니 있었다. 내 오른쪽 손바닥 역시 마찰의 감촉이 찌릿찌릿하게 남아 얼얼했다.

"아이고, 어머님이랑 따님이랑 왜 다투시고 그래요."

살벌한 분위기가 민망했던지 기사가 한마디 껴들었다. 나는 대꾸도 않고 딸에게 쏘아붙였다.

"엄마가 매번 너 때문에 얼마나 이 가슴이 찢어지고 무너져 내리는 것 같은지 넌 모르겠니? 안 그래도 힘든 엄마를 왜 자꾸 힘들게 만들어?"

"아저씨, 여기서 차 세워주세요. 나 그냥 혼자 걸어서 갈래."

"아휴, 뭘 또 그러세요. 계속 같이 가시지."

"너 여기서 내리면 알아서 해."

딸은 크게 한숨을 쉬더니, 다시 좌석에 등을 기대고 앉아 고개를 돌려 창문 너머를 바라보고 있었다. 그리고 얼마 후 다시 입을 열었다.

"...이 세상이 내 몸이랑 정신을 다 갈기갈기 찢어버리고 싶은가 봐. 엄마마저도 나를."

결국, 얼어붙은 분위기를 유지한 채 집으로 함께 돌아왔다. 딸은 바로 방으로 들어가 문을 닫았다. 나는 식탁에 앉아 그동안의 병원비 고지서와 약값 봉투를 모아 확인했다. 사실 고지서의 숫자는 머리에 잘 들어오지 않았다. 단비의 말대로 내 삶 역시 무엇 하나 뜻대로 되지 않았다. 어릴 때부터 부모님 없이 할머니의 손에서 자라온 나, 고등학생 때부터 이런저런 일을 하다, 어느 작은 회사에서 만난 사람 사이에서 20대 초반이라는 어린 나이에 덜컥 생긴 아이, 아이를 낳자마자 다른 여자에게 가 버리고 연락도 닿지 않는 그 사람, 언제나 빠듯했던 생활, 그래도 내 삶의 유일한 이유였던 딸 단비, 그러나 이제는 내 딸의 앞을 가로막으며 괴롭히는 이 세상. 어쩜 이리도 지독한 일들만 반복되는, 이 더럽고 더러운 개 같은 세상. 눈물이 조용히 볼을 타고 흘러 종이 위에 툭툭 떨어지고 있었다.

눈을 떴다. 이미 해가 다 지고 달빛만이 나를 비추고 있었다. 단비에게 모진 말과 행동을 해버린 그날의 기억이 그대로 꿈에서 재생되었다. 너무나 후회되고, 잊고 싶은 기억이었다. 현실과 마찬가지로, 꿈 역시 참으로 가혹했다. 젖어있는 눈 주위를 손바닥으로 닦아내며 힘겹게 몸을 일으켰다.

이미 세상을 떠난 딸의 목소리를 들어봤자 딸이 살아 돌아오는 것도 아니고, 그 목소리를 듣고 있으면 오히려 더 보고 싶어져서 가슴이 미어지지 않을까 하는 두려움이 앞섰다. 하지만 홀로 남겨질 나를 위해 그동안 자신의 목소리를 녹음하고 있었던 딸의 노력을 무시할 수 없었다. 딸은 나에게 어떤 말을 이 기기에 남겨두었을까.

딸의 목소리를 들어야겠다. 그리고 비록 목소리만 남았을지라도 딸에게 내 잘못에 대해 용서를 구해야겠다.

팔을 뻗어 책상 위에 놓아둔 mp3와 헤드폰을 집어들고, 침대에 걸터앉아 mp3를 작동시켜 보았다. 딸의 말대로 동그란 버튼을 꾹 누르고 있으니 화면에 불빛이 팍 하고 들어왔다. 다시 버튼을 누르자 폴더 목록이 떴고, 거기에 '단비가'라는 글자가 보였다. 다시 버튼을 눌렀다. 목록에는 첫째 날, 둘째 날, 셋째 날… 그리고 서른째 날까지 있었다. 이걸 다 언제 녹음한 것일까.

기기를 헤드폰에 연결한 다음 재생 버튼을 눌렀다. 헤드폰에서 공기의 소리를 잡아낸 듯한 잡음이 들리기 시작했고, 이어서 딸의 목소리가 흘러나왔다.

- 엄마. 나 단비야. 우선 정말 미안해. 엄마를 두고 멀리 떠나와서.

그 목소리를 듣자마자 울음이 터져나왔다. 마치 내 양쪽 귀에 단비가 바짝 붙어 말하고 있는 것처럼 느껴졌기에 양손으로 헤드폰을 쓰다듬었다.

"단비야… 불쌍한 우리 딸… 대체 왜 그랬어. 왜 엄마를 두고 떠났어, 응?"

몇 초 정도 정적이 흐르다, 다시 딸의 목소리가 이어졌다.

- 나는 잘 지내고 있어. 내가 죽었다고 생각하지 말고 다른 나라, 다른 지역, 다른 집에서 지내면서 긴 여행을 하고 있다고 생각해줘. 그게 내 소원이자 부탁이야.

"어흑흑… 단비야… 우리 단비 불쌍해서 어떡해…"

- 엄마 혹시 지금 울고 있는 거 아니지? 안 울고 있다고 믿어.

"네가 그렇게 가버렸는데 어떻게 안 울어…"

- 나 지금 어디에 있는지 알아? 지금 비행기 안 창가 자리에 앉아있어. 창밖으로 구름들이 보이고, 이 안에는 다양한 나라의 사람들이 있어. 다들 어느 먼 나라를 향해 가고 있는 중이야. 아마 엄마가 이름도 들어본 적 없는 나라일 거야. 엄청 설레고 신나. 대학교 2학년 때 혼자 유럽여행 갔을 때보다 더 기대돼.

"그 나라가 어딘데… 대체 어디야…"

- 그곳에 도착하면 살 집도 구할 거고, 그 나라 친구들도 사귈 거고, 여기저기 여행도 다니고, 사고 싶은 거 사고, 먹고 싶은 거 먹으면서 재밌게 지낼 거야. 부럽지?

"엄마도 데려가…"

- 그리고 여기서 내 꿈도 이룰 거야. 엄마, 나 앞으로도 계속 재밌는 이야기, 좋은 이야기 많이 써서 엄청 유명해지고 돈도 많이 버는 멋진 시나리오 작가가 될게.

"단비야… 제발 엄마도 데려가…"

- 엄마, 방금 기내식이 나왔는데 내가 좋아하는 음식들만 담겨져 있어. 하얀 쌀밥에 콩나물국이랑, 반찬은 오징어진미채에 제육볶음, 메추리알장조림이랑 깍두기가 나왔네. 다 엄마가 집에서 자주 해주던 것들이잖아. 내 옆자리에 앉은 백인 할아버지 기내식은 햄버거만 세

개야. 옆옆자리는 일본인 여고생 같은데 케이크나 마카롱, 파르페 같은 디저트만 잔뜩 있어. 기내식이 각자 취향대로 나오나 봐.

녹음된 단비의 목소리는 이 세상에서 떠나기 직전과는 다르게 활기가 느껴졌다.

"제발 엄마도 거기로 따라가게 해줘…"

- 엄마, 난 이제부터 기내식을 먹어볼게. 다 먹고 나면 좀 잘 거야. 그럼 그 나라에 도착해 있지 않을까? 하루 정도 걸린다던데. 그럼 일어나서 다시 얘기하자. 안녕, 엄마.

딸의 목소리와 잡음이 뚝 끊겼다.

"단비야… 이 힘든 세상에 너를 낳아서 미안해. 그동안 얼마나 괴로웠니. 너한테 엄마로써 큰 힘이 되어주지 못해서 너무너무 미안해… 이 못난 엄마 좀 용서해줘… 제발 엄마한테 돌아와…"

이미 멈춰버린 딸의 목소리를 향해 뒤늦은 용서를 구했다. 예감대로 딸의 목소리를 들으니 더욱 가슴이 미어졌다. 누군가가 내 몸속에 손을 넣고 심장을 강하게 쥐어짜는 느낌이었다. 그리고 창자가 주저앉는다는 느낌이 뭔지 알 수 있을 것 같았다. 내 머리, 가슴, 복부가 강한 중력에 땅으로 꺼져버리는 듯한 이 기분은 딸의 장례식에서도 내내 느꼈던 고통이었다.

이어서 나는 말도 안 되는 상상을 했다.

내 배를 갈라 재가 된 딸의 유골을 넣고 잘 돌보면 딸이 이 세상에 다시 태어나지 않을까, 단비 아빠인 전남편을 어떻게든 다시 찾아내 임신을 한다면 다시 단비를 낳을 수 있지 않을까, 단비를 화장하지 말았어야 했어, 단비를 다시 이 침대에 눕히고 녹음해둔 목소리를 틀어놓으면 단비와 계속 함께 지내는 것과 다름없었을 텐데 왜 그렇게 빨리 화장해버렸을까, 잔인한 장례식 직원들, 그놈들 때문에 우리 단비가 불타서 재가 되어버렸어…

이젠 머리가 어떻게 된 걸까. 모두 헛된 상상과 망상이었다. 딸마저 잃은 나는 앞으로 어떻게 이 더럽고 끔찍한 세상을 살아가야 할까. 대체 어떻게. 명쾌한 답 따위 나오지 않았다.

한동안 거실 소파에서 불도 켜지 않은 채 멍하니 앉아있던 나는 다시 딸의 방으로 들어가 mp3를 켜고 헤드폰을 썼다.

- 엄마. 나 단비야. 우선 정말 미안해. 엄마를 두고 멀리 떠나와서…

이 세상에 갓 태어난 어린 단비는 한시도 나와 떨어지지 않으려고 했다. 화장실에서 볼일을 볼 때에도 안고 있어야 할 정도였다. 시야에서 내가 보이지 않게 되자마자 악을 쓰고 울었고, 나에게 안겨 있어야만 칭얼거림과 울음을 그쳤다. 남편도, 도와주는 사람도 없이 아이를 혼자 돌보려니 무척 힘들었다. 내 개인 시간이라고는 없었고, 아이의 존재 자체가 버거울 때도 있었다. 그런 딸을 키우느라 스스로 젊은 시절을 지나고 있다는 사실도 잊고 지냈다. 그렇지만 단비는 내 삶의 유일한 이유이자, 기쁨이고, 행복이었다. 천사같이 곤히 잠들어 있는 이 아이를 위해서라면 뭐든 다 할 수 있었고, 뭐든 다 해주고 싶었다.

어느 날, 단비의 비명같은 울음소리에 잠에서 깬 적이 있었다. 안아든 단비는 땀을 잔뜩 흘리고 있었고, 얼굴도 몸도 뜨거웠다. 기저귀를 확인해 보니 평소와 다른 묽은 변이 보였다. 곧장 단비를 이불에 싸서 택시를 타고 응급실로 달려갔다. 의사는 여전히 빽빽 울고 있는 단비의 몸에 청진기를 몇 번 대 보고는, 청진기를 귀에서 내리며 감기라고 말했다. 그 작고 여린 몸에 주사를 맞히니 얼마 지나지 않아 단비는 울음을 그치고 잠에 들었다. 조금씩 동이 트기 시작할 무렵, 잠든 단비를 안고서 택시를 타고 집으로 돌아온 나는 그대로 방 안에 쓰러져 이불도 덮지 못한 채 단비와 함께 잠들었다.

그리고 눈을 떠 보니 단비는 어느새 그때의 내 나이보다 더 많은, 한참 방송국 취업준비를 하는 작가 지망생이 되어 있었다. 자신을 둘러싼 여러가지 괴로움으로 한창 우울해하던 때였다. 그날도 면접을 보고 돌아온 단비는 기운 없는 목소리로 다녀왔습니다, 하고 말한 후 제 방으로 들어갔다. 얼마 후, 나는 단비가 오늘도 좋은 결과를 내지 못했구나 싶어 기운을 북

돈아주려고 방문을 열었다. 그러자 도저히 믿고 싶지 않은 광경이 눈앞에 펼쳐졌다. 단비가 목을 맨 상태로 움직이지 않고 있던 것이다. 떨리는 손으로 얼른 매듭을 풀고 단비를 안아들었지만 힘없이 축 처진 단비는 정신을 차리지 못하고 있었다. 다급히 구급차를 불러 응급실로 향했다. 구급차 안에서 산소마스크를 쓰고 누워있는 단비의 손을 붙잡고 계속해서 중얼거렸다. 제발 살아줘, 이대로 엄마 곁을 떠나면 안 돼, 제발 부탁이야… 이제는 내가 단비 없으면 못 살게 되어버린 것이었다. 그때의 단비는 죽음의 문턱 직전까지 갔다가 몇 시간 후 정신을 차렸다. 응급실 의사는 조금만 더 늦게 발견했다면 이미 죽었을 것이라고 했다. 그것이 단비의 첫 시도였다. 입원한 단비를 곁에서 돌보느라 하룻밤을 꼬박 새우고, 다음 날 단비와 함께 택시를 타고 집으로 향했다.

"엄마를 봐서라도 다시는 그러지 마."

"…알았어. 미안. 다시는 안 그럴게."

"약속한 거다?"

"응. 죄송해요."

그날 나는 집에 돌아오자마자 단비의 침대에서 단비를 안고 잠에 들었다.

눈을 떠 보니 날은 밝아 있었고, 단비는 내 옆에 없었다. 단

334

비가 누워있던 자리에는 mp3와 헤드폰이 놓여 있었다. 어제를 지나 다음 날, 오늘이 된 것이다. 몸을 일으킨 다음 다시 mp3의 전원을 켰다.

- 엄마, 잘 잤어? 나는 이제 거의 도착했어. 곧 있으면 비행기가 착륙할 거야.

"단비야…."

그 목소리를 듣자마자 다시 눈물이 왈칵 나올 것 같았다. 나는 애써 울음을 참고 단비의 목소리에 귀를 기울였다.

- 드디어 바퀴가 땅에 닿았어. 마찰 때문에 몸이 덜덜 떨리고 시끄럽긴 한데, 너무 설레. 비행기를 탈 때마다 이륙하고 착륙하는 순간이 가장 짜릿하다니까! 물론 여행을 마치고 고국에 도착했을 때 착륙하는 순간은 그리 좋아하진 않았지만. 아무튼 지금 창밖으로 보이는 풍경을 설명해줄게. 여긴 활주로인데, 인천공항이랑 김포공항보다 훨씬 작은 공항이 보여. 온통 다 통나무로 만든 건물이네. 건물 한가운데에는 커다란 나무가 삐죽 솟아나 있어. 이런 공항은 처음 봐. 이거 대로 벌써부터 흥미로운데? 활주로에는 연두색, 핫핑크색, 노란색 등등 다양한 색깔의 비행기들이 줄지어 있어. 완전 재미있는 풍경이야. 그리고 지금 내가 탄 비행기는 내가 좋아하는 보라색이야! 아까 올라 탈 때부터 얼마나 기분이 좋았는지 몰라.

- 이제 비행기가 완전히 멈췄어. 승객들은 대부분 일어나 있고. 한국어도 조금 들리는데, 한국인들은 벌써 저만치 앞에 서있네. 역시 빨리

빨리의 민족이야. 그치? 나는 좀 여유롭게 내리려고. 지난번에 빨리 내리려다가 짐칸에 기념품이 가득 든 가방을 두고 내려서 다시 돌아온 적이 있었거든.

- 방금 비행기 밖으로 빠져나왔어. 한국과는 다른 이국적인 공기 냄새가 나. 날씨는 다행히도 아주 맑고, 파란 하늘에 조그만 구름이 몇 개 떠다니는 게 보여. 초여름 같아서 너무 덥지도 않고 서늘하지도 않고 아주 좋아. 내가 계절 중에서 초여름을 가장 좋아하잖아. 그리고 방금 뒤돌아서, 타고 있던 비행기도 찰칵 찍었어.

- 이제 공항으로 들어가고 있어. 통나무로 된 공항 내부는 어떻게 생겼을까? 오, 이제 안으로 들어왔는데 실내가 식물원처럼 꾸며져 있어. 한쪽에서는 작은 폭포도 보여. 공항 한가운데에는 거대한 바오밥나무가 심어져 있고, 천장에 구멍을 뚫어서 나무 꼭대기는 밖으로 통하게 되어 있어. 정말 독특한 인테리어다, 그치?

"으응. 신기하네…"

나는 단비의 물음에 대답을 해보았다.

- 여기저기 새소리가 들리는데, 곳곳에 커다란 새장이 있어. 그 안에는 오리나 거위도 보이고, 공작새도 있고, 세상에! 플라밍고도 있어! 엄마, 플라밍고 어떻게 생겼는지 알아?

"아니, 몰라… 엄만 그런 거 잘 몰라…"

- 역시 엄만 모를 것 같았어. 플라밍고는 홍학이라고도 하는데, 다리가 엄청 길어. 주로 한쪽 다리로 서 있는 모습이 많이 보여. 그리고 털

이 예쁜 분홍색이야. 얘가 새 중에서 내가 가장 좋아하는 새야! 엄만 몰랐지?

"어어… 몰랐어, 단비야… 단비는 플라밍고라는 새를 좋아했구나…."

그러고 보니 단비의 티셔츠나 소지품들 중에서 비슷한 새 캐릭터 무늬를 본 적이 있는 것 같았다.

- 이 공항 완전 신기하다. 벌써부터 놀러 온 기분이네. 나 식물원 엄청 좋아하잖아. 이 공항 되게 맘에 든다. 지금 난 사람들을 따라 쭉 걸어가고 있어. 입국심사 하러 가는 통로야. 지금 심사장에 거의 다 왔어. 앞에 사람들 줄이 있어. 얼른 내 차례가 왔으면 좋겠다.

- 방금 입국심사 금방 마쳤어. 심사하는 직원도 무척 친절하네. 도장 찍자마자 사람 좋은 얼굴로 씨익 웃으면서 여권을 다시 돌려줬어. 이제 출구로 나가면 돼. 엄청 설레는데?

- 방금 공항 밖으로 빠져나왔어. 공항 앞에 버스랑 택시가 줄줄이 있는데, 다들 알록달록한 색상이야. 이제 어디부터 갈지 고민해봐야 할 것 같아. 도착하면 가장 먼저 뭘 할지 정한 게 없거든. 아, 보라색 버스가 있으면 그걸 타야겠다. 그 버스는 왠지 내가 좋아하는 장소로 데려다 줄 것 같아. 이제부터 보라색 버스를 찾아볼게.

- 오, 엄마! 보라색 버스를 금방 찾았어. 이 버스를 타면 여러 희귀 동물들이 자유롭게 살아간다는 동물원이랑, 해변에 해바라기가 잔뜩 핀 바닷가랑, 지구상의 모든 나라에서 각각 한 점씩 들여온 그림들이

있는 통나무미술관을 거쳐서 밤에는 시가지에 도착한대. 엄청 재밌는 코스일 것 같아. 이 보라색 버스에 올라타기로 결정했어.

- 버스가 막 출발했어. 버스 안에도 사람들이 꽤 있네. 다들 들뜬 얼굴을 하고 있어. 나도 마찬가지고. 가장 첫 코스인 동물원에는 30분만 가면 도착한대. 엄마, 그럼 난 그동안 신나게 여기저기 다녀보고 있을게. 잠깐 멈추고, 우리 이따가 잠들기 전에 다시 만나자. 오늘은 할 말이 많겠다. 엄마도 밥 잘 챙겨먹고 있어. 이따 봐!

"응, 단비야. 밤에 엄마랑 또 만나."

단비의 말대로 버튼을 눌러 재생을 멈추었다. 딸의 활기찬 목소리를 듣고 있으니 슬픈 마음이 조금은 가라앉았다. 정말로 딸이 어느 이름 모를 나라에 머무르고 있는 듯한 착각에 빠질 것 같았다. 지금까지 거의 아무것도 먹지 못했지만, 밥 잘 챙겨먹고 있으라는 딸의 말을 들으니 배고픔이 느껴지는 것도 같았다. 부엌으로 가서 먹을 것을 찾았다. 냉장고 속에 놓아둔 밥은 이미 쉬어서, 식빵에 딸기잼을 발라 우유와 함께 먹기로 했다. 이것이 딸의 장례식을 마친 후 처음 때우는 끼니였다.

계속해서 단비의 목소리를 들었다. 딸이 당부한 대로 아직 약속한 시간이 오지 않으면 다음 파일을 듣지 않고, 이미 들어보았던 파일만 반복해서 재생했다. 그 목소리를 듣고 있으면 눈앞에 보이지 않아도 딸과 계속 함께 있는 기분이었다. 그러다 단비와 약속한 밤 시간은 순식간에 찾아왔다.

- 엄마도 이제 곧 잘 거지?

"응. 엄마도 단비랑 비슷한 시간에 잠들 거야."

- 오늘 보라색 버스를 타고 다니면서 본 것들을 자기 전에 짤막하게 말해볼게. 우선 제일 먼저 간 동물원부터. 거기서 귀가 몸집보다도 훨씬 큰 코끼리도 보고, 머리가 두 개인 보라색 뱀도 보고, 허리가 엄청 긴 미어캣도 봤어. 땡땡이무늬의 얼룩말도 보고, 동굴처럼 생긴 우리에서는 노란 돼지코를 한 박쥐도 보고. 신기하게 생긴 동물들이 많더라. 동물원은 정글처럼 생겨서 거의 동물원 같다는 생각이 들지 않았어. 철창도 없고, 구획을 나눈 울타리도 거의 없었어.

- 그리고 버스에 다시 올라타고, 버스 안에서 나눠주는 주스랑 샌드위치를 먹으면서 해바라기 해변으로 이동했어. 거의 다다를 즈음에는 창문 너머로 드넓은 해바라기밭이 보였는데, 바로 그 앞에 바다가 있었어. 지금까지 본 바다 중에서 제일 예쁘더라. 내가 꽃 중에서 해바라기를 가장 좋아하잖아. 나한텐 정말 천국이었어.

"그랬구나. 우리 단비 해바라기 좋아하지. 그래서 학교 졸업식날마다 엄마가 항상 해바라기 꽃다발을 줬었지…"

- 그리고 그 다음에 간 미술관에서 우리나라 그림도 발견했어. 나는 한국에서 가장 유명한 미술가의 작품이 있을 줄 알았는데, 그 그림은

어느 평범한 고등학생이 그린 해바라기 그림이었어. 작품 옆에 조그 맣게 대한민국, 17세, 이렇게 표기돼 있었는데 이름은 안 적혀 있더 라. 그런데 왠지 학교 미술시간에 내가 이런 비슷한 그림을 그렸던 것 도 같은 기억이 나. 내가 그렸건 다른 학생이 그렸건 이 그림이 어떻 게 이 먼 나라의 미술관까지 오게 되었을까? 왜 하필 해바라기 그림 일까? 오늘은 첫날이어서 그런지, 해바라기를 여러 번 봐서 그런지 참 즐겁고 알찬 하루였어! 지금은 시가지의 숙소를 찾아서 들어와 있 어. 숙소 바로 앞에 도서관이 있는 게 맘에 들어서 여기로 정했거든. 도서관에는 내일 일어나자마자 가볼 예정이야.

 - 엄마, 내 얘기 들어보니까 오늘 엄청 재밌었겠지? 앞으로 이곳에 서의 생활이 정말 기대돼. 근데 하루 종일 돌아다녔더니 벌써 너무 졸 리다. 나 이제 슬슬 잘게. 엄마도 푹 자고, 내일 다시 만나자. 엄마, 잘 자.

 "우리 딸도 잘 자."

 버튼을 꾹 눌렀다.

 단비를 낳고 기르면서 느낀 것은, 아무리 내 배에서 나왔지 만 나와는 다른 부분이 참 많다는 것이었다. 단비와 나는 생 김새부터 달랐다. 얼굴이 크고 동그란 나에 비해 단비는 얼 굴이 작고 날렵하다. 나는 키가 작은 편이지만 단비는 키가 큰 편이고 다리도 길다. 단비의 외모는 자기 아빠를 닮은 모양이었다. 그리고 나는 어릴 때 책을 좋아하지도, 영화도 그리 좋아하지 않았다. 할머니 손에 자라온 환경 탓도 있겠지만 나는 크게 좋아하는 것이 딱히 없었다. 가끔씩 동네 친구들과 마을에서 술래잡기를 하거나 곤충을 잡으며 노는 것을 좋아했던 영락없는 시골 소녀였다. 가장 좋아하는 꽃은 할머니집 마당에 핀 복숭아꽃이었고, 반찬은 할머니가 먹여주는 대로 나물이건 가지건 뭐든 잘 먹었다. 하지만 단비는 나와 많은 부분이 달랐다. 어릴 때부터 고집이 셌고, 반찬투정이 심했고, 동화책을 좋아했고, 자기가 지어낸 이야기들을 나에게 들려주곤 했다. 친구들과 노는 것보다는 혼자 책을 읽고 그림을 그리는 것을 좋아했고, 어딘가에서 해바라기를 발견하면 꼭 한 송이를 가져가고 싶어 했다. 그러면 나는 주변을 둘러본 후 몰래 한 송이를 꺾어 단비의 작은 손에 쥐어주곤 했다. 초등학교 고학년이 된 단비는 자주 영화를 보러가고 싶어 했고, 나는 그런 단비를 동네 영화관에 자주 데리고 갔다. 그곳에서 단비는 애니메이션이든, 드라마든, 판타지든, 공포영화든 장르 구분 없이 다양한 영화를 보았다. 아이가 혼자 보기에는 조금 무서울 것 같은 영화를 제외하고는 대부분 단비 혼자 영화관 안에 들여보냈다. 그동안 나는 극장 앞에서 단비를 기다렸고, 영화가 끝나면 극장 안에서 상기된 표정으로 걸어 나오는 단비의 손을 잡았다. 없는 형편이었지만 단비가 좋아하는 영화는 원 없이 보여주고 싶었다. 또, 어릴 때에 바다와 파도를 무서워했던 나와 달리 단비는 아기 때부터 바다를 좋아했다. 일하는 식당에서 아주 가끔씩 휴가를 받을 때면 단비와 국내여행을 하곤 했는데, 단비는 꼭 바다에 가고 싶어 했다. 철썩철썩 치는 파도도 무서워하지 않고 하의를 홀러덩 벗으며 신나서 바다로 첨벙첨벙 들어가 물을 만끽하는 단비를 보며 나 역시 바다에 대한 두려움에 무뎌지고 있었다. 눈물이 많은 나에 비해 좀 더 자란 단비는 정말 서럽고 억울한 일이 아니면 잘 울지 않았다. 이런 나와 단비는 과연 무엇이 닮았을까. 단비의 아빠와는 만난 기간이 길지 않아 그 사람이 어떤 성격을 지녔는지, 어떤 감수성을 지니고 있었는지 나는 여전히 잘 모른다.

서로 닮은 구석이 없어도, 단비는 명백한 내 딸이다. 내가 배 아파 낳고, 젖을 먹이고, 밥을 먹이고, 재우고, 씻기고, 가르치고, 사랑을 주며 기른 아이. 그런 내 소중한 아이에게 왜 이 세상은 그토록 단비를 괴롭혔을까. 왜 단비를 데려가야만 했을까.

다시 아침이 밝아 있었다. 오늘도 단비의 침대에서 눈을 떴고, 오늘도 시야가 뿌옇게 흐려진 채 눈 주위가 젖어 있었다. 눈을 부비며 mp3를 켰다.

- 엄마. 잘 잤어?

"응, 단비 꿈꾸면서 잘 잤어."

- 잘 못 잤어? 왜 그랬어. 푹 자야지.

단비는 내가 대답할 시간을 주기도 했지만, 내 대답을 다르게 예상하기도 했다.

- 밥은 잘 챙겨 먹고 있어? 굶고 있는 건 아니고? 오늘은 뭐 먹었어?

"어… 엄마 아직 밥 안 먹었는데 얼른 아침 먹을게. 단비도 잘 챙겨 먹어."

- 난 아직 아침 안 먹었는데, 이제부터 준비해서 요 앞에 도서관에 갈 거야. 도서관 안에 식당이 있다서 거기서 아침식사 해결하려구. 그리고 이 도서관은 있잖아, 찾아보니까 이 세계의 모든 언어의 책들이 있대. 인디언들이 쓰는 언어도 있고, 아프리카 언어들도 있대. 당연히 한국어 책도 있겠지? 이따가 도서관에서 뭘 먹었는지, 어떤 한국 책을 발견했는지 엄마한테 알려줄게. 그리고 앞으로 내가 살 동네와 집을 찾아야 하는데, 어떤 집이 좋을까?

"엄마랑 둘이 살던 집보다는 더 넓고 예쁜 곳으로 가. 마당도 있으면 좋겠다. 그리고 바다 근처였으면 좋겠네. 단비는 강아지도 좋아하니까 강아지 키우면 더 좋…"

내 대답이 끝나기도 전에 단비의 목소리가 다시 이어졌다.

- 알겠어, 엄마. 그런 집으로 잘 찾아볼게. 그럼 엄마, 나는 이제 나갈 준비 할게. 엄마도 오늘 즐겁게 보내야 해. 밥 잘 챙겨 먹고, 영양

제도 잘 챙겨 먹고. 알았지?

"알았어, 단비야. 얼른 다녀와."

- 그럼 이따 밤에 다시 만나자. 다녀오겠습니다.

"응. 잘 다녀 와. 우리 딸."

단비의 말대로 아침을 차려먹을 준비를 시작했다. 오랜만에 쌀을 씻고, 밥을 지었다. 남아있는 반찬으로 된장국도 끓였다. 밥을 다 먹은 후에는 딸이 어버이날에 선물해주었던 영양제를 한 알 꺼내 꿀꺽 삼켰다. ·

그날 저녁에는 딸이 도서관에서 먹은 것과 발견한 한국 책에 대해 말해주는 것을 들었다. 그날도 단비의 잘 자라는 목소리를 들으며 딸의 침대에서 잠을 청했다.

장례식을 마치고, 딸의 방을 정리하려다 책상 서랍에서 유서와 mp3를 발견하기 전까지는 우는 것 말고는 내가 할 수 있는 건 아무것도 없었다. 홀로 남겨져 슬퍼할 나를 위해 딸은 오랜 시간 자신의 목소리를 녹음했다. 그러면서 자신의 죽음을 준비하고 있었던 것이다. 이것은 녹음파일 형식으로 나에게 남긴 딸의 유서였다.

"단비야… 이제 와서 소용 없지만… 네 곁에서 상처를 어루만져주지 못해서 엄마가 너무 미안해. 그렇지만 단비 너는 엄마가 유일하게 사랑하는 사람이고, 살아가는 이유였어… 우리 내일 또 만나자…"

먼저 잠들어있을 딸에게 속삭였다. 내 일과는 딸의 목소리를 듣고, 딸의 말대로 끼니를 챙기고, 다시 딸의 목소리를 들으며 잠드는 것의 반복이 되어있었다.

- 엄마. 나 드디어 살 집을 구했어. 우리가 살던 집이랑 비슷한 구조야. 방 두 개에 부엌 딸린 거실 있고, 한 10평은 되나? 근데 이 집, 조그만 주택인데 마당도 딸려 있어. 이 집을 고르게 된 가장 큰 이유를 말해줄까? 바로 해바라기 해변 근처거든! 집에서 10분 정도만 걸으면 해변에 도착해. 진짜 좋겠지? 그래서 집에서도 바다가 보여. 이런 게 바로 오션뷰지. 시내랑 그리 가깝진 않지만 괜찮아. 이 동네에도 도서관이 있고, 마트도 있고, 빵집도 있고, 작은 미술관도 있으니까. 엄마, 너무 부러워하지 말기다? 아무튼 집을 구했으니 이제부터는 함께 지낼 강아지를 찾아봐야겠어.

"우리 단비가 엄청 예쁘고 좋은 집을 잘 골랐구나. 참 야무지고 대견해, 내 딸…"

- 엄마, 잘 잤어? 나도 동네 이웃들이 생겼어. 왼쪽 집에는 푸근한 인상의 할머니가 사시고, 오른쪽 집에는 내 또래의 여자애가 살아. 빵집에서 빵을 사서 여기 새로 이사 왔다고 인사하면서 드렸더니, 할머니도 나한테 손수 만든 호두파이를 주시면서 앞으로 잘 부탁한다고 하셨고, 여자애도 나한테 직접 만든 쿠키를 줬어.

"와, 정말? 좋은 사람들이구나."

- 할머니 이름은 키키고, 여자애 이름은 코코라고 했는데 여자애가 나랑 나이도 같더라구. 앞으로 이 사람들이랑 친하게 지내게 될 것 같아.

내방에서 잠을 자려는데, 어떤 소리가 희미하게 들려왔다. 귀를 기울여 들어보니 흐느끼는 소리 같았다. 단비가 자기 방에서 울고 있나 싶어 이불을 걷어내고 침대에서 일어나 단비의 방으로 향했다. 그리고 조심스럽게 문을 두드렸다.

"딸. 자?"

대답이 바로 들리지 않아 손잡이를 돌려 문을 열었다. 딸은 머리까지 이불을 덮은 채 침대에 누워 있었다.

"...혹시 울었어?"

"아니. 폰질하고 있었는데."

"그랬어? 아무튼 잘 자라."

"엄마도 잘 자."

그때 나는 알았다. 단비의 목소리에는 분명히 울음이 묻어나 있었다는 걸.

- 엄마! 좋은 아침! 이웃인 키키 할머니집 마당에는 보더콜리가 두 마리 있어. 그래서 가끔 그 집에 강아지들이랑 놀아주러 가곤 해. 할

머니가 귀찮아하시지 않을 만큼만. 그런데 할머니가 말씀하시길, 마침 암컷이 새끼를 뱄는데 낳으면 한 마리 데려가지 않겠냐고 묻는 거야. 그래서 나는 방방 뛰면서 너무 좋다고, 꼭 데려가게 해 달라고 했지. 두 달 후쯤에 새끼들이 태어날 거래. 엄마, 혹시 이거 알고 있었어? 나 강아지 중에서 보더콜리 제일 좋아하는 거!

"단비가 보더콜리라는 강아지를 좋아했구나. 그치만 엄마는 보더콜리도 어떻게 생겼는지 잘 몰라. 한번 찾아볼게."

- 어쩜 이곳에서는 이렇게 즐거운 일만 가득할까. 엄청 기대된다.

- 엄마, 잘 잤어? 오늘은 코코랑 같이 시가지에 놀러갔어. 오랜만에 사람들이 복작복작한 상점가에 가서 옷도 보고, 피자도 먹고, 아이스크림도 사 먹고 서로 사진도 찍어주고 엄청 재밌게 놀았어. 아, 시가지에 갈 땐 뭘 타고 가냐면, 우리 집 근처에 바로 시가지로 향하는 버스 정류장이 있거든. 그래서 편하게 갈 수 있어.

"그렇구나. 그래도 항상 대중교통 탈 땐 조심해야 돼. 그 코코라는 친구랑 우리 단비가 서로 마음이 잘 맞는 편한 친구면 좋겠다."

- 엄마, 잘 있지? 맨날 내가 놀기만 하는 것처럼 보이겠지만 나도 그동안 준비를 좀 했지. 나 엄마한테 좋은 소식 하나 들려줄 거 있어. 그게 뭐냐면 말이야… 나 취직했어! 여기도 방송국이 있거든. 방송국

소속 드라마 시나리오 작가가 됐어.

"정말? 우리 딸 장하다! 축하해!"

- 이제부터 열심히 재미있는 각본 써서 이 나라에서 엄청 인기 끄는 드라마를 만들 거야. 주연배우도 엄청 유명한 배우래.

"정말 멋지다, 우리 단비!"

점점 단비와 주고받는 대화가 자연스러워지고, 매끄러워졌다. 어느새, 딸은 이 세상을 아예 떠나버린 것이 아니라 정말로 어느 먼 나라에서 터를 잡고 자신이 하고 싶은 일만 하며 즐겁게 지내고 있다고 느껴졌다. 다행히도 그곳에서는 딸을 힘들게 할 만한 일은 일어나지 않는 것 같았다. 그렇게 생각하니 마음이 한결 나아졌다. 그래도 딸을 직접 보고 만지고 싶다는 마음은 변함이 없었다. 매일, 하루 종일, 계속해서, 나는 단비와 대화를 나눴다. 서로 이미 했던 대화를 나누고 또 나눴다.

하지만 이 대화는 딸이 시나리오 작가라는 자신의 꿈을 살려 나를 위해 이야기를 꾸며내고 녹음하여 남긴 목소리라는 것을 알고는 있었다.

다섯째 날, 열둘째 날, 스물넷째 날…

그리고 어느덧 서른째 날, 즉 마지막 파일을 들어볼 날이 되었다.

- 엄마. 오늘도 잘 잤어?

"응, 엄마 잘 잤어. 매일 단비 생각하면서 잠들었어."

- 그동안 나랑 한 약속 지켜주고, 나랑 같이 얘기해줘서 고마워.

"아니야, 엄마가 더 고맙지. 이렇게 단비가 엄마랑 매일매일 얘기 나눠줘서…."

- 나는 오늘 모처럼 휴일인데 뭘 하고 보낼지 아직 못 정했어. 오랜만에 해바라기 해변에 갈까? 아니면 좀 더 가서 다른 해변을 가볼까? 혼자 갈까, 아니면 코코한테 가서 같이 가자고 물어볼까? 행복한 고민이네.

"단비 하고 싶은 대로 해… 그런데 단비야. 엄마는 네가 너무너무 보고 싶어…"

결국 흘러나오는 단비의 목소리에 대고 보고 싶다고 말해버렸다. 매일 이렇게 대화를 나누고 있지만 손을 뻗어도 딸을 만질 수는 없었다. 다시 한 번 딸을 안아주고 싶고, 쓰다듬어주고 싶었다. 간절할지언정 내 뜻대로 되지 않을 거라는 갑갑함에 울음이 입술을 비집고 터져나왔다.

- ……

"우리 단비가 너무너무 보고 싶어…"

- …엄마.

나를 부르는 단비의 그 목소리는 평소에 녹음된 목소리와는 사뭇 다르게 느껴졌다.

- 나도 보고 싶어….

순간, 정말로 어딘가에서 단비가 나에게 말을 걸고 있다는 느낌이 퍼뜩 들었다. 나는 다시 단비를 불렀다.

"단비야."

- …….

"단비야...! 단비야, 들려?"

- 응… 들려…

그 목소리는 분명히 내가 묻는 말에 대한 단비의 대답이었다. 재차 물었다.

"지금 엄마 말이 들리는 거야...?"

- 엄마…

"단비야! 지금 어디야? 어디에 있는 거야? 응?"

- …사실 나 지금 너무 무서워.

단비는 울먹이고 있었다.

"지금 당장 엄마가 갈게!"

- 그동안 괜찮은 척 했는데… 실은 하나도 괜찮지 않아. 여기 너무 추워. 내 주위에 실은 아무도 없어. 온통 어둠뿐이야. 엄마가 너무 보고 싶어. 너무 외로워. 엄마, 나 지금 너무 무서워…

그 목소리에 나는 울부짖었다.

"단비야! 거기가 어디야!"

- 엄마, 나 너무 무서워…

"엄마가 너한테 가려면 어떻게 하면 돼?"

- 몰라… 모르겠어….

"단비야, 조금만 기다려. 엄마가 금방 갈게."

- 엄마가 여기로 못 오는 거, 오면 안 되는 거 아는데… 엄마… 보고
싶어… 나 무서워…

"우리 딸, 무서워하지 마. 엄마가 얼른 갈게. 단비한테 갈게."

앉아있던 침대에서 일어나 단비의 방에서 나왔다. 그리고
현관문을 열고, 엘리베이터 버튼을 눌렀다. 잠시 후 띵 소리
와 함께 도착한 엘리베이터에 올라타고 맨 꼭대기층을 눌렀
다. 엘리베이터에서 내린 다음 계단을 올라 아파트 옥상으로
통하는 문을 열어젖혔다.

옥상에는 빠르지도 느리지도 않게 돌아가는 철제 팬 두 개
가 있었고, 시야를 뒤덮는 듯이 드넓고 파란 하늘에 조그만
구름이 몇 개 떠다니고 있었다. 초여름 같아서 너무 덥지도
않고 서늘하지도 않고 아주 좋은 날씨였다. 슬리퍼를 벗고,
단비가 신발을 두었던 그 자리에 그대로 올려놓았다.

그리고 나는 조금도 망설이지 않았다.

흐느끼는 소리에 슬며시 눈을 떴다. 누군가 나를 감싸안고 몸을 들썩이며 울고 있었다. 앞이 희미하게만 보였다.

"으흑… 흑…"

눈에 힘을 주고 시야를 확보하려고 애썼다. 하지만 한쪽 눈은 거의 보이지 않는다는 것을 알았다.

"엄마아…"

그 모습이 조금씩 뚜렷해졌다. 단비였다.

"엄마… 왜 이렇게 피를 많이 흘리고 있어…"

단비는 자신의 품에 나를 안고서 눈물범벅을 한 얼굴로 내려다보고 있었다. 나는 퍼뜩 눈이 크게 떠졌다.

"단비야! 우리 딸!"

몸을 움직이려고 하자마자 온 몸이 끊어질 듯한 극심한 고통이 느껴졌다. 특히 머리가 너무나도 어지럽고 아팠다. 커다란 망치로 세차게 얻어맞은 듯한 느낌이었다. 그래도 나는 억지로 몸을 일으켜, 울고 있는 단비의 얼굴을 두 손으로 마구 만져보았다. 매우 차디찼지만 단비의 볼살이 만져졌다! 이어서 단비의 어깨를, 팔뚝을, 손가락을 마구 만져본 다음 단비를 세게 껴안았다.

"단비야! 지금 이거 꿈 아니지? 우리 딸 맞지?"

영안실에 누워있던 단비를, 화장터에서 회색의 가루가 되어 그 좁은 유골함에 들어갔던 단비를 이렇게 만지고 안아볼 수 있다는 사실에 기쁨에 겨워 고통의 감각은 금방 덮여졌다.

"단비야! 정말 우리 단비 맞구나!"

"엄마… 엄마…"

나는 내 품에 안겨 목놓아 우는 단비의 머리를 쓰다듬으며 말했다.

"우리 딸, 울지 마. 엄마가 있잖아."

"엄마가 어떻게 여기까지 왔어…?"

"네가 춥고 외롭다고 해서 엄마가 찾아왔어."

"엄마 지금 많이 아프지…?"

"아냐, 안 아파. 우리 딸 봐서 이제 하나도 아프지가 않아."

"나 때문에… 엄마가 나 때문에 이렇게…"

"아니야. 엄마는 우리 딸 봐서 너무 기뻐. 너무너무 행복해."

"엄마 지금 얼굴 한쪽이 거의 없어… 피도 너무 많이 흘리고… 대체 어떻게 된 거야… 어?"

"여기까지 찾아오느라 엄마가 고생 좀 했나 봐. 신경 쓰지 마. 이제 단비 만났으니까 엄마는 뭐든 다 괜찮아."

계속해서 흐느끼고 있는 단비의 등을 토닥여주며 우리가 있는 곳을 둘러보았다. 이곳은 공사가 중단된 듯 시멘트벽이 그대로 노출된 어느 건물 안이었다. 벽도 없어 밖이 훤히 보였지만 주변에는 다른 건물이나 마을도 산도 보이지 않았다. 칠흑같은 어둠 속에서 오롯이 빛나는 달빛만이 우리를 비추고 있었다. 이곳에 머무를 존재는 단지 우리 둘뿐이었다. 이윽고 여태 이곳에서 혼자 있었을 딸이 얼마나 무섭고 외로웠을까 싶어 가슴이 찢어지는 듯 했다. 눈물이 왈칵 터져나올 것 같았지만 꾹 참고 계속해서 딸의 등을 토닥였다. 단비의 흐느낌이 아까보단 조금 잦아들었다.

단지 안에 감돌고 있는 공기를 크게 찢어내는 듯한 날카로운 비명이 한차례 울려퍼졌다. 곧이어 사람들의 다급한 목소리가 이어졌다.

"여기 사람 쓰러졌어요!"

"119 불러요! 얼른!"

아파트 앞 주차장에 한 여자가 쓰러져 있었고, 그 주위는 선홍색으로 물들어 있었다. 사람들은 함부로 그 여자에게 손을 대지 않고 구급차가 오기를 기다리고 있었다. 경비원이 어디선가 흰 천을 가지고 다가와 여자 위에 덮어씌웠다. 미처 가려지지 않은, 어그러진 두 다리만 보이게 되었다.

창밖으로 앰뷸런스 소리가 점점 가까이 들려왔다. 침대 위에 덩그러니 놓인 헤드폰에서는 두 사람의 목소리가 조용히 흘러나오고 있었다.

- 엄마, 미안해… 나 너무 무서웠어.

- 괜찮아. 이젠 엄마랑 계속 같이 있자. 엄마가 우리 단비 지켜줄게.

 저승 끝까지.

작가의 말

이 '작가의 말'을 수록할지, 아니면 생략할지 고민했습니다. 작가의 인사 한마디 없이 모든 이야기를 깔끔하게 끝낼지, 작가의 말을 덧붙여 모든 이야기를 마무리지을지… 실은 이 글을 쓰는 지금도 어떻게 하면 좋을까 고민하고 있습니다. 그래도 영화관에서 엔딩크레딧이 다 올라가고 난 다음, 영화를 만들고 출연한 사람들이 스크린 앞에 나타난다면 관객들이 그 영화를 더욱 인상 깊게 생각해주시지 않을까 하는 마음에 글을 더 써내려가보고 있습니다. 스포일러가 포함되어 있으니 열 편의 이야기를 모두 완독하신 후 읽는 것을 권장합니다.

2년 전인 2019년, 〈기요틴〉이라는 제목의 첫 소설집을 낸 적이 있습니다. 그 소설 또한 호러장르입니다. 그리고 2년 만에 이 〈카데바〉를 통해 공포소설가로서 다시 인사를 드리게 되었습니다. 2년 동안 저는 장난감/인형에 대한 주제, 여행에세이, 사진집 등 다양한 분야의 책을 쓰고 만들다가 공포소설가로 복귀했습니다. 저는 개인적으로 공포소설을 창작하는 것이 역시나 가장 고되고도 즐거운 작업이라고 느낍니다. 소설을 쓰는 동안에는 완전히 이 〈카데바〉라는 또 다른 세계 혹은 또 다른 차원으로 넘어갈 수 있었기 때문입니다.

이 소설의 장르는 '호러/공포'입니다. 그렇지만 어떤 이야기는 로맨스일 수도, 왜 이게 호러장르인가 싶은 일반문학일 수도, 또 어떤 이야기는 제 경험이 녹아든 에세이일 수도 있습니다. 저는 공포가 꼭 귀신이 등장해야 하는 것만은 아니라고 생각합니다. 바이러스에 대한 공포, 질병에 대한 공포, 무언가를 빼앗기는 공포, 내가 저지른 잘못이 그대로 되돌아오지 않을까 하며 불안해하는 공포, 잊고 있었던 기억이 다시 되살아나는 공포, 이별에 대한 공포, 예견되어 서서히 다가오는 공포, 예상과는 전혀 다른 사실을 마주하는 순간의 공포, 이 세상에 살아 숨쉬고 있다는 것을 자각하며 느끼는 공포…
저는 이 소설집을 통해 다양한 공포의 풍경을 표현하고 싶었습니다.

그리고 이 이야기들은 제 경험, 의문, 상상에서 시작되었습니다. 「버릇」은 어린 시절에 우유팩을 부모님 몰래 서랍에 숨기던 제 나쁜 버릇을 회상하며 썼고, 「죄악」은 전 애인에게서 마음의 상처를 크게 입은 제 친구를 위로하고 대신 복수하는 마음을 담아 썼으며, 「악몽 그리고 악몽」에서 자세히 묘사되는 꿈들은 제가 실제로 꾼 꿈들을 그대로 소설에 옮긴 것입니다. 「고향」 역시 제 경험이 많이 녹아들어간 이야기이며 특히나 변태 아저씨는 지금도 충격으로 남아 있고, 「카데바」는 살아있는 사람과 살아있지 않은 사람이 서로 사랑의 감정을 느낄 수 있을까 하는 의문에서 시작된 글이며, 「별장괴담회」는 제 친구들과의 소중하고도 오싹한 추억을 독자분들과 공유하고 싶어서 쓴 에세이입니다. 「포식」은 태어나마자 죽은 새끼의 사체를 먹는 어미고양이의 영상을 유튜브에서 우연히 보고 구상한 글이고, 「네 명의 여자가 살고 있다」는 '딸은 엄마 팔자를 닮는다'는 말이 정말 맞는 말일까 하는 의문에서 쓴 글이며, 「연애상담」은 '어떤 관계는 사람을 지옥으로 이끈다'는 말을 생각하며 쓴 글입니다. 그리고 「유서.m4a」는 산 자와 죽은 자가 어떤 경로를 통해야 서로 소통을 할 수 있을까 하는 의문에서 비롯되어 쓴 글입니다.

비하인드를 더 말씀드리자면, 첫 글인 「버릇」을 읽으면서 많은 독자분들이 이미 결말을 예상하셨을 수도 있습니다. 공포 장르의 묘미는 충격적인 반전이기도 하지만, 저는 이 글에서 이미 암시되고 예견되어 서서히 들춰지는 무언가에 대한 불안과 공포를 표현해보고 싶었습니다.

그리고 「악몽 그리고 악몽」의 결말 부분에서 의사가 설명하는 '트라우마에 관한 기억을 지닌 뇌세포'가 실제로 악마의 손아귀처럼 생겼는지에 대해서 과학적 근거는 없습니다. 제가 소설 안에서 창작한 설정입니다.

또, 병원에 대해 아는 것이 많이 없었던 저는 「카데바」를 집필하기 위해 의과대학에 견학을 다녀왔고, 해부학실습실에 들어가지는 못했지만 문앞까지는 가볼 수 있었습니다. 병원에서는 왠지 다른 장소들과는 다르게 무거운 공기가 감도는 듯한 느낌을 받았습니다.

그리고 「별장괴담회」에 등장하는 저와 친구들은 사실 나이가 각각 다릅니다. 서로 다르게 호칭을 부르다 글을 읽는 데 혼동이 올 수도 있을 것 같아 소설 안에서는 모두 같은 나이로 설정했습니다.

또, 고양이 덕후인 저는 「포식」을 쓰면서 죄책감을 느꼈고, 마음이 너무 고통스러웠습니다. 하지만 인간의 극악무도함과, 약한 존재를 괴롭히면 벌을 받는다는 인과응보를 말하고 싶었습니다.

마지막으로, 「네 명의 여자가 살고 있다」의 결말 부분에 나오는 '꽃무릇'은 흔히 '피안화'라고도 하며 꽃말에는 이루지 못한 사랑, 슬픈 추억, 죽음, 환생 등이 있다고 합니다.

소설보다 더 소설 같고 충격적인 일들은 지금도 이 현실세계에서 비일비재하게 일어나고 있다는 것을 다양한 매체를 접하며 느낍니다. 세상에는 참 황당하고 끔찍하고 믿을 수 없는 사건들이 매일 일어나고 있습니다. 그렇기에 우리는 언제든 내가 누구에게 혹은 무엇에게, 무슨 일을 당할지 모른다는 불안과 공포를 내면의 기저에 안고 살아가는 것 같습니다. 그 불안과 공포를 완전히 떨쳐버리는 것은 불가능하겠지만, 부디 우리 모두가 언제나 안전했으면 좋겠습니다.

다음 소설집은 빠르면 2022년, 늦으면 2023년으로 예상하고 있습니다. 이미 열 편의 시놉시스도 설정해두었습니다. 지금까지 다양한 장르의 책을 냈지만 아무래도 저에게는 호러 장르가 가장 즐거운 작업입니다. 이렇게 매년 혹은 2년에 한 번씩 호러단편집에 도전할 계획입니다.

이제 고마운 분들께 고마운 마음을 전하려고 합니다.
가장 먼저, 이 책이 나올 수 있게 도와주신 후원자분들,

병원 취재를 도와주신 고려대학교 의과대학 김진 선생님과
홍작가님,
책이 정식출간되기 전에 미리 읽어주시고 글이 더 발전될 수
있도록 솔직하게 비평해주신 지인분들과 작가분들,
그리고 지금 이 글을 읽고 계신, 우리가 서로 얼굴을 알 수도
있고 모를 수도 있는 독자분께 감사의 말씀을 전합니다.

마지막으로 오늘 밤은 당신이 아무런 걱정도 불안도 없는,
그저 포근한 잠에 취할 수 있는 구름 위에 다녀오시기를 기도
합니다.

카
데
바

ⓒ 이스안, 2021

초판 발행 / 2021. 8. 23

펴낸곳 / 토이필북스
지은이 / 이스안
북디자인 / 이스안
등록 / 2017-000016
팩스 / 02-6442-1994
메일 / toyphilbooks@naver.com

토이필북스는 키덜트 문화를 선두하고,
공유하는 출판 브랜드입니다.

ISBN 979-11-90628-04-4 (03810)